岩波現代文庫／文芸 301

またの名をグレイス（上）

マーガレット・アトウッド
佐藤アヤ子［訳］

岩波書店

ALIAS GRACE

by Margaret Atwood

First published 1996 by McClelland & Stewart, Toronto.

This Japanese edition published 2018
by Iwanami Shoten, Publishers, Tokyo
by arrangement with O.W. Toad c/o Curtis Brown Group Ltd., London
through The English Agency (Japan) Ltd., Tokyo.

グレアムとジェスに

その歳月に何が起こったにせよ、
神様はご存知です、私が真実を語っているのを。あなたが嘘をついているのです。

——ウィリアム・モリス
「グウィネヴィアの抗弁」

私を裁く法廷はない。

——エミリー・ディキンソン
『書簡集』

光とは何かを教えることはできないが、何でないかを教えることはできる……。光の動機は何か？　光とは何か？

——ユージーン・マレ
『シロアリの魂』

目次

〈下巻目次〉

I

ギザギザの縁

私が訪れたとき、懲治監にはわずか四十人の女しかいなかった。これこそ、弱き性の方が優れた道徳訓練を受けていることを物語っている。訪問の主要な目的は、世に知れ渡った女殺人犯、グレイス・マークスをこの目で見ることだった。グレイスについては、新聞のみならず、裁判でその女を弁護した紳士からしっかり聞いていた。彼の優れた弁論によりグレイスは絞首台を免れたのだった。一方、女の哀れな共犯者は絞首台で己の罪深い人生を終えた。

——スザンナ・ムーディ
『開拓地の生活』一八五三年

草枕
まことの華見
しても来よ

——芭蕉

1

砂利の間から牡丹が生えている。ゴロゴロした灰色の小石の間から伸び、蕾がカタツムリの目のように大気を探っている。その後膨らみ、花が開く。大きな暗赤色の花はどれもきらきらと輝き、サテンのように光っている。やがて開ききって、花弁は地面に落ちる。

バラバラに散る前の一瞬は、あの最初の日の、キニア様のお屋敷の前庭の牡丹とそっくり。ただしあれは白い花だった。ナンシーが切っていた。彼女はスカートに三段のフリルをあしらった、ピンクの薔薇の蕾の模様の入った淡色の服を着ていた。麦藁（むぎわら）のボンネット帽が顔を隠していた。花を入れる、平たいバスケットを持っていた。貴婦人のように腰だけ下げて、上体を真っ直ぐにしていた。私たちが近づくと彼女は振り向いて、驚いたように喉に手を当てた。

私はうつむいて歩く、みんなと足並みをそろえて。目を落とし、黙って二人ずつ並んで、高い石塀に囲まれた中庭を廻る。両手は前で握り締めている。かさかさに荒れ、関節は真っ赤。手が荒れていないことなどはなかった。靴のつま先がスカートの裾から出たり入ったりする。青、白、青、白、道をザクザクと踏んで行く。今まで履いた靴のなかで、これほど足に合うものはなかった。

今は一八五一年。誕生日がくると私は二十四歳になる。十六歳のときからここに収容されている。私は模範囚で、問題は起こさない。監長の奥様がそうおっしゃっている。こっそり聞いてしまった。私は立ち聞きがうまい。善良におとなしくしていれば、そのうち出してくれるかもしれない。でも善良でおとなしくしているのは楽ではない。落ちかけているのに、橋の端っこにしがみついているみたいだ。動かずに、そこにぶら下がっているだけなのに、力がどんどん抜けていく。

私はこっそりと牡丹を見つめる。ここに牡丹があるはずがない。今は四月。四月に牡丹は咲かない。私のすぐ目の前に、今、さらに三つも、道から伸びている。こっそり手を伸ばして触ってみる。乾いた感触。布でできているとわかる。

すると前方にナンシーが見える。両膝をついて、髪を乱して、両の目に血が流れ込んでいる。首には、黒種草の青い花の模様をあしらった白い木綿のネッカチーフ、これは私のだ。ナンシーは顔を上げ、私の方へ両手を差し出して哀れみを請う。耳にはかつては羨ましかった小さい金のイヤリングをつけている。でももう羨ましくはない。ナンシーがつけていればいい。今度は前とは全部違うだろうから。今度は私が助けに走り寄って、彼女を抱え上げ、私のスカートで血をぬぐってあげる。私のペチコートを裂いて包帯を作る。あんなことは起きないはずだ。キニア様は午後にお帰りになる。お屋敷に通じる私道を馬に乗ってきて、マクダーモットが馬の口を取る。キニア様は応接間に入る。私がコーヒーを入れ、ナンシーがお盆にのせて持っていく。彼女のお好みのやり方で。なんてうまいコーヒーだ、とキニア様がおっしゃる。夜になるとホタルが果樹園に現れる。ランプの灯りのそばで、ジェイミー・ウォルシュが奏でる音楽を聴く。フルートを吹く少年。

もうちょっとで、ナンシーが跪いている所に着く。でも私は歩調を崩さない。走らない。二人並んで歩き続ける。するとナンシーが笑いかける。口だけ。目は血と髪の毛で隠れている。次の瞬間彼女はちりぢりになり、色鮮やかな何枚もの小布（こぎれ）になる。石の上を、赤い布の花びらが漂っている。

ふいに暗くなったので私は目に両手をかざす。蠟燭（ろうそく）を持った男がそこに立って、上にあがる階段をふさいでいる。地下室の壁が私を囲んでいる。二度と出られないのはわかっている。

これは、話があのくだりに至ったとき、私がジョーダン先生に語ったことです。

II

石ころだらけの苦難の道

火曜日、およそ十二時十分過ぎ、当市の新監獄において、キニア氏殺害犯、ジェイムズ・マクダーモットは、法による極刑を執行された。男女と子供からなる大群衆が、罪人の最後のあがきを目撃しようと、今か今かと待ち構えていた。この恐ろしい光景を一目見ようと、ぬかるみや雨をものともせず、方々から集まったこれらの女性たちがいかなる感情を持つことができるのか計り知れない。あえて言うなら、彼女たちは大して「繊細」でも「お上品」でもなかった。卑劣な犯罪者は、逮捕以来ずっと彼の振舞いの特徴であったあの同じ冷淡さと大胆さを、その恐ろしい瞬間にも見せつけた。

――『トロント・ミラー紙』
一八四三年十一月二十三日

罪状	刑罰
笑うこと及び話すこと	鞭打ち六回…九尾の猫鞭
洗濯場で話すこと	鞭打ち六回…生皮鞭
囚人の頭をぶちのめすと脅すこと	鞭打ち二十四回…九尾の猫鞭
作業と無関係のことで看守に話しかけること	鞭打ち六回…九尾の猫鞭
看守に食事といわれて割当量で文句をいうこと	鞭打ち六回…生皮鞭、パンと水
朝食の席であちこち見たり、注意を怠ること	パンと水
他の囚人が使用しているのに仕事をやめて、便所へいくこと	暗い独房に三十六時間収監、パンと水

――処罰書　キングストン懲治監　一八四三年

グレイス・マークス，
偽名メアリー・ホイットニー．

ジェイムズ・マクダーモット．

裁判所出廷の時．トマス・キニア氏
並びにナンシー・モンゴメリー殺害容疑で．

2

リッチモンド・ヒルに於ける
トマス・キニア殿
及び女中頭ナンシー・モンゴメリー殺人事件
及びグレイス・マークスと
ジェイムズ・マクダーモットの裁判
及び一八四三年、十一月二十一日、トロント市新監獄に於ける
ジェイムズ・マクダーモットの絞首刑。

グレイス・マークスは下女中
年は十六
マクダーモットは馬屋番
二人はトマス・キニアのお屋敷で働いた

トマス・キニアはジェントルマン
安楽な生活送ってた
女中頭に惚れました
その名はナンシー・モンゴメリー

おお、愛しいナンシー、心配無用
今から町へ用足しに
お前のために金出しに
トロントの銀行へ行って来る

おおナンシー、上流の生まれではないくせに
おおナンシー、女王様じゃないけれど
ドレスはサテンと絹ばかり
見たことないような贅沢さ

おおナンシー、上流の生まれでもないくせに

私のことは奴隷扱い
明けても暮れてもこき使い
これではもうじき墓場行き

グレイスが、トマス・キニア様を愛すれば
マクダーモットは、グレイスに岡惚れ
この二つの愛こそが
彼らに破滅をもたらした

おお、グレイスよ、俺の女になってくれ
いいえ、それはできません
もしもナンシー・モンゴメリーを
殺ってくれるというのなら

男は斧をかかげて振りおろす
きれいなナンシーの頭へ
地下室の戸口まで引きずって

階段下へ投げ落とす

おお、命ばかりはお助けを、　マクダーモット
おお、命ばかりはお助けを
おお、命ばかりはお助けを、　グレイス・マークス
ドレス三枚あげるから

ああ、自分のためじゃなく
お腹の赤ん坊のためじゃなく
愛する御主人、トマス・キニア様のため
生きて明け方迎えたい

マクダーモットが髪つかみ
グレイス・マークス頭をおさえ
二人の酷い罪人は
ナンシー死ぬまで首しめる

なんて事をしでかした、おれの魂は呪われた
でも殺されたんじゃたまらない！
二人が助かるためならば、帰りを待って
主人殺しも止むを得ぬ

だめよ、だめ、御主人様を殺すのは
後生だから助けてよ！
いや、だめだ、お前は誓ったぞ
俺の情婦(おんな)になることを

トマス・キニア、馬で帰ってきた
台所に入ったとき
マクダーモットの一撃がその心臓を打ち貫いた
キニアは己の血の海に

行商人がやってきて
ドレスは一枚いかがです

ああ、とっとと帰って行商人(あきんど)さん
ドレスは三枚もってます

肉屋がやってきた
毎週やってくる
ああ、早く帰って肉屋さん
肉ならば殺したてのがたんとある！

二人はキニアの銀貨を奪い
ついでに金貨もかっぱらい
主人の馬と馬車も奪って
トロントめがけて一目散

夜通し走ってトロントへ
逃げた二人はその足で
湖越えてアメリカへ
逃れて自由と思いきや

娘はマクダーモットの手を取って
大胆にも堂々と
ルーイストン・ホテルに宿を取り
メアリー・ホイットニーになりすます

地下室で死骸が見つかった
真っ黒けの顔はもとナンシー
洗濯盥（せんたくだらい）の下に横たわる
そして主人は仰向けに

キングスミル保安官は追いかけた
船借り切って大急ぎ
湖越えて船走る
目指すはアメリカ、ルーイストン

寝床にいたのは

六時間かもう少し
保安官ルーイストン・ホテルに到着し
部屋の扉を叩きます

まあ、どなた、訊くのはあのかわいいグレイス
何の御用？
おいお前ら、殺したな
善良なトマス・キニアさんとナンシーを

グレイス・マークスは被告人席で立ち上がり
何も知らぬと言うばかり
ナンシーの絞殺など見ていない
ご主人様が倒れる音も聞いてない

マクダーモットに無理やり同行迫られた
もしも口を割ろうなら
頼みの銃で一発お見舞いしてやるぜ

まっすぐジゴクへ行っちまえ

マクダーモット、被告人席で立ち上がり
一人でやったわけじゃない
かわいい女のためを思ってさ
グレイス・マークス、あいつが俺をそそのかしたのさ

若いジェイミー・ウォルシュが出廷し
真実述べると宣誓する
おお、グレイスがナンシーのドレスを身にまとい
ボンネット帽も被っている！

マクダーモットは首を吊られた
高い絞首台の上で
グレイスは惨めな牢屋に入れられて
嘆き苦しみやつれてゆく

ひと時死骸は晒されて
それから下へ降ろされて
あとは大学で
小さく小さく切り刻まれた

ナンシーの墓からは薔薇が一本生えてきた
トマス・キニアの墓からは蔓が一本生えてきた
それぞれ高く伸びて絡まり合い
かくして二人は結ばれた

かたやグレイス・マークスは
みじめに生涯監禁の身の上に
忌むべき罪と悪行を
キングストン懲治監で償うため

グレイス・マークスが悔い改め
罪滅ぼしをするならば

死んだあとには神様の
み前に立ってお許しを

み前に立ってお許しを
されば苦悩も癒される
手の血のり洗われて
清い心にもどります

雪のごとき真白き白さ
グレイスは天国に導かれ
楽園の住人に
ついにあの楽園に

III

隅っこの猫

女は中肉中背で、ほっそりとした上品な姿をしている。希望のない悲しげな雰囲気が顔にでていて、見ていてとても痛々しい。色白で、希望のない悲しみで青ざめるまでは、眩しいくらい色白だったと思われる。目は明るい青、髪は鳶色である。尖った顎をしていなければ、りりしい面立ちである。このような顔つきの人によくあるが、ずるい、残酷な表情を浮かべているように見えることがある。グレイス・マークスは横目で、盗み見するように人をチラッと見る。決して人と目を合わさない。こっそり見たあとは、視線を必ず地面に落とす。低い身分よりむしろ上の人間のように見える……。

——スザンナ・ムーディ
『開拓地の生活』一八五三年

囚人は顔をあげた。柔らかくおだやかで
大理石に彫られた聖人のよう。乳ばなれしない眠り子のよう。
その顔はとても柔らかで穏やかで、とてもかわゆく美しい、
そこには苦痛がひいた一筋のしわも、悲嘆の影もなかった!

囚人は手を上げて、額の上に押し付けた。
「叩かれた」と女は言った、「そして今はつらい。
でもこんなものはなんの価値もない、あなた方の頑丈な絞め金と手かせ足かせは。
そして、たとえ鋼でできていても、長く私を抑えていることはできない。」

——エミリー・ブロンテ
『囚人』一八四五年

3

一八五九年。

私は懲治監長の応接間、いや、監長の奥様の応接間の紫色のビロードの長椅子に座っている。以前からここは奥様の応接間になっている。でも、いつも同じ奥様とはかぎらない。政治次第で人も変わる。私は膝の上で行儀良く手を組んでいる。手袋はしていない。私が欲しい手袋は滑らかで白くて、皺ひとつよらず手にしっくり合うもの。

私はよくこの応接間に入って、お茶道具を片付けたり、小さいテーブルや葡萄の実と葉の縁飾りのある細長い鏡やピアノの埃を払ったりする。それにヨーロッパからきた背の高い時計。時計には一日の時間や月の週によって出たり入ったりするオレンジ色がかった金色の太陽と銀色の月がついている。時計は時を計り、すでに有り余るほどの時間が私の手の中にあるが、私は応接間の中のものではこの時計が一番好き。

でも、今までこの長椅子に一度も座ったことがなかった。お客様用である。淑女は紳士が立ったばかりの椅子に決して座るものではありません、とパーキンソン市会議員の奥様がおっしゃっていた。理由は話されなかった。でもメアリー・ホイットニーがこう言った、バカね、男の尻の温もりがまだあるからよ。下品な言い方だった。だからここに座ると、今までこの長椅子に座った淑女らしいお尻を、きめ細かくて真っ白で、柔らかいゆで卵のようなぷりぷりしたお尻を思ってしまう。

訪問客は、下に固い針金入りのクリノリンをはき、前にボタンが沢山ついたアフタヌーンドレスを着ている。あの人たちが座れるなんて不思議だ。歩くとき、シュミーズと靴下以外、大きく膨らんだスカートの下の脚にあたるものは何もない。足を見せないで漂う、白鳥のようだ。あるいはうちの近くの岩だらけの港にいたクラゲのよう。まだ私が子供の頃、長くて悲しい航海をする前のことだ。鐘の形をしていて襞縁があり、水中で淑やかに揺れてきれいだった。でも浜に打ち上げられて陽に干されると、影も形もなくなった。淑女なんてそんなもの、中身はほとんど水。

私が初めてここに連れてこられたばかりの頃は針金入りのクリノリンはなかった。当時は馬の毛だった。針金はまだ誰も思いつかなかった。部屋のおまるの始末をしに行ったとき、衣装戸棚にかかっているのを見たことがある。鳥籠みたいだった。でも籠には何を入れるのだろう。脚、淑女の脚。勝手に出て紳士のズボンにこすりつけたりできないように檻に入れられた脚だ。新聞はナンシーのことで、死体の脚が洗濯盥(せんたくだらい)の下から突き出ていたと書いたが、監長の奥様は脚のことは決して口にしない。

やって来るのはクラゲ婦人たちばかりではない。火曜日ごとに「女性問題」の集会があり、改革志向の男女があれこれ解放について議論する。木曜日には「心霊主義の会」が、お茶を飲みながら死者と会話をする。幼い息子を亡くしているので、監長の奥様にはこれが慰めになっている。でもほとんどが女性たちだ。座って薄いカップでお茶をすすり、監長の奥様が小さい陶器の鈴を鳴らす。彼女は監長の奥様でいたくない。夫が監獄以外の別の長であればいいのにと思っている。夫には監長に推してもらえるよい友人たちがいたが、それ以上は無理だった。

　だからここにいる。そこで、彼女は自分の社会的地位と実績を最大限に活用しなければならない。私は蜘蛛（くも）と同じ、恐怖の対象であり、かつ慈善の対象でもあるけれど、同時に実績の対象でもある。部屋へ入り会釈をすると、私は口元を引き締め、頭を下げて、動き回る。必要に応じて、カップを片付けたり置いたりする。彼女らはボンネット帽の下から、見ていないふりをしながらじっと見つめる。

　みんなが私を見たい理由は私が有名な女殺人犯だからだ。記事ではそうなっている。初めて記事を見たとき驚いた。「有名歌手」、「有名詩人」、「有名心霊師」、「有名女優」などと言うが、殺人を称えるべき何があるというのか。それにしても、「女殺人犯」は呼称にしては強い言葉だ。この言葉には、ある臭いが伴う。花瓶の中の枯花のような、麝香（じゃこう）のような重苦しい臭い。夜ときどき自分に呟いてみる、「女殺人犯」、「女殺人犯。」床をこするタフタのスカートのように、カサカサいう音がする。

「殺人犯」には混じりけなしに残忍な響きがある。ハンマーや金属の塊のよう。選択肢がこれだけなら、私は殺人犯より女殺人犯の方がいい。

時々、葡萄の飾りのついた鏡の埃を払いながら、鏡に映る自分を見ることがある。うぬぼれであることはわかっている。応接間に差し込む午後の光の中で、私の肌は、消えかけたあざのように淡い藤色に、歯は緑がかって見える。私のことについてあれこれ書かれたことを考えてみる。冷酷な女悪魔だとか、身の危険を感じて、仕方なく悪党に従った罪のない犠牲者だとか、あまりに無知なため正しい行動がとれなかったとか、私を絞首刑にするのは司法による殺人だとか、私は動物が好きだとか、艶のある顔をしたすごい美人だとか、青い目をしているとか、緑の目をしているとか、髪の毛は鳶色だとか、茶色だとか、背が高いとか、あるいは平均以上の高さではないとか、健康そうで見苦しくない服装をしているとか、そう見せるために死んだ女のものを奪ったとか、仕事は手早くそつなくやるとか、怒りっぽいすねた性格だとか、見た目は卑しい身分には見えないとか、従順な性格の善良な女であり悪意がないとか、ずるくてひねくれているとか、頭は弱いが白痴よりややましだとか。そして、どうして、一度にこんなに違うものになれるんだろう、と考えてしまう。

　私が白痴も同然だと言ったのは、私の弁護士、ケネス・マッケンジー様だった。その表現に私は怒ったが、あまり知的に見えない方が絶対に有利なのだと彼は言った。実のところ、当時私は子供に毛が生えたようなものだったし、また、他人が認めまいが、彼は自由意志によるものと考えていた、だから最大の能力を発揮して私の事件を弁護する、と言った。親切な紳士だった。言っていた事はほとんどよくわからなかったが、優れた抗弁だったに違いない。抗しがたい困難をものともせず、彼は英雄的に任務を遂行した、と新聞は書きたてた。彼は懇願したのではなく、証人全員を不道徳または悪意に満ちている、あるいは間違っていると見せようとしたのだ。なのに、なぜ人はそれを懇願というのか、私にはわからない。

　私が言ったことを彼は一言でも信じたことがあっただろうか。

私がお盆を持って部屋から下がると、ご婦人方は監長の奥様のスクラップ帳を見る。まあ、お考えあそばせ、気が遠くなりそうですわ、それを、あなたは自由に家の中を歩かせて、鉄のような神経をお持ちなのね、私ならとても耐えられませんことよ。まあそうですわね、私どものような立場のものは、こういうことに慣れるしかありませんのよ、ご存知のように、私たちも囚人同然ですからね、でもこういう不運で愚かな人たちに情けをかけるのは必要なんですの、それに、なんといってもあの子は使用人の訓練を受けていましたし、囚人は同じように働かされます、あの子とてもお裁縫が上手で、手さばきもいいし文句のつけようがありませんわ、その点でとても助かっておりますの、特に娘たちのワンピースではね、飾り縫いは抜群な腕前で、周囲の事情がもっとよければ、優れた帽子職人の助手になっていたでしょうね。

もちろんあの子は昼間しかここにいられませんし、いくら私でも夜は置きませんわ。トロントの精神病院に入院していたことがあるのはご存知でしょう、七、八年前かしら、一見すっかり回復したように見えますけれど、いつ何があるかわかりませんわ、ときどきなんとも奇妙なふうに、ひとり言を言ったり大声で唄ったりすることがありますのよ。危険は冒せませんわ、夕方には看守がきて、ちゃんと監房へ連れ戻します、そうでなければ一睡もできませんわ。ああ、小言を言っているのではありませんのよ、キリスト教徒ができる慈悲にも限りはありますわ、豹はまだらの皮を変えられないように、人の性格は変わらないもの、だからといって義務を果たさなかった、正しい気持ちを見せなかったと言う事など、誰にもできませんわ。

監長の奥様のスクラップ帳は丸テーブルの上に、絹のショールをかぶせて置いてある。ショールには絡んだ蔦のような枝と、花や赤い実や青い鳥の模様がついている。まるで一本の大木のようで、長く見つめていると風に吹かれて蔦が揺れているように見えてくる。一番上のお嬢様がインドから送ってきたもので、宣教師に嫁いでいる。私ならそんなことはご免だ。カウンポールで起きたように暴動に加わった原住民に殺されなかったとしても、きっと早死にする。カウンポールでは立派な身分の貴婦人たちが恐ろしい暴行を受けた。あの陵辱を思えば、全員が虐殺されて、精神的苦痛から逃れられたのはかえって幸いだった。あるいはマラリアで死ぬかもしれない、全身真っ黄色になって、うわごとを言いながら発作を起こして息を引き取る。いずれにせよ、故国へは戻れず、見知らぬ土地で椰子の木の下に埋められることになる。監長の奥様が涙を流したいとき取り出す東洋の版画本で、椰子の木の絵を見たことがある。

同じ丸テーブルの上に『ゴーディーズ・レディース・ブック』の山があった。様々な流行を扱ったアメリカから来る雑誌だ。それと二人の下のお嬢様の記念アルバム。リディアお嬢様は私がロマンチックな人物だとおっしゃる。でも、二人ともとても若いから自分たちの言っていることがわかっていない。ときどき私のことを詮索したりからかったりする。グレイス、どうして一度も微笑んだり笑ったりしないの、笑顔を見たことないわ。そこで私は、お嬢様、私は笑い方を忘れてしまったので、顔がそういう表情を作れなくなったのでしょう、と。でも一度大声出して笑い出したら、止まらないかもしれない。そうしたら二人のロマンチックなグレイス観を損なってしまうかもしれない。ロマンチックな人は笑わないことになっている。絵を見て、それを知った。

お嬢様たちはあらゆる物をアルバムに入れている。ドレスの切れ端、リボンの小片、雑誌から切り抜いた写真――古代ローマ遺跡、フランス・アルプスの絵のような僧院、昔のロンドン橋、皆がとても印象的だというから私も見てみたい夏と冬のナイアガラの滝、そして、イギリス貴族のなんとか卿夫人となんとか卿の肖像画。また、優雅な筆跡でお友達が書いたもの、「最愛のリディアへ、あなたの永遠の友クララ・リチャーズから」、「最愛のマリアンへ、真っ青なオンタリオ湖畔の素晴らしいピクニックの思い出に。」そして詩も。

がっしりしたオークの幹のまわりを
愛らしい蔦がからみつくように、
私の忠誠は真実、あなたに誓う、
永遠にあなただけのものよ。あなたの忠実なローラ。

あるいは別の詩――

あなたから離れて遠くをさ迷う運命、
でも悲しまないで、

心は一つの私たちに
真の別離はない。あなたのルーシー。

これを書いた若いお嬢様はその後間もなく湖で溺れて亡くなった。突風で船が転覆したのだ。発見されたものは、銀の釘で描かれた彼女の頭文字のついた箱だけだった。鍵がかかっていたので、濡れてはいたが、中身がなくなることはなかった。リディアお嬢様は形見にスカーフをいただいた。

私が死んでお墓に入り
そして亡骸が朽ち果てても、
これを見たら、私を思い出してね、
忘れられないように。

これには署名があった。「いつも私の魂はあなたと共に、あなたの親友〝ナンシー〟・ハンナ・エドモンズより。」正直いって、私ははじめてそれを見たとき背筋が冷たくなった、もちろん別のナンシーだった。でも、朽ち果てた亡骸。今では、そうだろう。発見されたとき彼女の顔は真っ黒になっていた。ひどい臭いだったに違いない。あのときは七月で、ひどく暑かった。それに、驚くほど傷みが早かった。搾乳場だったらもう少し持ったと人は思ったかもしれない。普段そこは涼しいから。すごく苦痛な光景だっただろうから、その場にいなくて本当によかった。

皆どうしてそんなに覚えていてもらいたいのか、私にはわからない。どんないいことがあるのだろうか。誰からも忘れられるべきことがある、そして、二度と口にされないことが。

監長の奥様のスクラップ帳はまったく違った。もちろん奥様は大人で若い娘ではないが、それでも思い出には同じぐらいの思い入れがあり、奥様が覚えておきたいことは菫やピクニックではない。最愛の人でも、愛する人でも、美しい人でも、とこしえの友、といったものなどでもまったくない。そうではなく、有名な犯罪者たちだ。絞首刑になった者や、悔悛のためにここに連行された犯罪者たち。というのは、ここは懲治監で、服役中に悔い改めることになっている。悔悛することがあろうがなかろうが、悔い改めたと言った方が有利だ。

監長の奥様は犯罪記事を新聞から切り抜いて、スクラップ帳に貼り付ける。ここへ来られる前に起きた昔の犯罪記事まで手紙で注文して取り寄せることだろう。これは奥様のコレクション。奥様は淑女で、この頃淑女はみんな何か集めている。だから奥様も何か集めなければならなくて、シダの葉を摘んだり、押し花を作る代わりにこれをやっている。いずれにせよ、奥様は知り合いを怖がらせるのがお好きだ。

　こうして私は、私について書かれたことを読んだ。奥様自らスクラップ帳を私に見せてくださった。私の反応を見たかったのだろう。でも私は顔色を変えない術を学んでいた。松明(たいまつ)に照らされた梟(ふくろう)のように、目を平たく大きく開けて、苦い涙とともに後悔し、今は別人になったと告げて、もうお茶道具を片付けてもよろしいですかと訊いた。でも応接間で一人のときは、今まで何度もスクラップ帳を見ていた。

　記事の多くは嘘だ。新聞は私が字が読めないといった。でも当時もいくらか読み書きができた。幼い頃、まだ母にその余力があった頃、母から教わった。それに、残り糸で刺繍の基礎縫い見本を作った。アップルのA、蜂(ビー)のBといった具合に。それから、パーキンソン市会議員夫人の家で、繕い物をしながら、メアリー・ホイットニーが一緒に本を読んでくれた。そしてここへ来てからさらに多くのことを学んだ、目的をもって教えてくれるからだ。私たちに聖書と宗教的な小冊子を読ませたいのだ。堕落した本性には宗教と体罰が唯一の治療で、私たちの不死の魂は大事にされるべきだというのだ。聖書には犯罪が多く、びっくりだ。監長の奥様は聖書の犯罪を切り取って、スクラップ帳に貼り付けるべきだ。

　記事には本当のことも書かれてあった。私の性格がいいともあった。それはそうで、今まで誰も私を誘惑しなかったからだ。やろうとした人はいた。でも、ジェイムズ・マクダーモットが私の愛人だって。新聞にそう出てた。そんなふうに書かれるのは実に気分が悪い。

みんなが本当の興味を持つのはそういうことだ、紳士も淑女も。私が誰かを殺したかどうかなど、どうでもいいことで、何十もの喉を切ったって同じことだろう。それを兵士がすれば賞賛する、きっと無視しない。そうではない。私が本当に愛人だったかどうか、ということがみんなの重大関心事。彼ら自身も答えがノーであって欲しいのかイエスであって欲しいのかさえわかっていない。

私は今はスクラップ帳を見ていない、いつ彼らが入って来るかわからないからだ。荒れた手を組んで、目を落とし、トルコ絨毯の花を見つめている。まあ、花のつもりだろう。トランプのダイヤモンドの形の花弁をしている。紳士たちが前の晩遊んだままキニア様のテーブルに放って置いたトランプのようだ。とがった固いトランプ。でも赤い、濃厚な深紅。締め付けられた厚ぼったい舌のよう。

今日お出でになるのは淑女方ではない。医師だ。本を書いている。監長の奥様は本を書く人、進歩的目的のために本を書く方とお知り合いになることがお好きで、それは奥様が進歩的見解を持つ心の広い人であることを示す。科学は目ざましく進歩している、それで現代の発明とクリスタル・パレスと世界の知が集まったら、あと百年後に私たちは一体どうなっているのか、ということだ。

医師が来るのはいつも不吉の印。医師たちが自分たちの手で殺しを実行していなくても、死が間近にあることを示している。そういう意味で不吉な鳥レイブンやカラスみたいなもの。でもこのお医者様はお前を傷つけたりはしないわ、と監長の奥様は約束した。私の頭を計るだけだと。彼は収監中の犯罪者全員の頭を計っている。頭蓋骨の骨相から犯罪者のタイプを判別できるか調べるためだ。スリか、詐欺師か、横領者か、精神に異常のある犯罪者かあるいは殺人犯か。グレイス、お前の「ような」とは奥様は言わなかったが。そうすれば、この人たちが犯罪を犯す前に監禁できるし、世の中はずっとよくなる、と考えているのだそうだ。

ジェイムズ・マクダーモットは処刑された後、石膏で頭の型をとられた。これもスクラップ帳で読んだ。それが彼らが望むことなのだろう——世の中をよくするために。

ジェイムズの肉体も解剖された。初めて読んだとき、「解剖」の意味がわからなかった。でもすぐにわかった。それを行なったのは医師たちだ。塩漬けにされる豚のように、医師たちは彼を切り刻んだ。彼らにすればジェイムズはベーコンのようなものだ。彼の息遣いと鼓動が聞こえたあの体を、ナイフが裂き分ける——そんなことを思うと耐えられない。

彼のシャツはどうなったのだろう。行商人のジェレマイアが売った四枚のうちの一枚だったのだろうか。三枚、それとも五枚だったか、奇数の方が幸運をもたらす。ジェレマイアはいつも私の幸運を祈ってくれたが、ジェイムズ・マクダーモットの幸運は祈らなかった。

私は彼が縛り首になるのを見なかった。トロントの監獄の前で絞首刑にされたのだ。グレイス、おまえもあそこにいるべきだった、と看守たちは言う。いい勉強になったはずだと。私は何度も想像してみた、哀れなジェイムズは、水に入れて殺す子猫のように頭に頭巾をかぶせられる間、手を縛られ、首をむき出しにさらしたままで立っている。少なくとも牧師様がそばにいて、全く一人ということではなかった。グレイス・マークスの所為でなかったなら、こんなことにならなかった、と彼は告げた。

雨が降っていた。ぬかるみに大勢の群集が立っていた。何マイルも離れたところから来た人たちもいた。私の死刑宣告が最後の瞬間に軽減されなかったら、私が縛り首になるのを、民衆は同じように貪欲に喜んで見物していただろう。そこにはふつうの女も淑女も大勢いた。誰も彼もがじっと見つめ、高価な香水のように死を吸い込みたいと願った。その記事を読んで思った、これが私の教訓となるなら、ここから私が学ぶべきことは何なのかと。

足音が聞こえてくる。私はさっと立ち上がり、エプロンをなでてしわを伸ばす。すると知らない人の声がする。奥様、この上ないご親切ありがとうございます。すると監長の奥様が、お手伝いできて本当にうれしゅうございます、と。その人はまた、この上ないご親切、と返す。

そしてその人が戸口から入って来る。大きな腹、黒い上着、ぴったりとしたチョッキ、銀色のボタン、きちんと締めたストックタイ、私はあごまでしか見上げていない。するとその人が言う、大した時間は取りませんが、奥様、あなたに部屋にいていただければありがたいです、人は徳を備えていなければなりませんが、そのように見えることも必要ですから。まるで冗談を言っているかのように笑うが、その声でこの人が私を恐れているのがわかる。誰にも見られずに手はずを整えることができるなら、私のような女は常に誘惑の魔手だ。後で何と言おうとも、だれも私たちを信用しないだろう。

それから私は彼の手を見る。生肉が詰まった手袋みたいな手、彼はその手を開いた革鞄の口に突っ込む。出てきた手はきらきら光っている、同じような手を前にも見たことがある。私は顔をあげて、まっすぐ彼の目を見つめる。体の中で心臓がギュッとなったかと思うとドキドキ鳴り出した。私は叫び始めた。

同じ医師、同一人物だからだ。鞄いっぱいのきらきら光るナイフを持つ、黒い上着を着た医師その人だったからだ。

4

コップの冷たい水を顔に引っ掛けられて意識が戻った。医者の姿はもうなかったが、私は叫び続けていた。二人の台所女中と庭仕事の少年に抑えられ、少年は私の脚の上に乗っていた。監長の奥様は懲治監へ女看守を呼びにやり、二人の看守が一緒に来た。女看守が私の顔を威勢よく叩いたので、私はすぐに声を止めた。いずれにせよ、同じ医者ではなかった。そう見えただけだった。同じように冷たく貪欲な、そして憎悪に満ちた表情だった。

ヒステリー発作にはこれしかありません、奥様ご承知おきください、と女看守は言った。私どもはこの種の発作は数多く経験しています、この者は発作を起こしがちだったのですが、私どもは甘やかさず、矯正するようにしました。もう治まったと思っていたのですが、昔の病気が戻ったのかもしれません、あちらトロントでは治ったと言ってましたが、七年前のあの頃はまったくの狂乱状態にありました、回りにハサミや尖ったものが置いてなくて幸いでした。

それから看守たちは私を引きずるようにして監獄主棟へ連れて行き、この部屋に閉じ込めた。ナイフを持った医者がもういないからよくなったと言っても、正常に戻るまでは、と彼らは言った。医者が怖かった、それだけだったと私は言った。切り裂かれるのが怖いのだ、蛇を怖がる人と同じだと。でも彼らはこう言った。グレイス、その手は食わないよ。お前は注意を引きたいだけなのだよ。医者はお前を切り裂くつもりなんかなかった、ナイフなんか一本も持っていなかった。お前が見たのはカリパスで、頭のサイズを測るためのものだった。監長の奥様は度肝を抜かれたらしいが、それも仕方がないこと。夫人はお前によかれと甘やかしすぎて、ペットのようにお前を大事にしすぎたな、われわれはそうはいかないぞ。もっとひどいことになっても、我慢しなければならないな、お前にはしばらくこれまでとは違った注意を払うことになるからな。お前をどうするか決めるまではな。

この部屋には藁をつめたマットレスと、内側に格子のついた小さい窓が高い所にあるだけだ。他にはブリキの皿にのった一切れのパンと、石製の壺に入った水、何も入ってない便器代わりの木製バケツしかない。精神病院へ送られる前はこんな部屋に入れられていた。私は気狂いじゃない、私は犯人じゃないと言ったが、聞いてもらえなかった。

どのみち、気狂いを見てもあの人たちにはわからなかっただろう。精神病院の大半の女は英国の女王様同様狂ってない。多くは酒を飲まなければ正常だった、酒が狂わせた。この手の話はよく知っていた。そのうちの一人は青あざができるまで殴る夫を避けるために精神病院に入っていた。気狂いは男の方だったが、だれも男を幽閉しようとはしなかった。また別の女はこう言った。秋になると気が狂った、住むところがないし、精神病院は暖かい、うまく気狂いにならないと凍え死んでしまう、そして春になるとまた正常に戻る、天候がいいから遠くへ行き、森を歩いて釣りができるからだ、そしてその人には先住民の血が混じっていて、そういうことはお手の物だったと。できれば、熊が怖くなければ私もそうしたい。

でもふりをしない人もいた。その哀れなアイルランド女は家族全員に死なれた。半分は大飢饉で餓死、もう半分はここへ来る船の中でコレラで死んだ。その人は家族の名前を呼びながら徘徊していた。私はその前にアイルランドを出てよかった。その人の話では恐ろしいほどの苦しみだったそうだ。そこら中死体の山で、埋める人は誰もいなかったと。別の女は自分の子供を殺した。子供は女のスカートをひっぱりながら、まとわりついた。時には女は子供を抱き上げ、抱きしめてキスをしたが、時には金切り声で叱り付け、両手で叩いたものだったと。私はこの人が怖かった。

いつもお祈りしたり唄っている、とても信仰心が厚い人もいた。私が犯したことを人伝に知ってから、折りあるごとに私を悩ますようになった。跪きなさい、と言うのだった。汝殺すなかれ、でも罪人にはいつも神様のお恵みがあります、悔い改めなさい、まだ時間があるうちに悔い改めなさい、さもないと地獄に落ちます。教会の伝道師そっくりで、ある時スープで私に洗礼しようとした。キャベツの入った水っぽいスープをスプーンですくって、私の頭にかけた。文句を言うと、女看守は口元を箱のふたのようにきつく真っ直ぐにひき締めて、冷たい表情を送って、こう言った。グレイス、恐らく彼女の言葉を聞くべきだね、お前の固い心臓には悔悛こそ必要なのに、お前が本気で悔悛したとは聞いた事がないからね。そこで急に腹がたって、叫んでやった。何もしてない、私は何もしてないわ！　あの人が、あの女のせいよ！

グレイス、誰のせいだというんだね、と女看守は言った。落ち着きなさい、さもないと、水風呂と拘束衣だよ、そう言って別の女看守に目配せをした。ほらね、言った通りだね。蛇みたいに狂ってる。

精神病院の女看守たちは皆太っていて頑丈だった。太くて大きい腕をもち、顎は首ときちんとした白い襟にみごとに埋もれていた。髪の毛は色あせた綱のように巻き上げられていた。気狂い女が背中に飛び乗って髪の毛をむしり取ろうとするかもしれないから、頑丈でないと精神病院の女看守は務まらない。でもそんなことをしたところで何も彼女らの気性を少しでも変えられなかった。時には私たちを挑発することもあった、特に訪問者が来る予定の直前は。自分たちがいかに役に立ち熟練しているかを示すため、私たちを危険だと見せて、それをうまく制御している様子を見せたかったのだ。

だから私はあの人たちに話すのをやめた。私が両手を覆われて真っ暗な中に拘束されていたとき部屋に入ってきた、バナリング先生にもなにも話さなかった。静かにしなさい、診察に来たんだよ、私に嘘をついても無駄だよ。ここに来る他の先生たちにもだよ。ああまったく、珍しいケースだな。まるで私が二つ頭の牛みたいだ。話しかけられれば礼儀正しく答えるほかは、ついに私はまったく話さなくなった。はい先生、いいえ先生、はい、いいえ先生。その後、私は懲治監へ戻された。全員が黒い上着を着て集まった後だった。えへん、ほほう、私の意見では、ご高名なご同僚、失礼ですが私は意見が違います、先生。もちろん彼らは、そもそも私を精神病院に入れたのは間違いだったとは、一瞬たりとも認めることはできなかった。

ある種の服装の人たちは決して間違いを犯さない。おならもしない。メアリー・ホイットニーがよくこう言っていた。そういった人たちがいる部屋で誰かがおならをしたら、自分がやっちまったと思った方がいい。たとえしてなくても、自分じゃないなどと言わない方がいい、否定したらお前は横柄だと非難され、尻を蹴飛ばされて、道路に放り出されるのが落ちだからと。

彼女はよく粗野な話し方をした。「した」と言わずに「やっちまった」と言った。違う言い方を教えて貰わなかったのだ。私も昔は同じような話し方をしたが、監獄でよい話し方を学んだ。

私は藁のマットレスの上に座る。シャリシャリ音がする。渚を打つ水音のようだ。音を聞くために体を左右へ動かす。目を閉じると、あまり風のない乾燥した日に海辺にいるような気がしてくる。窓の外、遠くで誰かが木を切っている。斧が振り下ろされる、一瞬見えない光がまたたいて鈍い音がする。でもそれが木かどうか、どうして私にわかるだろう？

この部屋は寒い。ショールがないので両腕を体にまわす、他にそれをする誰がいるというのだろう？　小さい頃は、自分で自分の体をできるだけきつく抱けば、小さくなれると思っていた。家にもどこにも、私がいられる充分な隙間がなかったからだ。だから自分が小さくなれば隙間に入れると思った。

帽子から髪の毛がはみ出ている。人食い鬼の赤毛。野獣、と新聞は書いた。怪物。夕飯を持ってきたとき、便器のバケツを頭からかぶってドアの後ろに隠れよう、そしたらあの人たちは怖がるだろう。それほど怪物が欲しければ一つ持つべきだ。

でも、そんなことはしない。考えるだけ。そんなことをすれば、また私が狂気に向かうと思う。あの人たちは「狂気に向かう」と言う。時には「狂気に走る」とも言う。「西」のように、狂気はまるで方角だ。まるで狂気がうっかり入ってしまった別の家、あるいは全く別の国のように。でも人は気が狂った時は、どこにも行かない、自分がいる同じ場所に留まっている。そして他の人が入って来るのだ。

独りぼっちでこの部屋に置き去りにされたくない。壁は空っぽすぎる。絵もなければ高い小窓にはカーテンもない。見るものが何もないから、壁を見つめる。しばらくそうしていると、やがて絵が見えてくる。赤い花が生えてくる。

もう寝ようと思う。

今は朝だけど、どの朝？ 二番目それとも三番目。窓の外に新鮮な光が見える、それで眼が覚めた。体を起こそうと、つねったり瞬きをして、ガサガサいうマットレスからようやくこわばった体を起こす。それから、声を出して誰かと一緒にいるようなつもりで歌を歌う。

聖なる、聖なる、聖なるかな、
三つにいまして一つなる
神のみ名をば朝まだき
起き出でてこそ讃えまつれ

賛美歌なら看守も反対はできない。朝に捧げる聖歌。私はいつも日の出が好きだった。それから最後の水を飲む。次に部屋を歩き回る。その次はペチコートをもちあげてバケツにおしっこをする。あと二、三時間経つと、ここは汚物だめのような悪臭が立ち込める。

服を着たまま寝ると疲れる。服はしわだらけになり、中の体もそうなる。丸めて束にされ床に放り出されたような気分だ。

清潔なエプロンが欲しい。

誰も来ない。自分の罪と不品行を反省するために放っておかれる。それには一人にしておくことが一番なのだ。あるいは、このようなことは、我々専門家が熟考した意見によるもので、グレイス、こういう問題に関する長年の経験の結果なのだ、ということだ。独房に、時には真っ暗い中に。囚人が木や馬や人の顔をひと目見ることもかなわないまま、何年もそこに入れっぱなしにされるような監獄もある。そうすると、顔のつやが磨かれるという人もいる。

私は前に独房に入れられたことがある。矯正不可能、とバナリング先生が言った。狡猾な偽善者め。さあ、じっとして、お前の頭の形を測りに来たんだよ、まず心拍と呼吸を測ろう、でもこいつの下心が見えた。メアリー・ホイットニーなら、乳首から手を離せ、スケベ野郎、と言っただろう。でも私は、ああ、やめて、ああ、やめて、としか言えず、体をよじったり向きを変えたりできなかった。体が固定されていた。前で交差し、後ろで結んだ袖で体を椅子に固定されていた。だから歯で彼の指を噛むしかなかった。そして二人ともども後ろ向きのまま床の上にひっくり返り、袋詰の二匹の猫のように大きな悲鳴を上げた。医者は生ソーセージと湿ったウールの下着のような味がした。先生を充分熱湯消毒してから日向に干して漂白すれば、ずっとよくなるだろうに。

昨夜もその前の晩も夕食はパンだけだった。キャベツの一切れさえもらえなかった。それはわかっていた。飢餓は神経を静める。今日もまたパンと水だろう、肉は犯罪者と気狂いを興奮させ、狼のように鼻で肉の臭いを嗅ぐからだ。まったく自業自得ということだ。でも昨日の水はみんな飲んでしまったからとても喉が渇く、喉が渇いて死にそうだ。口の中は傷の味がして、舌がはれ上がっている。難破漂流した人はこうなると、裁判記事で読んだ。海に放り出されて、互いの血を飲みあった。そのためにくじ引きをした。この人食い残虐行為はスクラップ帳に貼ってあった。どんなにお腹がすいても、私は決してそんなことをしない。

あの人たちは私がここにいるのを忘れたのだろうか。食べ物を、少なくとも水ぐらい持って来てくれてもいいのに。さもないと餓え死にしてしまう。しなびて、肌は乾ききって、古い麻布みたいに真っ黄色になってしまう。骸骨になって、今から何カ月、何年、何世紀後に発見される。そして彼らは言うだろう、これは誰だ、この女のことはすっかり忘れていた、その辺の骨とごみを全部隅っこにはき寄せろ、でもボタンはとっておけよ、無駄にすることはない、なんとも仕方がないなあ、と。

自己憐憫にかかったら、それこそ彼らが願うところ。そこで教誨師を呼びにやる。さあ、私の腕を取りなさい、哀れなさ迷う魂よ。一匹の迷える子羊の頭上の天国には更なる喜びがあります。悩む心を和らげなさい。私の足元に跪きなさい。両手を握り締めて苦しみなさい。昼夜の別なく良心があなたをいかに苦しめるか、そして真っ赤な石炭の炎のように、犠牲者の目が部屋の中であなたの後をいかに付きまとうかを話しなさい。後悔の涙をこぼし、懺悔しなさい、懺悔しなさい。容赦と哀れみを施そう。あなたのために嘆願書を準備しよう。何もかも私に話してしまいなさい。

で、それから彼は何をしたの？　まあ、あきれ果てた。でそのあとは？

左手、それとも右手？

正確には、どの辺まで？

どこだか見せて。

ささやく声が聞こえるような気がする。すると目が一つ、ドアの細長い監視穴から私を見ている。私には見えないが、見られているのはわかる。そしてノックの音。

で、一体誰だろう？　女看守長？　男看守長が、私を叱りに来たのだろうか？　でも彼らであるはずがない。ノックをするという礼儀正しいことをここでは誰もしない。監視穴から私を見て、ただ入ってくる。いつもまずノックしなさい、とメアリー・ホイットニーは言った。そしてお許しがでるまで待つのよ。あの人たちが何をしているかわからないし、半分はあんたに見せたくないことなの、指を鼻かなんかに突っ込んでいるとか、貴婦人でも痒いときはかかなきゃなんないしね。靴のヒールがベッドの下から突き出ていたら、知らないふりをするのが一番よ。あいつらは、昼間は絹のハンドバッグかもしれないけど、夜は皆だらしない牝豚だから。

メアリーは民主主義的な考え方を持っていた。

再びノックの音。まるで私に選択権があるみたいだ。

私は帽子の中に髪の毛を押し込んで、藁のマットレスから立ち上がる。ドレスとエプロンを撫でてしわを伸ばし、できるだけ部屋の隅っこに身を潜める。そして、できるだけ自己の尊厳は保つ方がいいので、しっかりした声で言う。

どうぞお入りください。

5

ドアが開いて男が入って来る。若い男性で、私ぐらいかちょっと上の歳。男なら若いと言えるが、女は違う。私の歳では女はオールドミスだが、男は五十歳までは大丈夫だし、その歳になってもまだ女の望みはある。メアリー・ホイットニーがよくこう言っていた。彼は背が高く、手足が長い。でも監長令嬢たちが言う美男子ではなかった。お嬢様たちは雑誌に出ているひ弱な感じの男たちがお好きだ。とても優雅で、虫も殺さないような顔をして、足の幅が狭い細く先の尖ったブーツを履いている。この男には今風でないきびきびしたところがあり、紳士かそれに近い身分でありながら、足が大きい。イギリス人とは思わないが、よくわからない。

髪の毛は茶色で、天然ウェーブ、ブラシをかけても跳ねあがって収まらない様子だ。上着は上等で、仕立てもよい。でも新しくはない、肘に当てた継ぎがてかてかしている。タータンチェックのチョッキを着ている。女王様がスコットランドを好きになり、お城を築いて以来、タータンチェックが流行っている。お城には鹿の頭が沢山あるそうだ。

でも良く見ると本物のタータンチェックではない、ただのチェック。黄色と茶色。懐中時計の金鎖を付けているから、しわくちゃで手入れの悪い服装をしていても、貧乏ではない。

最近流行りだした頰髭はない。頰髭はあまり好きではない。口髭か顎髭はいいが、あとはない方がいい。ジェイムズ・マクダーモットもキニア様も髭は剃っていた。ジェイミー・ウォルシュもそうだ。もっとも剃る髭もあまりなかった。ただキニア様は口髭を生やしていた。毎朝髭剃り用水鉢を空けるとき、私は濡れた石鹼を少し取って、肌にこすり付けた。彼はロンドンから良い石鹼を取り寄せていた。私は手首の皮膚にもこすり付けて、一日中、少なくとも床磨きの時間が来るまでは、匂いを嗅いでいたものだ。

若い男は背後のドアを閉める。鍵はかけないが、誰かが外から鍵をかける。共にこの部屋に閉じ込められる。

おはよう、グレイス。医者がこわいそうだね。言っておくけど、僕は医者だ。名前はドクター・ジョーダン、ドクター・サイモン・ジョーダンだ。

私はさっと彼を見る、それから目を落とす。別の先生も来られるのですか?

君を怖がらせた先生かい？　いや、来ない。

それなら、先生も私の頭を測りにきたのですね。

とんでもない、と彼はにっこりして言う。でも私の頭をじろじろ見ている。それでも私は帽子を被っているから、相手には何も見えない。話し方から、アメリカ人に違いない。歯は白く、少なくとも前歯は一本も欠けていない。かなり細面で、骨ばっている。笑うとき顔の一方が上がるけど、笑顔がいい。だから冗談を言っているように見える。

彼の両手を見るが、何も持っていない。何もない。指輪もない。ナイフをいれた鞄を持っていますか？　私は訊ねる。小さな革の鞄を。

いや。僕は普通の医者じゃない。切ったりしない。僕が怖いのかい、グレイス？　怖いとはまだ言えない。早すぎる。何をしたいのか訊くには早すぎる。欲するものがなければ、誰も私に会いにここへは来ない。

普通の医者じゃないなら、どんな医者なのか教えて欲しい。代わりに彼はこう言った。僕はマサチューセッツの出身だ。生まれた場所がそこ。それからたくさん旅をした。世界中を行ったり来たりして、あちこち歩いた。それから、私がわかったかどうか見るために、見つめる。

あれはヨブ記だ。ヨブにおできができて痛みだし、つむじ風が起きる前だ。悪魔が神様に言う言葉だ。この人は私を試しに来たと言うつもりなのだ。でももう遅すぎる、神様はすでにたくさん私をお試しになったので、今頃は神様も飽きたんじゃないか、と人が思うほどだ。

でもそんなことは言わない。馬鹿みたいに彼を見つめる。ずっと練習してきたから、馬鹿みたいな様子はうまい。

フランスにはいらっしゃいましたか？　流行り物はみんなそこから来ます。

私は彼をがっかりさせたみたいだ。ああ、と彼は言う。イギリス、イタリア、ドイツ、スイスにも行った。

懲治監の鍵のかかった部屋で立ったまま、知らない男とフランスやイタリアやドイツの話をしているのはとても奇妙だ。旅する人。行商人のジェレマイアのように、彼もさすらい人に違いない。でもジェレマイアは暮らしを立てるために旅をしたが、この種の人達はすでに金持ちだ。好奇心があるから旅をする。世界をぶらぶら歩き、物事を見る。軽い気持ちで大海を越え、一箇所が気に入らなければ、さっと荷物をまとめて他へ移る。

さて今度は私が何か言う番だ。先生、外国人ばかりの中で、よくやっていけますね。みんなの言っていることもさっぱりわからないでしょ。貧しい人たちがここへ来たばかりのときは、雁のようにガアガア言うだけですが、でも子供たちはすぐうまく喋れるようになりますね。

これは本当だ、どんな国の子供もすぐ覚える。

彼はにっこりして、それからおかしなことをする。左手をポケットに突っ込み、りんごを取り出す。ゆっくり私の方へ来ると、危険な犬を手なずけるために骨をやるように、りんごを前に差し出す。

君のだよ。

私はひどく喉が渇いていたので、りんごは冷たくて赤い、大きなまん丸い水滴のように見える。一口で飲み込めそうだった。ためらったが、でも思えば、りんご自体はちっとも悪くない。そこでもらうことにする。長いことりんごを独り占めにしたことがなかった。これは地下室の樽に入れてあった、去年の秋のりんごだろう。でもとても新鮮そうだ。

私は犬ではありません、と先生に言う。

たいていの人はどういうことかと訊ねるだろうが、彼は笑っている。笑い方はひと息「ハア」というだけで、失くした物を見つけたかのようだ。そして、グレイス、犬じゃないのは見ればわかるよ、と言う。

この人は何を考えているのだろう。両手にりんごを持って私は立っている。重い宝物のようで、貴重な感じがする。りんごを持ち上げて匂いをかぐ。あまりに外の匂いがするので泣きたくなる。

食べないのかい。

ええ、まだ。

どうしてだい。

無くなっちゃうからです。

本当は、食べているところを見られたくない。ひもじさを知られたくない。欲しいものを知られたら、あの人たちはそれを使って苦しめる。一番いいのは何も望まないこと。

彼はちょっとだけ笑って、それが何か言ってくれないか、と訊いた。

私は彼を見て、そして目をそらす。「りんご」、と答える。私を馬鹿だと思っているに違いない。それとも何かの策略。あるいは気狂いは彼で、だからドアに鍵をかけた。私はこの気狂いと一緒にこの部屋に閉じ込められた。でもこの人のような服装の男が気狂いのはずがない、特に懐中時計の金鎖を付けているのだから。気狂いなら親戚か看守たちがあっという間に金鎖を取り上げてしまうはずだ。

彼はゆがんだ笑顔を浮かべる。りんごを見て何を連想する？

先生、もう一度お願いします。おっしゃることがわかりません。

きっと謎なぞだ。メアリー・ホイットニーのことを思う。そしてあの晩むいたりんごの皮を肩越しに投げて、誰と結婚するか占ったことを思い出す。でもそんなことは口に出さない。

ちゃんとわかっているはずだろう、と先生が言う。

刺繍見本、と私は答える。

今度は彼がわからない番だ。何？

子供のときやった刺繍の見本です。アップルのA、蜂（ビー）のBです。

うん、なるほど。じゃ、他に？

私は得意の間抜け顔をして、アップルパイ、と答える。

ああ、と彼は言う。君が食べる物だね。

先生も、召し上がるでしょう。アップルパイのAです。

じゃ、食べてはいけないりんごがあるかい？

腐ったりんご、だと思います。

彼は、精神病院のバナリング先生のように、当てっこ遊びをしている。常に正しい答えがあり、その答えが正しいのは、彼らが望む答えだからだ。彼らの顔を見れば正しい答えを当てたかどうかわかる。でもバナリング先生の場合はどの答えも間違いだった。

先生は神学博士なのかもしれない。神学博士たちはこの種の質問をする傾向がある。あの人たちにはさんざんやられたからもう結構。

「智恵の木」のりんご、それが先生の意図する答えだ。善と悪。どんな子供でも当てられる。私はその手には乗らない。

私はまた間抜け顔をする。先生は教誨師ですか？

いや、教誨師じゃないよ。医者だ、でも体でなく心を治す医者だよ。心とか、頭とか、神経とかの病気だよ。

私はりんごを持つ手を背中に回す。私はこの人をまったく信用しない。いやです、と私は告げる。あそこへは絶対に戻りません。精神病院には戻りません。血の通った人間にあそこは耐えられません。

怖がらないでいい、と医者は言う。君は狂ってはいない、そうだろう、グレイス？

そうです、先生、私は狂っていません。

じゃ、精神病院へ戻る理由はないんじゃないかい？

あそこの人たちは理由を聞かないんです、先生。

そうか、だから僕がここへ来たんだよ。理由を聞きにここへ来た。君の話を聞くためには、僕に話してくれないと。

求めているものがわかった。彼は収集家だ。私にりんごをやりさえすれば、私を収集できる、と思っている。恐らく新聞社の人だろう。それとも旅をする旅行家だ。やって来てはじろじろ見る。見つめられると、人はアリみたいに小さくなったような気がする。彼らは親指と人差し指でつかんで、人をひっくり返す。そして下ろすと、また去って行く。

先生は私の言う事を信じないでしょう、と私は言う。とにかく全ては決まったことです、とうの昔に裁判は終わってしまったから、私が言っても何も変わらないでしょう。弁護士や判事や新聞記者にお訊きになったらどうですか。私よりよほど私のことをよく知っているみたいですから。どっちみち私は覚えていません、他のことは覚えていますが、あの事件の記憶がすっかりないのです。他の人からそのことはお聞きですね。

グレイス、君を助けたいのだ、医者は言う。

みんなそう言ってドアを開けてくる。彼らは援助を申し出るが、感謝を期待する。マタタビで興奮する猫のように感謝に興奮する。家へ帰って、やったぞ、すばらしいものを引き出した、俺はなんていい人間だ、と独り言を言いたいのだ。でも私はだれかのすばらしいものになるつもりはない。だから、何も語らない。

君に話す気があるなら、聞こう、医者は続ける。僕の関心は純粋に科学的なものだ。僕らが知りたいのは殺人のことだけではない。彼はやさしげな声を出している。表向きはやさしいが、でも裏には他の欲望が隠れている。

嘘をつくかもしれません、と私は答える。

グレイス、なんて嫌なことを言うんだ、君は罪深い想像をするね、などと彼は言わない。そうかもな、と言う。そのつもりがなくても嘘を言うかもな、わざと言うだろう。君は嘘つきかもな。

私は彼を見つめる。私が嘘つきだといった人たちがいます、と私は言う。

でもやってみないと、と医者は言う。

私は床を見下ろす。精神病院へ連れ戻されるんでしょうか？　あるいは、パンしかくれない独房へ入れられますか？

君が僕と話を続ける限り、そして自制を失ったり暴力的にならない限り、今まで通りだと約束するよ。監長から約束をもらったからね。

私は彼を見つめ、目をそらす。そしてまた見つめる。私は両手でりんごを握っている。彼は待っている。

とうとう私はりんごを持ち上げて額に押し付ける。

Ⅳ

若い男の夢想

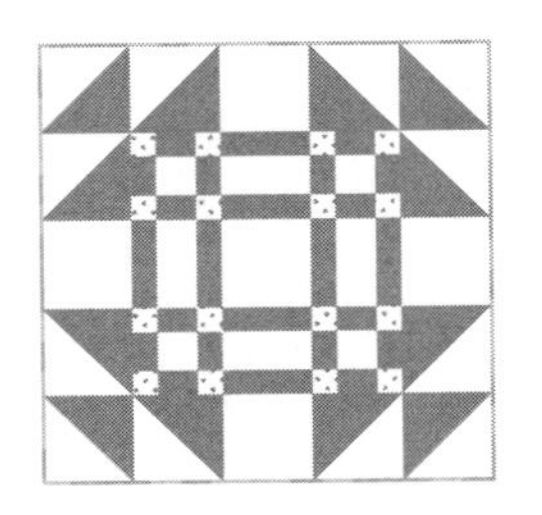

これら錯乱した狂人たちのなかにグレイス・マークスの特異な顔があった。もはや悲しみや絶望に沈むのではなく、狂気の炎に輝き、恐ろしい悪魔的陽気さに紅潮している。知らない人々が自分を見つめるのを知って、金切り声をあげながら、彼女は幽霊のように脇部屋の一つへ逃げこんだ。恐ろしい病気の激しい発作中でさえ、絶えず過去の記憶に襲われるらしかった。不幸な娘よ！　いつになったらあの娘の罰と後悔の長い恐怖は終わるのだろう？　イエスの足元に坐り、彼の汚れのない正義の衣に覆われ、血の汚れが娘の手からぬぐわれ、魂が救われ、許され、そして正常な心になれるのはいつのことなのだろう？……

娘の過去の全ての罪が、この恐ろしい病の初期の作用に帰されるよう願おう。

——スザンナ・ムーディ

『開拓地の生活』一八五三年

これら不幸な苦しむ人々を治す知識が我々にないのは最も残念なことです。外科医なら腹部を切開して、脾臓を見せることができます。筋肉を切りとって、若い学生たちに見せることができます。しかし、人間の精神を解剖することはできないし、脳の作用をテーブルの上において見せることはできません。

子供の頃、目隠し遊びをしました。今私はあの頃の子供のようです。目隠しをされたまま、どこへ行くのか、正しい方向へ向かっているのかもわからず、手探りで道を探しているのです。いつの日か、誰かがこの目隠しを外してくれるでしょう。

――ジョゼフ・ワークマン博士
トロント市　州立精神病院長
若い悩める質問者「ヘンリー」への手紙　一八六六年

幽霊に憑かれるには　部屋でなくてもよい
家でなくてもよい
頭のなかには現実の場所よりも
はるかに多くの回廊がある

その幽霊に真夜中に出会うほうが
はるかに安全だ
あのもっと冷たい客に
うちがわで向かい合うよりも

――エミリー・ディキンソン　一八六三年頃
新倉俊一訳

6

アメリカ合衆国　マサチューセッツ州
ルーミスビル市　ラバナム・ハウス
サイモン・ジョーダン医学博士へ

カナダ・ウエスト　トロント市　州立精神病院　院長
ジョゼフ・ワークマン博士より

一八五九年四月十五日

ジョーダン博士殿

今月二日付けの貴殿のお手紙拝領致しました。私の尊敬する同僚、スイスのビンスワンガー博士のご紹介状かたじけなく存じます。博士の新しい診療所の設立に私は大いに関心を持ってまいりました。不躾ながら、ビンスワンガー博士のお知り合いということで、私が院長をしております精神病院の視察を、いつでも大歓迎いたします。私自ら喜んで院内をご案内し、私共の医療方法をご説明申し上げます。

貴殿は御自身の病院を設立する意図をお持ちということなので、衛生設備と優れた排水設備が最重要であるということを強く申し上げます。と申しますのは、肉体が病原菌に感染している者が、精神を病む者の世話をしても効用がないということです。この面はごくしばしば無視されております。私がここに赴任しましたとき、コレラが大流行し、穿孔性赤痢、難治の下痢、あらゆる種類の致命的チフス疾患が病院に蔓延しておりました。それら病気の原因究明をする中で、私は地下室のあらゆる場所の下に有害な汚水がたくさん溜まっているのを見つけました。あるところでは、紅茶の濃い煮出し汁のようで、他の場所ではねばねばした軟石鹸のようで、これらは工事人による本管への下水管接続ミスのせいで排水されなかったのです。これに加えて、飲み水と洗い水は湖から取水管で引き込んでおり、よどんだ湾の取水口のそばには、下水本管から汚水を放出するパイプがありました。入院患者がよく、ここの飲み水は、とても口にしたいとは思わないようなものの味がするとこぼしたのも、不思議ではありません。

ここの入院患者の性別はほぼ同じ割合です。症状に関しましては、非常に多様です。

宗教的狂信というものは、暴飲と同じくらい直接的な精神障害を多くもたらすものと私は考えております。しかし宗教も暴飲も真に健全な精神には精神障害を引き起こさないと信じるようになっております。私は、精神であれ肉体であれ、何か異常な力に曝されるところには、つねにその個人を病気にかかりやすくさせる何らかの原因があると考えます。

しかし、貴殿がお訊ねの第一目的に関する情報は、残念ながら他にお訊ねください。殺人罪を犯した、女囚グレイス・マークスは、ここに十五カ月いた後、一八五三年八月、キングストンの徴治監へ戻されました。私はその女が移る三週間前に着任しましたので、女の症状を徹底的に診療する機会はほとんどありませんでした。それゆえ私はあなたのお手紙をサミュエル・バナリング博士へ照会しました。博士は私の先任者のもとで女を診療されておられました。私は、グレイス・マークスの初期の精神障害の程度について語ることはできません。私の印象は、精神病院からの退院を許可できるほどかなり長い間充分正常だったということです。女の懲罰には厳しくない処置をとるよう、私は強く勧告いたしました。現在女は日中何時間かを懲治監長の家族の使用人として過ごしていると思います。ここに収容中の最後の日々は、非常に礼儀正しい行動を取っていました。他の患者に対して勤勉で親切な助力をし、院内では有益で役に立つ患者でした。ときどき神経性の興奮状態が現れ、心臓の痛みを大げさに演じます。

私どものような公的基金で経営される機関の院長が直面する一つの大きな問題は、監獄当局が、悪に染まっていない無実の入院患者の枠には収まらない多くの面倒な犯罪者、たとえば凶悪殺人犯や強盗犯、窃盗犯を、ただ単に監獄の外に出すだけのために、我々に委ねようとする傾向があることです。精神病患者の慰安と回復によかれと建設された建物が、罪を犯した狂人の監禁場所になるというのは認めがたいことです。罪を犯した詐称者についてはもっとそうです。後者の人々は一般に考えられているより数が多い、と私は強く推察します。さらに、無実の人々を罪人の狂人と一緒に収容することから、間違いなく悪影響が患者に及び、精神病院の世話人や職員たちの気性や習慣にも悪影響が出て、患者に対して人間的で適切な処置ができなくなることを恐れます。

しかし、貴殿は私設病院を設立することを考えておられるので、この種の問題は少ないでしょうし、改正をしばしば妨げる苛立たしい政治介入もより少なくて済むものと信じております。いずれにおきましても、ご努力が報われますようお祈りいたします。貴殿のような企画は、我が国でも貴国でも、増加する近代生活の不安とそこからくる神経への圧迫により、残念ながら現在大いに求められております。病院を作るスピードが入院希望者の数にほとんど追いつくことができません。私も、及ばずながらお力になれればと存じます。

敬具

ジョゼフ・ワークマン医学博士

§

カナダ・ウエスト　キングストン市　ローワー・ユニオン・ストリート
C・D・ハンフリー少佐方
サイモン・ジョーダン博士へ

アメリカ合衆国　マサチューセッツ州
ルーミスビル市　ラバナム・ハウス
ウィリアム・P・ジョーダン夫人より

一八五九年四月二十九日

最愛の息子へ

貴方の現住所とリウマチ軟膏の使用法を綴った長く待ち焦がれた手紙が今日届きまし

た。短いものでも、貴方の懐かしい筆跡を再び見ることができて嬉しいです。そして、哀れな母親の衰え行く健康に気を遣ってくれてありがとう。

この機会にいくつか伝えておきます。出発した翌日に貴方宛にここに届いた手紙を同封します。先頃の貴方の帰省はあまりにも短いものでした。いつまた家族やお友達に会いに戻るのでしょうか。そんなにしょっちゅう旅することが、貴方の心の平安や、健康にいいはずがありません。ここに落ち着いて、自分に相応しいやり方で、きちんと身を立てることを選ぶ日が来ることを望みます。

見たところ、同封した手紙はトロントの精神病院からのものですね。訪ねる予定なのでしょうが、貴方は今までに世界中の同じような施設をことごとく見てきたでしょうし、もう一つ見学することで利益があるとは思えません。フランスとイギリスの同様の施設、さらにずっと清潔なスイスの施設についての貴方の説明を読んで、私は恐ろしくてぞっとしました。私たちの精神の健全が保たれるようみんなでお祈りするべきです。でも私は、貴方が提案している行動計画が実行に移されるなら、貴方の将来の見通しについてゆゆしき不安を感じます。愛する息子よ、こんな言い方を許して欲しいのですが、貴方がこういうことに関心を寄せるのを、私はとうてい理解できません。貴方のおじい様はクエーカー教の牧師でしたが、身内にかつて狂人に関係した人は一人もおりません。人間の苦悩を救いたいと望むのは立派なことですが、馬鹿や心身障害者のような、精神異常者は、全能の神の摂理であり、私たちには不可解でも、絶対に正しい神の決定を変えようとしてはいけないのです。

その上、私設の精神病院が経済的に成り立つとは思いません。というのは、いったん狂人が収容されてしまうと、その縁者は彼らについて聞いたり会ったりしたがらず、驚くほど無関心になることがよく知られています。そしてこの無関心は治療費の支払いにまで及びます。それから食費に燃料費、彼らの世話をする人たちの人件費があります。多岐にわたる配慮が必要ですし、精神異常者との毎日の付き合いは静かな生活とは程遠いです。貴方は自分の未来も、妻や子供のことも考えないといけません。家族を大勢の危険な狂人たちのすぐそばに置くべきではありません。

貴方の人生の道を決めるのは私の仕事でないことはわかっています。公益財団を甚だしく悪用し、年毎に悪化する、政治家たちの不正管理により、繊維工場がかつてのようではないといっても、それでも工場の方がずっと好ましい、と強く勧めます。でも今は他にも多くの機会があり、非常にうまくやっている方たちもいます。毎日のように新しい成功者の話を聞くでしょう。貴方もあの方たちと同じ活力と聡明さを持っていると確信しています。新しい家庭用ミシンが話題になっています。これが安価で製造されれば非常に成功するでしょう。女性という女性が、単調で果てしない骨折り仕事を何時間も節約できるミシンを欲しがるでしょうし、とても哀れなお針子たちの助けになるでしょう。亡きお父様の事業の売却後、貴方に残された僅かの遺産を、そのような素晴らしくかつ信頼できる事業に投資できませんか。ミシンは百の精神病院と同じぐらい、まちがいなく多くの人間の苦しみを救うと私は確信しています。

もちろん貴方は常に理想家で、楽天的な夢をたくさん持ってきました。でも時には現実も割り込まなければなりません。貴方ももう三十歳です。

お節介や干渉からこんなことを言っているのではありません、愛する一人息子の将来を案じる母親の気遣いからです。この世を去る前に、貴方がしっかり地盤を築くのを見たいと切に望みます。これは貴方の愛するお父様のお気持ちでもありました。知ってのとおり、私は貴方の幸福のためにのみ生きています。

貴方が去ってから私の健康は一層ひどくなってしまいました。貴方がいるだけでいつも私は元気になります。昨日は咳がひどかったので、忠実なモーリンは私に階段を上らせるのにとても苦労しました。あの人も私と同じぐらい老いてか弱くなっています。私たち二人は足を引きずりながら丘を上がる二人の魔女のように見えたことでしょう。優しいサマンサが台所で煎じてくれる、日に数回服用する調合薬にもかかわらず――あらゆる薬と同じように実に嫌なお味で、自分の母親はそれで治ったとあの人は言い張りますが――私は相変わらず同じです。でも今日は元気で、いつものように応接間でお客様を接待できました。数人お見えになりましたが、私の具合が悪いのをお聞きになっていらした方たちでした。その中に、ヘンリー・カートライト夫人がいらっしゃいました。最近富をお築きになられた方にありがちですが、とてもお上品な物腰では必ずしもないのですが、お優しい方です。でも作法はそのうち身につくでしょう。ご一緒にフェイスお嬢様が見えました。十三歳の頃のぎこちない少女を覚えているでしょう。でもすっかり大人になられて、最近ボストンから戻られました。教養を広げるために、ボストンでは叔母様のところに住んでおられたと。今は文句のつけようがないほど、魅力的な若い女性になられ、多くの方が賛美される礼儀正しさとお優しい親切さを見せてくれました。このほうが華やかな美貌よりずっとお値打ちがあります。おいしい物が入ったバスケットを持ってきて下さいました。私は愛するカートライト夫人にすっかり甘やかされています。感謝の意を十分お伝えしましたが、今は食欲がないので、ほとんど頂くことができません。

病人になることは悲しいことです。貴方が生き長らえますよう、そして勉強のしすぎや神経の緊張のため、一晩中ランプをつけて起きていて目を損ねたり、また、くたくたになるまで頭を悩ましたりして過労で倒れないよう用心して、暖かい気候が完全に来るまでウールの下着を着るよう、毎晩お祈りしています。うちの最初のレタスが芽を出しました。りんごの木も蕾がつきはじめました。貴方がいるところはまだ雪に覆われているでしょう。遥か北方の、湖畔沿いにあるキングストンは、とても寒く湿気が多いでしょうから、肺にいいとはとても思えません。貴方のお部屋の暖房はちゃんとしてますか。力がつくような食べ物をとるように、そして、そこにいいお肉屋さんがあることを願います。

では、愛をこめて。モーリンとサマンサもくれぐれもよろしくということです。貴方の帰省の知らせが早く来ますようにみんなで待っています。それまで、私は今まで通りです。

愛する母より

S

アメリカ合衆国　マサチューセッツ州
ドーチェスター市
エドワード・マーチー博士へ

カナダ・ウエスト　キングストン市
ローワー・ユニオン・ストリート
C・D・ハンフリー少佐方

サイモン・ジョーダン博士より
一八五九年五月一日

親愛なるエドワード

ドーチェスターを訪れて、君の様子を拝見できなかったのは残念だった。開業して、地元の身体障害者や盲人の診療にずっと多忙のようだな。僕の方は、いかに悪魔を追い出すかを探して、ヨーロッパを放浪していたが、いまだその秘伝を学んでいないようだ。しかし、お察しの通り、ルーミスビル市に着いてから出発するまでの間、準備に追われていた。午後は全ていや応なしに母に捧げられていた。しかし、僕が戻った時は、会うことにしよう。そして、「よき昔」のためにグラスをほそうじゃないか。昔のアバンチュールや今後の展望について話をしよう。

比較的穏やかな湖越えの旅を終えて、無事目的地に着いたところだ。まだ、連絡相手で、いわば雇い主であるベリンガー牧師には会っていない。トロントへ出かけて留守なんだ。そこで僕はまだ期待に胸を膨らませているところだ。手紙から察する限り、多くの牧師同様彼は罰当たりなまでに機知に乏しく、人々を皆迷える羊扱いして、自分は羊飼いであろうとする欠点があるようだ。しかし、この素晴らしい機会に恵まれたのは、ベリンガー牧師とかのビンスワンガー博士のお陰だ。博士が僕を大西洋の西側での目的に最適任者として推薦してくれたのだ。報酬は高くなく、メソジスト派の連中はケチで有名だ。かなり進んできたとはいえ、精神とその働きはいまだ「知られざる領域」であるから、知識を深めるいい機会だと思っているのだ。

僕の状況はと言うと、キングストンはとても魅力的な町とは言えない。二十年ぐらい前に全焼し、手早く再建されたために魅力がないからだ。大火事になっても大丈夫なように新しい建物は石かレンガ造りだ。懲治監自体はギリシャ神殿風で、ここの人達の自慢だ。中ではどんな異教の神が崇拝されるのか、僕にはまだわからない。

僕はC・D・ハンフリー少佐宅に部屋を借りることにした。豪華ではないが僕の目的には充分。しかし、大家がアル中ではないかと心配している。彼が不器用に手袋をはめたりはずしたりしながら、どっちにすべきか迷っている場面に二度遭遇したのだが、彼は僕がこの家で一体何をしているんだというかのように、充血した目で睨んでいた。彼はゆくゆくは、僕がまだ夢見ている私設の精神病院行きだろうと予言できる。それでも、新しい知り合いが皆未来の有料入院患者と見てしまうことは止めなければならない。軍人が退職給を受けて引退すると、破滅する割合の高さは顕著だ。強い興奮と暴力的感情に慣れてしまっているために、その感情を市民生活で再現しなければならないかのようだ。しかし諸々の手続きを整えたのは少佐ではなく、長く耐え忍んできた彼の奥方だった。少佐だったら間違いなく手続きの仕方を覚えていなかっただろう。

朝食以外は近所のむさ苦しい食堂で食べている。今までのところ、朝食はロンドンの医学校で我々が食べたものよりひどく、食堂の食事は毎回こげた捧げ物といった具合だ。少々の泥やゴミに加えて、虫で味付けするのは平気と思われている。こんな滑稽なひどい料理法にもかかわらず僕がここに留まっているのを知って、僕がいかに科学のために専念しているか君にわかってもらえると思う。

社交界と言えば、他と同じでここにも可愛い女の子たちがいる。装いは、三年前のパリの流行、ということは、二年前のニューヨークの流行ということになるかな。当国の現政府の革新的な傾向にもかかわらず、町は不満な保守党員と田舎の二流紳士気取りたちで一杯だ。熊みたいで服装に無頓着な、そうそうこの方がもっと大事だが、ニューイングランド出身の民主党支持の君の友人は、党派心の強いここの住民にはやや胡散臭そうにみられるだろうな。

それにもかかわらず、監長は、ベリンガー牧師の説得だと僕は思うが、わざわざ好意的にグレイス・マークスを毎日午後数時間僕にまかせる手はずを整えてくれたというわけさ。彼女は監長宅でただ働きの女中のようなことをしているらしい。彼女がこの仕事を好意と見ているのか贖罪と見ているのか、突き止める必要があるな。おとなしいグレイスも、この十五年間近く劫火に鍛えられ、手ごわくなっているから、これは楽な仕事ではないだろう。相手の信用が得られなければ、僕の調査はうまくいかない。だが僕の刑罰制度に関する知識から判断すると、グレイスは長い間、誰かを信用するわずかな根拠さえ持てないできたと思う。

調査相手にはこれまで一回しか会っていないので、僕の印象を語るには早すぎるかもしれない。希望を持っているということだけは言っておこう。君が親切にも僕の進展を知りたいとお望みなので、知らせるよう努力する。ではまた。

敬具

君の旧友でありかつての仲間

サイモンより

7

サイモンは机に向かって座り、ペンの端をかじりながら窓の外を眺めやって、オンタリオ湖の灰色の波立つ水を見る。湾の向こうにはウルフ島があり、その名はあの有名な詩人のような将軍にちなんでつけられたのだと思う。執拗なまでに水平的で、感嘆して眺めるような景色ではないが、見た目が単調なものは時には思考を促すことがある。

雨が突然ざあっと降り出し、窓ガラスにたたきつける。低い切れ切れの雲が湖上を疾走している。湖はうねり、大波が打ち寄せる。岸辺に押し寄せる波は、引いてはまた押し寄せる。下の柳の木々は緑色をした長髪のように激しく揺れ、のたうち回っている。何か白っぽいものが風に吹かれてさっと過ぎる。女性の白いスカーフかヴェールのように見えたが、風に逆らうただの鷗（かもめ）だった。創造主の造りたもうた非情な自然の騒乱、とサイモンは思う。テニスンの詩の歯と爪。

サイモンは今自分が述べたばかりのさっそうとした希望をまったく感じない。代わりに、不安でかなり意気消沈している。ここに滞在する理由があやふやに思えてくる。しかし、今のところ自分にとっては最高の機会だ。医学の道に入ったのは、若者のへそ曲がりからだった。当時父は豊かな工場主で、いずれはサイモンが事業を引きつぐと大いに期待していた。サイモン自身もそう思っていた。しかし、最初は、ちょっと抵抗してみよう。轍からはずれて、旅行をし、勉強をし、世界で自分を試して、そして科学と医学の世界でも自分を試してみよう。科学と医学は常に彼の好奇心を煽っていた。それから得意分野を持って、金のためにそのおはこを出す必要はないような十分な自負を持って故郷に帰ろう。たいていの最高の科学者たちには私的収入がある、と聞く。だから利害を超えた研究ができるのだ。

サイモンにとって父の挫折や繊維工場の破綻は思ってもみないことだった。どちらが先だったのかははっきりしない。静かな小川での楽しい川くだりが、突然海での大惨事に代わり、壊れたマストにしがみ付く状態でサイモンは取り残された。言い換えれば、頼れるものは自分の能力だけになった。それこそ青春時代父と口論したとき、最も望ましいものと自分が主張したものだった。

工場も、子供時代の人目を引いた豪邸も、大勢の使用人と共に売却された。小間使いに台所女中、接客女中、笑顔の娘たちやアリスやエフィといった名前の女たちのあのたえず変わる歌声。女中たちはサイモンの子供時代と青春時代を甘やかし支配してきた。どういうわけか彼女たちも家と一緒に売られてしまったようだ。女中たちは苺と塩の匂いがした。下ろすと、波打つような長い髪をしていた。あるいは、そのうちの一人がそうだった。多分、エフィだったかもしれない。遺産に関しては、母が思っているより少なく、そこからの収入の大半は彼女にいく。母は自分が零落したと思い、それは昔に比べれば事実だ。母は息子のために犠牲を払っていると信じている。サイモンは母親を失望させたくない。父親は自分の腕一本のたたき上げだったが、母親は周りの人たちによって作り上げられた。そうした楼閣が脆弱なのは周知の通りだ。

そういうわけで、今のところ私設の精神病院は彼の手に届かないはるか彼方にある。その資金集めには、すでに大勢が群がり議論百出の分野で、何か斬新なこと、新しい発見や治療法を示さなければならないだろう。恐らく、自分の名前を確立したときは、共同出資を募ることが可能だろう。それも管理権限を失わずに。自分のやり方をきちんと確立した暁には、自由に、まったく自由に自分のやり方を行なわなければならない。設立の趣意書を書こう。明るい大きい部屋、適切な換気と排水設備、広大な敷地、そしてそこには川が流れている。水の音は神経を和ます。しかし機械類と流行のものは制限しよう。電気装置など磁気を帯びるものは使わない。アメリカ社会が過度にそういうものに感動しているのは事実だ。彼らはレバーを引いたりボタンを押したりして行なわれる治療法を好む。だがサイモンはそれらの効力をまったく信じていない。誘惑に負けず、自分の尊厳を損なうようなことは絶対にすべきではない。

今はすべてが夢物語にすぎない。しかし、母の前でちらつかせるために、何らかの計画を持たなくてはならない。母にすれば、いかに反対しようとも、息子がなんらかの目的に向かって努力していると信じる必要がある。もちろん彼も、母同様に、金と結婚することはいつでもできる。母は一族の名前と縁戚関係を引き換えに造幣されたばかりの大金を手に入れた。そして同じような手配を息子のためにしたいと心底願っている。ヨーロッパの落ちぶれ貴族と成金のアメリカ人の百万長者との抜け目ない取引がますます盛んになっている。率としてははるかに少ないが、マサチューセッツのルーミスビル市でも周知のことだ。サイモンはフェイス・カートライト嬢の出っ歯と家鴨(あひる)のような首を思って、身震いする。

サイモンは時計を見る。またも朝食が遅れている。朝食は自分の部屋で取ることにしている。毎朝、ドラが木のお盆に入れて部屋へ運んでくる。ドラは大家の奥さんの雑役婦だ。ドラが居間の隅っこにある小さいテーブルの上にドンとお盆を置くとテーブルがカタカタいう。彼女が去ると彼はそこに座ってがつがつと、というか、食べられそうなところだけ食べる。サイモンは朝食前に、別の大き目なテーブルで執筆する習慣をつけた。ドラが入ってきたとき、仕事をしているよう見せるためと、彼女を見なくてすむようにするためだ。

ドラは肉づきがよく、顔は丸々として大きい。口は小さく突き出ていて不満げな赤ん坊のようだ。大きい黒い眉毛は鼻の上で繋がっている。そのため、いつも仏頂面で不満の怒りを表わしているように見える。ドラが何でも屋の女中の仕事を嫌っているのは明らかだ。他に何かしたいことがあるのだろうか。娼婦のドラをサイモンは想像したことがある。出会ったいろいろな女性に、この秘密の連想ゲームを時々する。でもドラの場合、彼女を買う男を想像できない。馬車に轢かれるために金を払うようなもので、轢かれれば、紛れもなく健康が脅かされる。ドラは屈強なやつだ。あの太股で男の背骨を二つにへし折ることもできる。茹でソーセージのように灰色で、焦げた七面鳥そっくりの切り株のような太股をサイモンは想像する。巨大で、それぞれが子豚ほどの太さがある。

ドラもサイモンの尊敬度の低さにお返しをする。自分の用事を増やすために部屋を借りていると感じているらしい。彼のハンカチは煮込んだみたいに染みだらけになり、シャツは糊でゴワゴワ、ボタンはなくす。絶対に日常的にむしり取っているに違いない。わざとトーストを焦がし、卵は茹ですぎにしているのではないか。お盆をドンと置くと、「ほら、ご飯だよ」と、まるで豚を呼ぶように喚く。重い足取りで出て行き、バッタンとぶっきら棒な音を立ててドアを閉める。

サイモンはヨーロッパ人の使用人に甘やかされてきた。彼らは生まれつき自分の身分をわきまえている。大西洋のこちら側でしばしば見せつけられる怒りに満ちた平等の表明にまだ慣れる事ができない。もちろん南部は例外だ。でもそこへは行かない。
キングストンにもここよりはましな貸間があるが、サイモンはそのために金を払いたくない。短期滞在にはこれで充分だ。他に下宿人はいない。プライバシーと思考には、静けさが大事だ。家は石造りだから、寒くて湿っぽい。自分の中の古きニューイングランド人気質のせいか、物質的贅沢へある種の軽蔑を感じる。そして医学生として、修道僧のような禁欲生活や困難な状況下で長時間働くことも当たり前のものになっていた。

サイモンはまた机に向かう。「最愛の母上様」、彼は書きはじめる。「有益な長いお手紙ありがとうございました。僕はとても元気で、ここでの犯罪者の集団における神経と脳の病気の僕の研究は、大いに進展しています。病気を解く鍵が見つかったとしても、問題の解決には長い時間がかかるでしょう……」

先が続かない。母を騙すような気がする。でも何か書かなくてはならない。さもないと溺れたとか、とつぜん結核で死んだとか、盗賊に襲われたと思うだろう。天候は常に格好の話題だ。だが腹がすいているときは、天候について書くことはできない。

机の引出しから、殺人発生時から日を追って綴った小さい冊子を取り出す。ベリンガー牧師が彼の元に送ってきたものだ。これにはグレイス・マークスとジェイムズ・マクダーモットの供述と、裁判記録の抄録が含まれている。冒頭にはグレイスの肖像の版画がついている。これだけ見れば、感傷的な小説の女主人公と受け取られても不思議ではない。当時彼女は十六歳になったばかりだったが、描かれた女は五歳はふけてみえる。肩には肩掛けをまいている。ボンネット帽の縁は黒い光輪のように彼女の頭を囲んでいる。鼻はまっすぐで、口は小さく整っている。表情は月並みに悲しげだ。大きな瞳で虚空を見つめる、マグダラのマリアのようなありきたりの哀愁を漂わせている。

隣には対になった、ジェイムズ・マクダーモットの版画がある。当時の仰々しい襟を見せて、髪の毛はナポレオンを偲ばせるべく、前の方にさっと梳き流したスタイルで、狂暴さを示唆する意図を示すものとなっている。バイロン風に、陰鬱なしかめ面をしている。これを描いた画家は彼を賞賛したにちがいない。

銅版画の対の肖像の下にはこう書かれている。「グレイス・マークス、偽名メアリー・ホイットニー。ジェイムズ・マクダーモット。裁判所出廷の時。トマス・キニア氏並びにナンシー・モンゴメリー殺害容疑で。」結婚式の招待状に酷似しているのがとても気になる。あるいは、肖像画がなければ、招待状そのものだろう。

グレイスとの第一回面談の準備にあたり、サイモンはこの肖像を完全に無視した。今はまったく変わっているはずだ、と思ったからだ。さらに取り乱して、もっと自制心をなくし、もっとすがりつくようで、正常でない可能性が高い。看守にグレイスが入っている仮の独房へ案内された。看守は、グレイスは見た目より強く、男に悪魔ほどひどく嚙み付くこともできる、と警告して、暴力的になったら助けを呼ぶようにと忠告してから、サイモンを彼女と一緒にしたまま鍵をかけた。

サイモンは彼女を一目見て、そんなことは起きないと悟った。壁の高いところにある小さい窓から朝日が斜めに差し込み、彼女が立っている隅っこを照らしていた。ほっそりと平明な、単純な線で描いた中世の肖像画のようだった。修道院の尼僧か、翌日の火あぶりの刑を待つ、あるいは危機一髪で戦士が救いに駆けつけるのを待つ、高い塔の地下牢に閉じ込められた乙女のようだった。心配げな女。懺悔の衣はまっすぐに垂れて、裸足に違いない足を隠している。床の上にしいた藁のマットレス。おどおどと肩を丸め、腕で痩せた体をぴったりと抱えている。最初見たときには白い花の冠のように見えたものから鳶色の髪の長い房がはみだしている。ことに目は、蒼白い顔をして、恐怖心からか、あるいは黙って懇願するためか、大きく見開かれたままだ。なにもかも予想どおりだった。パリのサルペトリエール病院で、彼はまったく同じような顔をした多くのヒステリー症患者をみてきたのだった。

サイモンは善意の印象を与えようと、静かに笑顔でグレイスに近づいた。善意こそ自分が心に抱いているものだから、結局は、正直な姿だった。このような患者には、少なくとも彼らのことを狂人だと思っていないと確信させることが大事だった。彼ら自身、自分がそうだと思っていないからだ。

しかしそれからすぐに、グレイスは陽の当たる場所から前の方に歩を進めた。一瞬前に彼が見た女は、ふいにいなくなった。代わりに別の女がいた。背筋を伸ばし、背は高く、より落ち着いて、懲治監の通常の服を着ている。青と白の縞模様のスカートをはき、その下の二本の足は裸足どころではなく、普通の靴をはいている。はみ出した髪は彼が思ったより少なく、大半は白いキャップの中に押し込んであった。

グレイスの眼は異常に大きかった。それは本当だった。けっして狂気じみたものではなかった。その眼は大っぴらに彼を査定していた。まだ説明されていない実験の対象を吟味しているようだった。詮索されているのはグレイスではなくサイモンのようだった。

その場面を思い出して、サイモンはびくっとした。想像と空想にふけっていた。観察に徹し、注意深く進めなければいけない。有効な実験は真実であることを立証できる結果を生まなくては。自分はメロドラマと、興奮しすぎた脳に抵抗しなければならない。

ドアの外で足を引きずって歩く音がすると、どんどんと叩く音がする。朝食に違いない。背を向けると、首を甲羅の中に引っ込める亀のように、首が襟のなかにめり込む感じがする。「お入り」と叫ぶと、ドアがパッと開く。

「はい、ご飯」とドラが怒鳴る。ドシンとお盆を置くと、大股で出て行く。ドアが大きい音を立てて閉まる。足首を括られて肉屋のウインドウにぶら下がる、クローブの実がつきささり皮のついた甘味ハムのようなドラの姿が、さっとサイモンの眼の前をかすめる。いったん人が連想作用を始めたら、その連想は実にすばらしい、とサイモンは思う。たとえば、ドラ――ブタ――ハム。最初の言葉から三番目の言葉へ行くためには、二番目の言葉が最も重要だ。最初から二番目、二番目から三番目までは、それほど大きい変化はない。

彼はこれをメモしなければならない。「真ん中の言葉が最重要。」恐らく狂人とは、この脳の連想行為が文字通りのものと単に空想的なものを分ける一線を越える人のことかもしれない。熱に侵されたり、夢遊病者の神がかり状態や、ある種の薬物の影響下で起きるように。しかしその仕組みは何か？　あるはずだ。鍵は神経の中にあるのか、それとも脳そのものの中なのか？　狂気を作り出すためには、最初に何が損なわれるのか、そして、どのようにして？

わざとではないとしても、朝食は冷めているに違いない。彼は椅子から身を起こし、長い足をほどくと、背伸びをしてあくびをする。それからお盆があるテーブルに行く。昨日卵は生ゴムみたいだった。それを大家の奥さんに告げた。青白い顔のハンフリー夫人はドラを叱ったに違いない。今日の卵はほとんど火が通らずゼリーのようで、目玉のような青みを帯びているからだ。

くそっ、あの女。無愛想で、粗野で、執念深い女。理性も及ばない精神、しかも狡猾で、つかみ所がなく、責任逃れをする。彼女を追い詰める方法はない。油でぎらぎらした豚だ。

トーストは歯の間でスレートのように割れる。「最愛の母上様」、彼は頭の中で文章を作る。「ここの天候は非常によいです。雪はほとんど溶けて、春の気配が感じられます。太陽が湖を暖め、はつらつとした緑の芽がすでに――」

何の？　かねてからサイモンは花のことはよくわからなかった。

8

私は監長夫人の家の階段を上がったところにある、裁縫室に座っている。いつも通りのテーブルと椅子で、裁縫に使うものはいつも通り籠に入っている。ただ鋏だけは別。私の手の届かない所に置くべきだと彼らは主張した。だから、糸や縫い目を切りたいときは、ジョーダン先生に頼まなければならない。すると先生はチョッキのポケットから取り出し、私が使い終わればポケットへしまう。先生は、私がまったく無害で自制心があるから、こんな手の込んだことは必要ないと思う、と言う。先生は信用できる人のようだ。

でもときどき私は歯で糸を嚙み切る。

ジョーダン先生は、ゆったりと静かな雰囲気を作りたい、その方が、何であれ彼の目的に有効だから、と彼らに告げた。そこで、私にできるだけ同じ日常生活を続けさせることを提案した。私はいつも通り独居房で寝起きし、同じ物を着、無言のまま、同じ朝食を食べる。無言といっても、四十人の女が、その大半はせいぜい盗みの罪なのだが、道徳心を高めるため大声で聖書朗読が行なわれる中で、座ったまま口をあけてパンをくちゃくちゃ噛み、話さなくても何らかの音を立てる手段として、音をたてて茶をすする。

その間、自分の思いにふけることはできるが、笑ってしまったら、咳や喉が詰まったふりをしなければならない。喉の詰まりの方がいい。喉が詰まると背中を叩かれるが、咳だと医者だ。一塊のパン、カップ一杯の薄い紅茶、夕食には肉がでるが沢山ではない。というのは、滋養のある食べ物を与え過ぎると脳の中の犯罪を起こさせる器官が刺激されるからである。そのようなことを医者が言う。そして看守や監視人たちはそれを私たちに繰り返す。それなら、あの人たちは肉や鶏、ベーコンや卵、チーズを食べたい放題食べるのに、なぜあの人たちの器官は刺激されないのか。だからあんなに太っているのだ。あの人たちは時々、私たちのものまで盗っていると思う。そうだとしても全然驚かない。ここは犬が犬を食うすさまじい共食いの世界で、彼らの方が大きい犬なのだから。

朝食の後はいつも通り二人の看守が私を監長邸へ連れて行く。看守は男で、上司に聞こえないときは自分たち同士で冗談を言い合っている。なあ、グレイス、と一人が言う、おめえには新しい愛人がいるらしいな、医者とは驚くじゃねぇか、奴さんにもう跪いてお願いされたかい、それともおめえが奴のためにスカートをめくったか、奴は気をつけた方がいい、さもないとおめえにすっかり打ちのめされちまうからな。その通りよ、と相棒が言う。地下室で靴を脱がせて仰向けにさせ、そして、心臓に一発。それから二人は笑う。これがとてもおかしいと思っている。

メアリー・ホイットニーならなんて言うだろう、そして、ときどき言ってみることができる。あんたたち、私のことを本当にそう思ってんなら、その汚い舌を動かすんじゃないよ、と私は二人に言ってやった。さもないと、いつか暗い夜にあんたたちの舌の根っ子を引っこ抜いてやるからね。ナイフなんかいらないさ、歯でかみついて引っこ抜いてやる。それだけじゃないよ、あんたたちの汚らわしい看守の手で私を触らないでくれてありがとよ。

まあまあ、ちっとの冗談もわかんねぇのかよ、俺がおめえなら、大歓迎よ、と一人が言う。今後死ぬまでおめえに触るなんて男は俺たちだけじゃねぇかよ、おめえは一生尼みたいに監獄住まいだぜ、さあさあ、やりてぇと白状しろよ、お上が奴の、あの人殺し野郎の曲がった首を引っ張って首つりにする前に、おめえはあのちんけなジェイムズ・マクダーモットとその気になってたくせによ。そんなもんだよな、グレイス、ともう一方が言う。お高くとまってよ、汚れのない乙女のように、まるでみだらな心もねぇようによ、おめえは天使のように清くよ。ルーイストンの宿屋の男の部屋なんぞ一度も見たことがねぇようなふりをしやがって。俺たちゃあの話を聞いたのさ、逮捕されたとき、おめえがコルセットと靴下をはこうとしていたとさ。だが今もまだわずかに昔の業火が残っているのを見るのは嬉しいねぇ、すっかり消えちまっちゃいねぇなぁ。俺はちょっとばかし気が強い女が好きだね、と一人が言う。あるいは瓶いっぱいでもいいさ、ともう一方。酒のジンは罪（シン）を呼ぶ、神よお恵みあれだ、少し燃料があれば火はよく燃えるぜ。酔えば酔うほどいい、と一人が言う。そしてぐでんぐでんに酔っ払うのが最高、そうすれば奴らの言葉を聞かずにすむからな、わめきたてる売女ほど酷でぇものはねぇからな。おめえもやかましかったかい、グレイス、ともう一方が言う、キイキイ言ったりうめいたりするかい、浅黒い小鼠（こねずみ）の下でのたうち回ったかい。そして、私が何と返答するか探ろうと私を見る。ときどき私は、その種の話には乗らないと言う。すると二人はげらげら笑う。でもふつう私は黙っている。

　外に出て監獄の門までの道、こんなふうに私たちは時間を過ごす。そこを行くのは誰だ、ああ、何だ、お前か、やあ、グレイス、お前の尻に敷かれた、若い男二人も連れてよ、ウインクをし、頷いて、そのまま道を行く。二人はそれぞれ腕をしっかり摑んでいる。そんな必要はないのだが、そうしたいのだ。押しつぶされるくらい、二人は私にどんどんしなだれかかってくる。ぬかるみを通り、水溜りを飛び、馬糞の山を回り、柵のある庭の花盛りの木々のそばを通る。花の房は薄黄緑の毛虫がぶら下がっているようだ。犬が吠え、馬車や荷馬車が道路の水を跳ね飛ばしながら通り過ぎる。私たちがどこから来たか一目瞭然だから人がじろじろ見る、私の服を見ればわかる。花壇で縁取りされた長いお屋敷までの私道を上がり、使用人出入口まで行く。ここまで来れば安全でやれやれだ、逃げ出そうとしたな、そうだろ、グレイス、俺たちをまこうとしたな、大きな青い眼をしてずる賢い奴だ、次はうまくいくだろうよ、かわい子ちゃん、逃げるには、ペチコートをもっと高く上げてきれいな踵(かかと)と踝(くるぶし)を見せてくれなくちゃな、と一人が言う。いやいや、もっともっと、ともう一方が言う、首までぐっと上げて、帆をいっぱいにして走る船みてぇに逃げるべきだったな、風に尻を向けてよ、おめえの目もくらむような魅力にまいって、屠場の子羊よろしく頭をぶったたかれてよ、俺たちは稲妻の一撃をくらい、おめえは見事に逃げられただろうよ。彼らは互いににやにやして声を立てて笑い、はしゃいでいた。今度は、私にではなく、二人だけで話しつづけていた。

　二人とも下層階級の人間どもめ。

私は以前のように監長邸内で自由にふるまえない。監長夫人はまだ私を怖がっている。また発作を起こさないかと心配している、それに、一番いい紅茶カップを割られたくないのだ。今までに人の叫び声を聞いた事がないのかも。だから最近私ははたきをかけたり、お茶のお盆を運んだり、おまるを片付けたり、ベッドを整えたりはしない。代わりに、裏の台所で働き、流し場で鍋釜を磨いたり、洗濯場で働く。洗濯はいつも好きだったから、あまり気にならない。きつい仕事で、手が荒れるけど、後の清潔な匂いが好きだ。

常勤の洗濯女、年とったクラーリさんの手助けをする。彼女には黒人の血が混じっていて、昔、ここで奴隷制度が廃止される前は奴隷だった。私のことを怖がらないし、嫌がりもしない、前に私がしたかもしれないことも気にしない、たとえ紳士を殺したとしてもそうだろう。そう、奴らが一人減っただけだ、と言うように、ただ頷く。私のことを、真面目にしっかり働き、役目を果たし、石鹸を無駄遣いせず、上等なリンネル製品の扱い方を知ってるし、そのこつも知っている、染みの取り方を知ってるし、薄色レースの染みも取れる、これはなかなか難しいのに、と言ってくれる。糊のつけ方もうまいし、絶対に焦がさずにアイロンをかけられる、これだけできれば充分だと。

正午には私たちは台所に行く。料理婦が貯蔵室から持ってきた、残り物をくれる。一番食べ物がないときでもパンとチーズと肉汁があり、普段はもっとある。クラーリは料理婦と仲良しで、怒ると癇癪を起こすのは皆の知るところだ。監長夫人はクラーリを大いに信頼し、特にレースと襞飾りに関してはそうで、宝物でかけがえがなく、いなくなったら困ると断言している。だから料理婦は彼女にはけちけちしない。私は彼女と一緒だから私にもけちけちしない。

ここの食事は監獄の食べ物よりいい。昨日は鶏ガラとその骨に残っている肉だった。私たちはテーブルについて鶏小屋の二匹の狐よろしく骨にかじりついた。二階でははさみのことであれほど大騒ぎするのに、台所はそこら中やまあらしの針のような串やナイフがいっぱいだ。私はいともたやすく一本エプロンのポケットに滑りこませることができる。でももちろん誰もそんなことは考えもしない。見えないものは考えない、が彼らのモットーだし、彼らにとって階段の下は地面の下と同じ。ご主人様が正面玄関からシャベルで運び込むよりもっと多くのものを使用人が裏口からスプーンで運び出すことを彼らはほとんど知らない。そのこつは、少しずつやることだ。一本の小さいナイフがなくなってもわからない。そして、最高の隠し場所はキャップの下の、髪の毛の中で、しっかりピンでとめておくことだ。タイミング悪く落ちたりすれば、とんでもない厄介なことになるだろうから。

私たちは鶏ガラを一本のナイフで切り裂く、クラーリが尻の部分の小さい黒ずんだ肉を二つ食べる。腹のそばといってもいい、彼女は残っていればこの肉が好きだ。クラーリは先輩だから最初に選ぶ権利がある。私たちは互いにあまり話さなかったが、この鶏はとてもおいしかったから、にやりと顔を見合わせた。私は背中の脂身と皮を食べ、骨をしゃぶり、猫のように指をなめた。そして食べ終えると、クラーリは階段に座ってすばやくパイプを一服吸い、また仕事に戻った。私なら汚れたと思わない程度の汚れなのだが、リディアお嬢様とマリアンお嬢様は二人してたくさん洗濯物を出す。二人は朝何かを着てみて、気が変わると脱いでそのまま床に落とし、それをあとで踏みつけるから、洗濯が必要になる。

時間が過ぎて、二階の時計の太陽が午後の真ん中に移動すると、ジョーダン先生が玄関に到着する。私はノックとベルの鳴る音と女中の足音に耳を澄ませる。そして私は裏階段から二階へ連れて行かれる。私の手は洗濯石鹼で雪のように白く洗われ、指は熱いお湯のせいで、溺死直後の人のように全部しわしわだ。それでも赤く荒れている。今からは縫い物の時間だ。

ジョーダン先生は私に向かい合って椅子に座る。ノートをテーブルの上に置く。先生はいつも何か持ってくる。最初の日はなにかのドライフラワーだった。青かった。二日目は冬梨だった。三日目は玉葱で、何を持参するか絶対にわからないが、でも果物や野菜のことが多い。そして面談の始めに、持参したものを私がどう思うか訊ねる。そして私はただ先生を喜ばすために、何か言う。先生はそれを書き取る。閉じたドアの向こうで間違いが、一抹のそんな疑いさえ起きてはならないから、ドアはずっと開けっぱなしにしておかなければならない。私がここへ来る道中毎日起きることをみんなが知ったらどんなに滑稽か。リディアお嬢様とマリアンお嬢様は階段を上がってきて通り過ぎがてら覗き込む。医者を一目見たく、二人は鳥のように好奇心が強い。あら、指ぬきをここに忘れたと思ったの、グレイス、こんにちは、また気分がよくなって？　ジョーダン先生、ご免遊ばせ、お邪魔するつもりはございませんのよ。二人は溢れんばかりの笑顔を先生に注ぐ。彼が独身で財産家だという噂が広まっている。でも、お嬢様たちは二人とも、よりいい相手が見つかれば、アメリカ人の医者と結婚するとは私は思わない。でも彼を使って自分たちの魅力と愛情を試してみたいのだ。しかしむらのある笑顔を二人に向けたあと、先生は顔をしかめる。先生は二人にあまり注意を払わない。ただの愚かな若い娘たちにすぎず、二人のためにここに来ているのではない。

私のためだ。だから先生にしたら私たちの会話を邪魔されたくない。

最初の二日間は邪魔されて困るほどの会話はなかった。私は頭をずっと下げて、先生を見なかった。監長夫人に頼まれて縫っているキルトの、キルトブロックを作り続けた。あと五つブロックを作ればキルトは仕上がる。私は針が入ったり出たりするのを見つめていた。もっとも私は眠っていても縫えると思う、四歳からやっているからで、小さい縫い目はまるで二十日鼠が縫ったようだ。ここまでになるためにはよほど幼い時から始めなければならない、さもないと決してこつを覚えられない。地色は二色で、ピンク地にうす色のピンクで枝と花が描かれ、そして藍色地には白い鳩と葡萄が描かれていた。

そうでもなければ、私はジョーダン先生の頭越しに、うしろの壁を見た。そこには額縁入りの絵があり、花瓶に入った花と、鉢に盛った果物の絵だが、監長夫人がクロスステッチ刺繡をしたもので、下手くそで、りんごと桃は四角ばって硬そうで、木で彫ったように見える。奥様の最高作品ではないから、客用寝室でなくここに飾ったのだろう。

私なら目をつぶっていてももっと上手くできる。

話を始めるのは難しかった。この十五年間あまり喋ることがなかったし、昔メアリー・ホイットニーや、行商人のジェレマイアとおしゃべりしたようには話をすることがなかったからだ。あるいはジェイミー・ウォルシュが私を裏切るような態度を見せる前に、彼と話したときのように。それに、ある意味で私はそういうふうな話し方を忘れてしまっていた。先生が私に何を語って欲しいと思っておられるのかがわかりません、とジョーダン先生に言った。すると、僕が君に何を言って欲しいかではなくて、君が何を言いたいのかということに僕は興味があるんだ、と先生は言った。私にはその種の望みがなく、何か言いたいと思うような立場ではない、と告げた。

グレイス、もっと努力してくれなくちゃ、僕たちは約束したんだから、と彼は言った。

はい、先生。でも何も思いつかないのです。

じゃ、天気の話をしよう。天気について何か意見があるだろう、天気をきっかけに話を始めるのは誰でもすることだから。

それを聞いて私は微笑したが、やはり恥ずかしかった。たとえ天気でも、とくに帳面を持つ男性から、意見を訊ねられることに慣れてなかった。私が対面したその種の男性はケネス・マッケンジー弁護士だけだったし、彼は怖かった。そして、裁判の時法廷にいた男性たちと監獄の男の人たちがいた。それから新聞社の男たちで、彼らは私について嘘をでっち上げた。

最初私は話ができなかったので、ジョーダン先生が一人で喋った。今そこら中にどのように鉄道を建設しているか、どのように線路を敷くか、エンジンやボイラーや蒸気がどのように働くかを話してくれた。これを聞いて私は気持ちがもっと楽になった、そして私は、そういう鉄道列車に乗ってみたいと言った。先生は、いつかきっと乗れるだろうと言った。自分はそうは思わない、終身刑だから生涯ここにいなければならない、でもどんな一生が待ち構えているか人は決してわからないものだ、と私は答えた。

すると先生は、自分が住む町について話された。アメリカ合衆国のルーミスビルという町だそうで、繊維工場の町だが、安い布がインドから来るようになって以来、以前のように栄えなくなったと。お父さんはかつて工場を所有していて、そこで働く若い娘たちは田舎からやってきていたこと、身なりをとてもきちんとさせられていて、身持ちのいいまじめなおかみさんのいる、用意された下宿屋に住み、酒は禁止、ときには応接間にピアノがあったこと、そして一日十二時間労働、日曜の午前中は教会の礼拝のために休みだったと語ってくれた。昔を懐かしむような、うるんだ目つきをされたので、その中に先生の昔の恋人がいたと聞かされても驚かなかっただろう。

それからこの娘たちは読み書きを習い、自分たちで文学的な作品も含む雑誌を発行していたのだ、と。文学的な作品とは何かと訊ねると、娘たちは雑誌にのせるのに物語や詩を書いていたんだと先生は言った。本名でですか？　そうだよ、と先生が答えたので、ずいぶん勇敢ですね、若い男は怖がって寄ってこなかったでしょうね、そんな誰でも見たようなことを書いたり作り話を書いたり、いったい誰がそんな妻を望むでしょうか、私にはそんな恥知らずなことは絶対にできませんね。すると先生は微笑んで、若い男たちを困らせた様子はなかったよ、娘たちは給金を持参金用に貯めていたからね、それに持参金はいつも歓迎されたから、と。しかし少なくとも結婚後は大勢の子供のことで忙殺され、物語を作る暇なんてなかったでしょうね、と私は言った。

こう言って私は悲しくなった、今では自分は結婚できないし、赤ん坊も生めない。よいこともたくさんあるけれども、九人も十人も生むのはいやだし、出産で死ぬのも嫌だ。多くの人がそういう目に遭っている。でもやはり悔しい。

悲しいときは話題を変えるのが一番。お母さんは元気ですか、と私は訊ねた。うん、と答えたが、でも元気ではないと。私にはいないから、お母さんが生きておられるだけでも幸せですね、と私は言った。そしてまた話題を変えて、私は馬がとても好きだった、と言った。すると子供時代に飼っていた、ベスという自分の馬の話を先生はした。そして時間が経つにつれて、どうしてだかわからないが、少しずつもっと楽に話せるようになり、言う事ももっと思いつくようになった。

そんな具合に私たちは続けていった。先生が質問をし、私が答える、そして先生がそれを書き取る。法廷では、私の口から出る一語一語を、紙に焼き付けるかのように彼らは書き留めていた。一度何か言ったら、その言葉を取り返せないのはわかっていた。結局は不適切な表現だった。そのために、私が語ったことは歪めて取られてしまった。そもそも正直に真実を語ったとしてもだ。精神病院のバナリング先生も同じだった。でも今は、私が話すことは何でも正確だと感じる。私が何か話せば、ともかく何でも、ジョーダン先生は微笑みながら、書き留める、そして、その調子で、と言ってくれる。

先生が書き留めているといっても、私の絵を描いているような感じがする。いや、私を描いているのでなくて、私の上に描いている、私の肌の上に、それも今使っている鉛筆ではなく、昔風の鵞鳥の羽ペンを使って、そして羽軸の先ではなく、羽毛の先を使って描いているように感じる。まるで何百もの蝶が私の顔一面にとまって、そっと羽を閉じたり開いたりしているように。

でもその下に別の感情、眼を見開いて油断なく観察しているような気持ちがある。まるで顔の上に手を当てられて、真夜中に突然起こされ、胸をドキドキさせながら起き上がるが、でも誰もいない、というような気持ちだ。さらにその下にはまた別の感情、切り裂かれたような感情がある。肉体を切り裂かれるのとは違う、そんな痛みではなくて、桃のようだ。切り裂かれるのではなくて、熟しすぎて自然に割れる。

そして桃の中には石のように堅い種がある。

9

アメリカ合衆国　マサチューセッツ州　ルーミスビル市　ラバナム・ハウス
ウィリアム・P・ジョーダン夫人気付
転送先　カナダ・ウエスト　キングストン市　ローワー・ユニオン・ストリート
C・D・ハンフリー少佐方
サイモン・ジョーダン医学博士殿

カナダ・ウエスト　トロント市　フロント・ストリート　メープルス邸
サミュエル・バナリング医学博士より

一八五九年四月二十日

ジョーダン博士殿

服役囚グレイス・マークスに関する、四月二日付けのワークマン博士への貴殿のご要望、及び私の手元の情報を貴殿に提供してほしいとの博士からの覚書を拝受いたしました。

まず始めに、ワークマン博士と私は必ずしも意見が一致していなかったことを貴殿にお知らせしておかなければなりません。私は彼よりも数年長くその精神病院におりましたが、私の考えでは彼の寛容政策は徒労に終わっています、つまり牝豚の耳で絹の財布は作れない、本性は変えられないということです。重度の神経及び脳障害患者の大半は治癒は見込めず、抑制することしかできません。そのためには恐らく、肉体的拘束と矯正、制限食、そして過剰な動物精気を減退させるための吸角法と瀉血が過去に有効であると証明されてきました。ワークマン博士は、以前は望み薄とされていたいくつかの症例について有望な成果を得られたと主張されますが、これらの治療といわれるものは、表面的で一時的なものであることが早晩証明されることは疑いの余地がありません。狂気の痕跡は血の中にあり、少々の軟石鹼やフランネルで除去することはできないのです。

ワークマン博士は二、三週間しかグレイス・マークスを診察する機会がありませんでしたが、私は一年以上もこの女の治療に当たりました。ゆえに、グレイスの性格についての博士のご意見はさほど意味のあるものとは言えません。しかしながら、博士には核心に関連する一つの事実を発見するに充分な眼識がありました。すなわち、狂人としてのグレイス・マークスは見せかけだけだったということであり、それは以前に私自身がたどりついていた意見だったのです。もっとも当時の当局はこの意見に基づいて処置することを拒みました。私は、彼女とその不自然な狂態の継続的観察によって次のような結論を導き出すことができました。グレイスは狂人を装っていますが、実はそうではなく、しかし周到に破廉恥なやり方で私をだまそうとしていたのです。単純に申し上げれば、彼女の狂気は、嘘八百でありペテンだったのです。彼女は極悪な犯罪に対する正当な罰として懲治監に収監されていましたが、そこが気に入らず、自分を甘やかして、懲治監の厳しい管理から猶予を与えられるように仕組んだのです。

彼女は熟練女優であり、最も巧みな嘘つきであります。我々の中にあって、数多くの仮想発作、幻覚症状、過度の浮かれ、声を震わせて歌うなどして人の目をだまくらかしていました。髪に絡みついたオフィーリアの野の花がないだけで、扮装に事欠くことは何一つなかったのです。しかし、それがなくても充分うまくやり遂げました。お偉いムーディ夫人のみならず、私の同僚数人をもまんまと騙したのであります。ムーディ夫人は、同じ多くの高潔な女性たち同様、目の前に差し出されたどんな芝居がかった戯言も、それが充分哀れを誘うものなら、そして、貴殿もきっと読まれた例の悲劇的事件の全容に関する不正確かつ感情的すぎる報告を信じる傾向にあります。私の同僚の場合も、美人が入口から入って来ると、良い判断力は窓から飛び出す、という昔からの一般則の顕著な例であります。

にもかかわらず、彼女の現住所まで出かけて貴殿がグレイス・マークスに質問するご決意なら、充分な警戒を怠らぬようご忠告申し上げます。多くの年長者や賢人たちが彼女との骨の折れる仕事に巻き込まれてきました。美しい歌声で船乗りを誘い寄せ、船を難破させた半人半鳥の海の精セイレンから逃げるために、ユリシーズが自分の水夫たちにしたように、貴殿もご自分の耳に蜜蠟で栓をした方がよろしいでしょう。グレイスには道徳観も良心の咎めもなく、手元にあればどんなちょっとした道具でも使うでしょう。

また、次のような可能性についてもご警告いたします。一度彼女の事件に関与すれば、男女の別なく、牧師を始め彼女のために忙しく働く善意だが愚昧な人々に貴殿は取り囲まれることになるでしょう。彼らは彼女の釈放請願運動を行なって政府を悩ましており、慈善の名のもとに貴殿を待ち受け徴用することでしょう。今まで私は、グレイス・マークスは正当な理由で、すなわち彼女の堕落した性格と病的想像力に触発されて犯した残虐行為のために監禁されているのである、と彼らに伝えて、再三再四追い返してきました。疑いをもたない公衆の中に彼女を釈放することは最も無責任であり、あの血に飢えた趣味を満足させる機会を彼女に与えるだけなのです。

この件につき貴殿がさらに掘り下げていかれる場合は、私と同じ結論に到達されると確信しております。

貴殿の従順な僕
サミュエル・バナリング医学博士

10

今朝サイモンはベリンガー牧師と会うことになっている。楽しみにしているわけじゃない。牧師はイギリスで学んでいる、だから高慢な態度を取るに違いない。学のある馬鹿ほどの馬鹿はいない。サイモンはヨーロッパで取った自分の資格認定書をひけらかし、博識を見せびらかして、自分を正当化しなければならないだろう。疲れる会談になりそうだ。サイモンはもったいぶって話し始めたい誘惑に駆られそうだ。「私が目するところによりますと」と言ったり、役に立たないアメリカ人行商人のイギリス植民地版を演じて、ただ相手をイライラさせるのだ。しかし、自粛しないといけない。あまりにも多くのことが彼の言動の良し悪しにかかっている。もはや金持ちではない、思うままにできる身分でないことを忘れてはだめだ。

姿見の前に立ってストックタイを結ぼうとした。ネクタイやストックタイは嫌いだ。悪魔にでもくれてやれ。ズボンにも腹が立つ。また総じて堅苦しい正式な服装全部が嫌いだ。なぜ文明人は紳士服という拘束衣に身を詰め込み、肉体を虐待することをよしと考えるのだろうか。苦行者が着用した堅い毛織のシャツのように、恐らく苦行のためだろう。男たるもの、歳とともに伸びる小さい毛織の背広を着たまま生まれてくればいい、そうすれば些細なことで絶え間なく騒ぎ立てる俗物根性丸出しの仕立屋と関わらずにすむ。

ともかく自分は女ではない、だからコルセットをつけて、紐できつく締め付けられずにすむ。女は生来背骨が弱く、クラゲのようで、縄で縛らないと溶けたチーズのように床に崩れこむという一般的な見方を、サイモンは激しく軽蔑している。医学生の時、もちろん労働者階級の、かなり多くの女を解剖した。彼女らの背骨や筋肉組織は平均的に男と同じで弱くはなかった。ただ多くががくる病を患っていた。

サイモンは苦心してストックタイを蝶ネクタイのように仕上げた。左右対称ではなかったが、最善をつくした。もはや従者を雇う金はなかった。くせのある髪をとかしたが、すぐに跳ね返った。それからスプリングコートを取り上げ、ふと考えて傘も取った。窓からかか細い陽光が差し込んでいたが、雨が降らないよう願うのは望み過ぎだった。春のキングストンはじとじとする町だった。

サイモンは正面階段を人目を忍んで下りたが、見つかってしまった。いつも下宿屋の女主人があれこれ些細なことで習慣的に待ち伏せしていた。今も応接間からすうっと出てきた。レースの襟のある、色あせた黒の絹の洋服を着ている。涙が遠く離れて行かないように、一方のほっそりとした手にお決まりのハンカチを握っている。つい最近まで美しかったことは見ればわかる。困った事態なんてそんなものだと受け取り、美しい髪をあんないかめしそうな真ん中分けにしていなければ、今でも美しい。ハート型の顔、乳白色の肌、大きくて、魅力的な目。腰はほっそりしているが、金属的なものを着けている。まるでコルセット代わりに短いストーブの煙突を使っているようだ。今日もいつもの張り詰めた不安顔をしている。菫の香りがする。それに樟脳の香りも、恐らく頭痛がするのだろう。確認できない他の匂いもする。熱い乾燥した匂い。アイロンをかけた白いリネンのシーツの匂いだろうか？

原則としてサイモンは、弱々しげで、かそけくうろたえた様子の彼女のようなタイプの女性を避けることにしている。だが、医者はそのような女性たちを磁石のように引きつける。おまけに彼女には、クエーカー教徒の礼拝堂のような、地味で飾り気のない優雅さがあり、魅力的だ。サイモンにとって、魅力とは、美的感覚に訴えることのみだ。人は、二流の宗教建築に恋はしない。

「ジョーダン先生」と彼女は言う。「お訊ねしたいことが……」口ごもっている。サイモンは笑みを浮かべて、先を促す。「今朝の卵、……ご満足頂けまして？　今回はわたくしが自分で調理いたしましたの。」

サイモンは嘘をつく。正直に答えたら、失礼きわまりないだろう。「おいしかったです、ありがとうございます。」実際その卵は、仲間の医学生が昔、面白半分で彼のポケットに忍び込ませた、切り取った腫瘍のように固かった。堅くて同時にスポンジのようだった。卵をあれほど完全に虐待するには、よこしまな才能がいる。

「とても嬉しいですわ。よいお手伝いを雇うのは、とても難しいんですの。お出かけになりますの？」

事実は明白だったので、サイモンはただ頭を下げた。

「お手紙がまた届いてますわ。使用人が置き忘れましたの。玄関テーブルに置きました。」サイモンに来る手紙はいずれも悲しい内容であるかのように、びくびくしながらこう言った。彼女の唇はふっくらしているが、枯れる間際の薔薇のように、弱々しげだ。サイモンは礼を言って、挨拶をし、手紙を取り、出かける。母からの手紙だった。彼はハンフリー夫人との長話を好まない。彼女は寂しいのだ。無理もない。無気力で、家をたびたびあけてさ迷い歩く少佐と結婚したのだから。それに女の寂しさは、犬の飢えのようなもの。応接間の、引かれたカーテンの後ろに隠れて待ち伏せする、苦痛に満ちた午後の打ち明け話の受皿にサイモンはなりたくない。

にもかかわらず、彼女は興味深い研究対象だ。例えば、自分の身分についての認識は現在の彼女の境遇が示しているものよりもはるかに高い。きっと子供時代には女の家庭教師がいたのだろう。肩の格好がそれを物語っている。サイモンが部屋の手はずを整えていた時も、彼女は大そうやかましくて厳しく、洗濯が家賃に含まれているかどうかを訊ねるのも気まずい感じがした。男性の個人的なものについては話し合う習慣はなく、そのような骨の折れることは使用人に任すのが最善だという態度が彼女にあった。

部屋貸しをせざるを得ないのは自分の意思にすごく反していることを、間接的ではあるが、彼女は明確にしていた。部屋貸しは今回が初めてである。一時的にであろうが、債務のためだった。それに、他とはとても違っていた。張り紙にはこう書いてあった、「どこかよそでお食事を取られる、お静かな紳士。」部屋を見て、サイモンが借りたい旨を申し出ると、躊躇しながらも、彼女は二カ月分の家賃の前払いを要求した。

サイモンは他の貸間も探したが、高すぎるか、汚すぎるかのどちらかだった。そこで申し出に同意した。用意できる現金は持ち合わせていた。彼女が見せる不承不承と切望が入り混じった態度、それにそうした葛藤が神経に作用して頬が紅潮するのに彼は関心を持ち、注目した。彼女にとってこの種のことは嫌で、下品極まりなかったのだ。むきだしの金に触ることが嫌で、できれば封筒に入っている方がよかっただろう。でもその金をひったくりたい気持ちも抑えなければならなかった。

それはフランスの高級売春婦が取る態度とほとんど同じだ。金のやり取りを恥ずかしがり、実際にはそんなことは起こってなかった振りをするくせ、根底では欲しくてしかたがないのだ。でも、売春婦たちはこのことに関しては不器用ではなかった。サイモンは自分がこの方面に精通しているとは思わないが、ヨーロッパが与えてくれた機会を生かすことを拒否したならば、自分の職務を怠ったことになるだろう。そうした機会は、ニューイングランドでは、決してそんなに簡単に得られることではないし、いろいろあるわけでもない。人間を治すためには、人間を知らなければならないのであって、距離をおいたら人間を知ることはできない。いわば、人間と親しくならなければならないのである。人生の深淵を探るためにもそれは自分の職業義務とサイモンは考える。まだ深淵の多くを探ったわけではないが、少なくとも始めたところだ。もちろん、病気には最大の用心をした。

家の外で、サイモンは少佐と鉢合わせた。深い霧を通して見るようにサイモンを凝視する。目は鴇(とき)色がかり、ストックタイは曲がり、手袋はない。こいつはどんな放蕩を、どのくらい続けてきたのだろうか。不動の自由とは失う名声を持たないことなのかもしれない。サイモンは帽子を上げて挨拶をした。少佐は当惑したような様子を見せた。

サイモンはシデナム・ストリートの、ベリンガー牧師の家に向かって歩き出した。馬車を頼むことも、馬を借りることすらしなかった。キングストンは大きな町ではないので、浪費は良しとされないだろう。通りはぬかるみ、馬糞だらけだ。でも、サイモンはいいブーツを履いていた。

松の厚板のような顔の老女がベリンガー牧師の立派な牧師館のドアを開ける。牧師は独身だから申し分のない女中頭が必要だ。サイモンは図書室へ案内される。ふと放火してみたくなるようなしゃちほこばったまさにそんな図書室である。

ベリンガー牧師は革ばりの袖椅子から身を起こし、握手の手を差し伸べる。彼の髪と肌は一様に薄くて青白っぽいが、握手は驚くほど力強い。おたまじゃくしみたいに、あいにく口はとがらせたようなおちょぼ口だが、そのローマ鼻は強い性格を示している。広い額は発達した知性を示し、いくらか出っ張った目は輝いて鋭敏だ。三十五歳を過ぎてはいまい。メソジスト教会体制の中でこれほど早く出世して、裕福な教徒を獲得したのだから、よほど豊富な人脈を持っているにちがいない。書籍類を見ても、彼に資産があるのがわかる。サイモンの父もかつては同じような本を持っていた。

「ジョーダン先生、よく来てくださいました。」彼の声は恐れていたほど気取っていない。「私どもの希望をかなえて頂き、ありがとうございます。貴重なお時間をさいて頂き恐縮です。」二人が座るとコーヒーが出てくる。厚板のような顔をした女中頭がシンプルなデザインのお盆に載せて持ってくる。でも、銀製だ。メソジストのお盆だ。華やかではないが、静かにその価値を主張している。

「私にとって専門的に非常に興味のある問題です。このような、多くの複雑な特徴がからんだ事例が出ることはめったにございません。」サイモンは何百という事例を個人的に扱ってきたかのように話す。あたかもサイモンの方が好意的な申し出をしているかのように、大事なことは、興味深い様子は見せるが、熱心になりすぎないことだ。顔が赤らんでいなければいいがとサイモンは願う。

「私どもの委員会にとって先生のご報告書は非常に役に立つでしょう」、とベリンガー牧師は語る。「無実説は報告書によっていっそう強まるはずです。私どもは嘆願書に報告書をつける予定です。近頃政府当局は専門家の意見を重視する傾向にありますから。もちろん」、彼はずるそうにちらりと見て、こう付け加える。「結論の如何にかかわらず、合意の上の金額は先生にお支払いいたします。」

「よくわかっております」、願わくば、優雅な微笑を浮かべてサイモンは答える。「あなたは英国で勉強されたとか？」

「私は国教会の一員として聖職に従事し始めました」、とベリンガー牧師。「しかし良心の危機に遭遇しまして。確かに、福音と神の恵みの光というものは当然英国国教会以外の人々にも与えられるはずで、それも礼拝式よりもっと直接的な手段を通じてです。」

「私も当然そうあってほしいと思います」、サイモンは丁重に答えた。

「高名なトロントのエガトン・ライヤソン牧師も似たようなコースを歩まれました。牧師は授業料のいらない学校教育運動と禁酒運動の指導者です。もちろん、彼のことはお聞きになったことはおありでしょう。」

サイモンは聞いたことがなかった。あいまいにうーんと答えて、同意の意味に取られればいいと思った。

「先生ご自身は……？」

サイモンははぐらかした。「父の家族はクエーカー教徒でした。長い間。母はユニテリアン派です。」

「ああ、そうですか」、とベリンガー牧師。「もちろん、アメリカではなにもかも非常に違いますね。」間ができる。その間両者はこのことについて考える。「しかし、先生は魂の不滅を信じておられますか？」

ずるい質問だ。彼のチャンスを駄目にする罠かもしれない。「ああ、もちろんです」、サイモンは答える。「疑う余地はありません。」

ベリンガーは安心したようだ。「多くの科学者が疑いを投げかけています。体は医者にまかせ、そして魂は神にまかせなさい、と私は言うのです。皇帝のものは皇帝に返しなさい、ということでしょうか。」

「もちろん、もちろんです。」

「ビンスワンガー博士はあなたの事をとても誉めておられました。私はヨーロッパ大陸を旅行中に博士にお会いする光栄を得ました。歴史的な理由から、私はスイスに大変関心を持っております。そして、博士とは、博士のご研究についてお話をしました。ですから大西洋のこちら側でその道の大家を探すにあたり、当然博士にご相談したわけです。大家……」、こう言って彼は躊躇する。「つまり私どもの資金内でですね。博士は、あなたは脳疾患と神経症についてよくご存知だし、記憶喪失に関する問題で指導的専門家になられるお方だと言われました。将来有望なお一人だとおっしゃっていました。」

「ご親切なお言葉痛み入ります」、サイモンはつぶやく。「問題の多い分野ですが、私は二、三の小論文を発表しました。」

「あなたの調査終了の時点で、論文を発表して、いまだ謎の多い問題に光を当てていただきたいものです。そうすれば、あなたはきっと社会に認められる。特にこれほど有名な事件ですから。」

おたまじゃくしのような口をしているが、ベリンガー牧師は馬鹿じゃない、とサイモンは思う。確かに、他の男の野心を嗅ぎつける鋭い嗅覚を持っている。牧師の英国国教会からメソジスト派への転向は、カナダにおける前者の政治力の低下および後者の上昇と一致している可能性があるのではないだろうか？

「私がお送りしたものをお読みになりましたか？」

サイモンは頷いた。「あなたのジレンマはわかります。何を信じるかを判断するのは難しいことです。グレイスの話は、審問での時と、裁判の時とでは違い、さらに死刑判決が出た後でも違っています、それで三回目です。しかし、三回とも、ナンシー・モンゴメリーに危害を加えたことはないと主張しています。それから、数年後、グレイスの自白に等しい、実際に手を下したという、ムーディ女史の話が出てきました。この話は絞首刑直前の、ジェイムズ・マクダーモットの臨終の言葉に一致しています。しかし、あなたのお話では精神病院を出てからは、彼女はこのことを否定していますね。」

ベリンガー牧師はコーヒーをすする。「彼女はその『記憶』を否定しています。」

「ああ、そうです。記憶ですね」、とサイモンは言う。「適切な区別です。」

「自分が犯していないことを犯したと、他の人々に言いくるめられた可能性は大いにあります」、とベリンガー牧師は言う。「その手のことが以前にも起きました。いわゆる懲治監での自白で、ムーディ女史がこのことについて派手な描写をしましたが、数年に渡る監禁後、スミス看守長の長い支配体制の間に起こりました。あの男の腐敗ぶりは良く知られており、看守長という職にもっとも相応しくない人物でした。極めてけしからぬ、暴虐的な行動で彼は告発されました。例えば、彼の息子は射撃練習の的に囚人を使う許可を貰っていました。実際に眼を射抜いた例もあったのです。また女囚を、ご想像なされるようなやり方で、虐待したという噂もありましたが、間違いないと思います。最大限の尋問が行なわれました。彼の元でグレイス・マークスは虐待され、それがもとで彼女は一時的に精神異常をきたしたのです。」

「彼女が本当に精神異常だったということを否定する人たちがいますね」、サイモンは言う。

ベリンガー牧師は微笑む。「バナリング先生からお聞きになったのでしょう。彼は最初から彼女に否定的でした。先生の好意的な報告書は我々の申し立てに大変有効ですから、委員会として先生にお願いしましたが、協力していただけません。もちろん、こちの保守党員です。自分の思い通りになるならば、彼は気の毒な精神異常者たちを藁でつないでおくでしょうし、やぶにらみの者はみんな絞首刑にすることでしょう。残念ながら私は、彼も、スミス看守長のような粗野で罰当たりな人間を官職につけたことに責任のある同じ腐敗体制の一部だったと考えております。精神病院でも不法行為があったと理解しています。そのため、そこを出てからのグレイス・マークスは、不安定な状態にあると推測されました。幸いこれらは根も葉もない噂でした。しかし自分で自分を管理できない人間に付け込むとは、なんと卑怯で無神経なことではありませんか！　こういった世間の信頼を裏切るような無信心で非難すべき行為によって彼女が受けた傷を癒すために、私は何時間もグレイス・マークスと一緒に祈りました。」

「嘆かわしいことです」、とサイモンは言う。さらに詳しい事を聞くのは猥褻だと思われるかもしれない。

突然明確な考えがサイモンに浮かんだ。ベリンガー牧師はグレイス・マークスに恋をしている！　だから怒り、熱情、根気、骨の折れる嘆願と委員会、そして何よりも彼女の無実を信じたい願いがあるのだ。彼女を監獄から引き出して、純真無垢の無実の身だと立証し、それから彼女と結婚したいのだろうか？　グレイスは今でも美人で、自分の救出者にいじらしいほど深い感謝の念を抱くのは間違いなしだ、卑屈なほどの感謝。妻が持つ卑屈なほどの感謝こそ、間違いなく、ベリンガーの宗教的取引上の最高の産物であろう。

「幸いなことに政権が交代しました」、とベリンガー牧師は言う。「それでも、確固とした根拠が得られるまで、現在持っている嘆願書を提出しようとは思いません。そこで先生をお招きする手段を講じたのです。率直にお話をしなければなりませんが、私どもの委員会の全員がこの手段に賛成したわけではございません。しかし私は、専門的で客観的な意見の必要性を上手く彼らに納得させました。例えば、殺人当時における潜在的精神異常の診断です。しかしながら、細心の注意と正確性を期さねばなりません。グレイス・マークスに対してはまだまだ悪意が蔓延しています。ここはもっとも党派心の強い国だということです。保守党員(トーリー)たちはアイルランド問題とグレイスを一緒くたに考えているようです。でも彼女はプロテスタントです。そして一人の保守党員の紳士の殺害を、どれほどその紳士が偉かろうが、その殺人が痛ましいものであれ、民族全体の反乱と同じこととみなしているのです。」

「どこの国も派閥争いで苦しんでいますね」、サイモンは巧みに言う。

「それは別にしても」、と牧師は言う。「多くの人が有罪と信じている、無罪かもしれない女、そして、ある人たちが無罪と信じている、有罪かもしれない女、この二つの意見の狭間に私どもは置かれております。改革に反対する者たちに私どもの頭上で誇らしげにガーガー言う機会が与えられることは望みません。しかし、神様がおっしゃるように、『真理は汝らを自由にする』です。」

「真理は思いがけないものになるかもしれませんよ」、とサイモンは言う。「悪行と言われているものの多くが、そして自由に選ばれた悪行が、むしろ神経組織の傷による病気で、悪魔自体は単に脳の奇形したものということもありえますからね。」

ベリンガー牧師は微笑む。「いや、そこまで行くかは疑わしいです。将来いかに科学が進歩しても、悪魔はいつも野放しにされていますよ。先生、日曜の午後監長宅に招待されていますね？」

「ご招待を受けました」、サイモンは丁寧に答えた。言い訳をして欠席するつもりだった。

「そこでまたお会いしましょう」、ベリンガー牧師は言う。「あなたをお招きするよう私が手配しました。監長のすばらしい奥様は私どもの委員会の重要な委員でいらっしゃいます。」

11

監長宅に着くと、サイモンは応接間に案内される。大応接室と呼んでいいほどの広さだ。部屋の表面はほとんど覆われている。色調は体内の色である。腎臓のえび茶色、心臓の赤紫色、血管の暗青色、歯と骨の象牙色。自分の「洞察」を大声で告げたらどんな物議をかもすことだろう。

監長夫人の挨拶を受ける。四十五歳ぐらいの綺麗な、見るからに立派な女性である。だが地方特有のこりすぎた服装だ。田舎の女たちは、一連のレースやひだ飾りがよければ、三連にすればもっとよいと感じるらしい。夫人は、神経過敏症あるいは甲状腺疾患を示す、やや目が飛び出た、驚いたような顔つきをしている。

「私どものお願いをお聞き入れ下さり大変嬉しゅうございますわ」、と彼女は言う。あいにく監長は出張のため留守だが、夫人自身サイモンの仕事に大きな関心を持っており、近代科学、とくに近代医学を大いに崇拝していると。また、非常に多くの進歩が成し遂げられ、特に、エーテルのおかげで莫大な苦痛が軽減されたと。夫人は深い意味ありげな目つきでじっと彼を見る。サイモンは密かに溜息をつく。あの表情には見覚えがある。自らの徴候を訴えるというありがたくない贈物をくれようとしている。

医学博士の学位を取った時、それが女性に与える効果をサイモンは知らなかった。上流階級の女性、特に非の打ち所のない評判のよい既婚女性たちに。彼が非常に高価な地獄の宝物を持っているかのように、彼に引きつけられるようだった。関心は全く罪のないもので、彼のために己の操を犠牲にする気はさらさらないが、それでも彼を暗い部屋の隅に誘い、低い声で話し、秘密を打ち明けたいと望むのだった。それも、おずおずと震え声で。もっとも彼が彼女たちに恐怖を抱かせたせいもある。魅力の謎は何だったのか。鏡で見る自分の顔は、醜くも美しくもない。顔はほとんど関係がなさそうだった。

しばらくして謎が解けた。知識が欲しかったのだ。だが欲しくてたまらないと認めることはできなかった。禁じられた知識だからだ。ぞっとするような輝きを帯びた知識、奈落に落ちて得られる知識。彼女たちが決して行くことのできない所へ彼は行ったことがあり、決して見ることができないものを見てきた。女の体を開き、中を覗いた。彼女らの手を自分の唇へ持っていく彼の手で、かつて脈打つ女性の心臓を持ったかもしれない。

こうして彼は、医者、裁判官、死刑執行人という、闇の三人組の一人で、生と死の支配権を共に握っている。昏睡状態にされ、羞恥心もなく裸で横たえられ、他人の思うままにされる。触れられ、切開され、略奪され、再生される。彼女たちは目を丸くして、やや開き加減の唇で、彼を見つめて、こんなふうに考えているのだ。

「それは辛(つろ)うございますのよ」、監長夫人の話が始まる。まるで足首を見せているかのように、恥ずかしげに、徴候を述べる。荒い呼吸、肋骨周辺の圧迫感、そして、さらにもっともっと徴候が続くとほのめかす。痛みがあるが、でも、その場所がどこか正確に言いたくない。一体何が痛みの原因なのでしょうか?

サイモンは微笑むと、もはや一般医療はしていないと告げる。

腰をくだかれちょっと眉をひそめたが、監長夫人は再び微笑むと、クエネル夫人を紹介したい、と言う。彼女は、高名な降霊術者で、かつ女性の領域拡大提唱者で、火曜談話会と木曜心霊会の先導者でもある。また優れた人格者で、ボストンやその他、豊かな旅のご経験をお持ちでいらっしゃると。大きく膨らんだクリノリン入りスカートをはいたクエネル夫人は、薄紫色のババロアに似ている。頭のてっぺんに小さい灰色のプードルを載せているようだ。代わって彼女が、ニューヨークから来たジェローム・デュポン博士にサイモンを紹介する。博士は今ちょうど当地を訪れていて、すばらしい能力を見せる約束をしていた。有名なお方で、イギリスでは王族のお屋敷に滞在されていましたのよ、とクエネル夫人は言う。いや、正確には王族ではないですわ、貴族のご家庭ですわ、同じようなものですわね。

「すばらしい能力とおっしゃいますと?」、とサイモンは丁重に訊ねた。どんな能力か知りたいものだ。おおかた体を宙に浮かせるとか、死んだインディアンの化身だとか、有名な霊媒者フォックス姉妹のように、叩音で霊との交信ができる、というようなことだろう。降霊術は中産階級、とくに女性の間で大流行である。彼らは暗い部屋に集まって、おばあさんたちがトランプのホイストゲームをしたようにテーブルについてガタガタ揺らせたり動かしたり、あるいは、霊との交信で多量の自動書記を実施して、モーツァルトやシェイクスピアの霊と交信して、せっせと自動書記を行なう。その場合死んでいるから、文体にひどい影響が見られる、とサイモンは考える。これらの人々がそれほど富裕層でなければ、彼らの行為は精神病院行きだろう。さらに悪いことに、彼らが聖衣と称する薄汚い衣装に身を包んだ、苦行僧やペテン師を客間に住まわせたりする。協会の規則によると彼らを丁重に迎えなくてはならない。

ジェローム・デュポン博士は奥深い澄んだ目をしている。プロのペテン師のような強い眼差しで見つめるが、悲しそうに微笑むと、見下げるように肩をすくめる。「ごくすばらしいということはありませんよ」、と彼は言う。いささか外国訛りがある。「そういうことはもう一つの言葉にすぎないのです。話す側にすれば当然のこと、すばらしいと思うのは聞く側の人たちです。」

「死者と会話されるのですか」、口を引きつらせて、サイモンは訊ねる。

デュポン博士は微笑む。「私じゃない」、と彼は答える。「私はいわゆる医療実践士です。あるいは先生のような、研究科学者ですよ。ジェイムズ・ブレイド学派の、訓練を受けた神経系催眠術師です。」

「その方の名前は聞いた事があります」、とサイモンは言う。「スコットランド人ですよね。湾曲足と斜視についての有名な権威ですね。でも確か専門医学は彼の他の業績は認めておりません。この神経系催眠術というのは、初めて催眠術を医療に用いたオーストリアのメスメル医師のすでに否定された動物磁気理論の焼き直しではないですか？」

「メスメルは体内を循環する磁気流体を仮定したのですが、確かにこれは間違っていました」、とデュポン博士は言う。「ブレイドの方法は神経系統だけに関わっています。あえて申し上げると、彼の方法に反論する人たちは自分で試したことがないのです。フランスではもっと認められています。フランスの医者はここほど正統派的慣行に縛られていませんから。もちろんブレイドの方法はヒステリー症状により効果的です。足の骨折には大して役に立ちません。しかし記憶喪失症のケースでは」、彼は微かに笑う、「しばしば驚くべき、かつ非常に迅速な結果をもたらしました。」

立場が不利になったので、サイモンは話題を変える。「デュポンというのはフランス名ですか？」

「家族はフランス系プロテスタントでした。ただし父の家系だけです。父は化学が好きでした。私自身はアメリカ人です。もちろん、仕事でフランスへは行きましたが。」

「ジョーダン先生は私たちの集まりに出席してくださるかしら」、クエネル夫人が割り込んでくる。「木曜心霊会にです。私どもが敬愛する監長夫人は、お子様があの世で元気良くお幸せに暮らしているとお知りになり、とてもご安心なさいました。ジョーダン先生はきっと懐疑心をお持ちでしょう、でも私たちはいつも懐疑的な方たちを歓迎いたしますわ！」派手な髪型の下の小さな明るい目が彼に向かって悪戯っぽく瞬いた。

「懐疑主義者ではありません」、とサイモンは言う。「ただの医者です。」危険でまったく理屈に合わない馬鹿話に引き込まれる意思は毛頭ない。こんな女性を委員会に入れるなんて、ベリンガーは何を考えているのかと思う。しかし明らかに彼女は金持ちだ。

「医者よ、汝自身を癒せ」、デュポン博士が言う。冗談を言っているようだ。

「ジョーダン先生、奴隷制度廃止の問題について先生のお立場は？」、クエネル夫人が訊ねる。今度はこのご婦人は知識人となり、好戦的な政治議論を吹きかける。疑いなく直ちに南部の奴隷制度を廃止せよと彼に命令するつもりだろう。母国のあらゆる罪のために個人的に、特にこれら英国人に、絶えず非難されるのは厄介だ。彼らは、最近悟った良心のおかげで、往年まったく良心を持たなかったことの罪を免れていると考えているようだ。奴隷貿易の上に、現在の富の基礎が築かれたのではないか、さらに南部の木綿がなければこの大工業都市はないではないか？

「私の祖父はクエーカー教徒でした」、サイモンは言う。「子供の頃、可哀想な逃亡者が隠れているかもしれないから、決して押入れの戸を開けてはいけないと教わりました。祖父はいつも、安全な柵の後ろにいてそこから他人に向かって吠えたてたりするよりは、己の身を危険に晒すことのほうがはるかに価値のあることだと思っているような人でした。」

「石垣で牢獄をつくれるわけではありませんからね」、とクエネル夫人は陽気に言う。

「しかしあらゆる科学者は開いた心を持たなければなりません」、デュポン博士が言う。元の会話に戻そうとしているようだ。

「もちろんジョーダン先生の心は本のように開いていますわ」、とクエネル夫人。「私たちのグレイスをお調べになる、と伺いました。精神的見地から。」

彼女が意味する精神と、彼の場合の無意識の精神活動の違いを説明しようとしたら、救いようもなくその話に巻き込まれてしまうだろう。そこで彼はただ笑って頷く。

「どのような方法を取られてますか?」、デュポン博士が訊ねる。「彼女の消えた記憶を回復するためにです。」

「まず連想を基本とする方法と、観念連合で始めました」、とサイモンは答える。「穏やかにそして徐々に、思考の鎖を再構築することを試みています。思考の鎖は、多分、彼女が関与した暴力的事件のショックで、断ち切られています。」

「ああ」、とデュポン博士は人を見下すような笑みを浮かべて言う。「急がば回れですな！」サイモンは彼を蹴飛ばしてやりたい。

「私どもは彼女の無罪を信じております」、とクエネル夫人。「委員会全員です！　無罪を確信しております！　ベリンガー牧師は嘆願書を準備されています。初めてではありませんが、今度こそ成功して欲しいと望んでおります。『もう一度突破口へ』が私どものモットーです。」彼女は女の子のように体をくねくねさせる。「私たちの味方だとおっしゃって！」

「たとえ最初は成功されなくても」、デュポン博士は神妙に言う。

「まだ、何の結論も出しておりません」、とサイモンは言う。「いずれにせよ、私は彼女の有罪か無罪かにはそれほど関心はありません、むしろ……」

「働いている作用に関心がおありでしょう」、とデュポン博士。

「そのような表現はしませんが」、サイモンは答える。

「ご関心がおありなのは、オルゴールの音楽ではなくて、その中の小さな櫛歯と回転盤なんでしょう。」

「では先生は？」、デュポン博士に興味を持ち始めて、サイモンは訊ねる。

「ああ」、とデュポンは言う。「私の場合は、外側に綺麗な絵が描かれているようなオルゴール箱ではなくて、音楽そのものです。物理的な物体によってその音楽は奏でられる。しかし音楽はその物体ではない。聖書にあるように、『風は欲するままに吹く』です。」

「ヨハネによる福音書ですわ」、とクエネル夫人が口を挟む。「『霊から生まれるものは霊である』。」

「『そして肉から生まれるものは肉であり』」、とデュポンが続ける。二人は穏やかだが決定的な勝利の気配を漂わせて彼をじっと見る。サイモンはマットの下で窒息しかけているような気持ちになる。

「ジョーダン先生」、そばで優しい声がする。監長夫人の二人娘のうちの一人、リディア嬢だ。「母のスクラップ帳をご覧になったか、お訊ねするよう言われました。」

サイモンは内心監長夫人に感謝し、まだその楽しみに浴していないと答える。紙のシダの葉で回りを飾られた、ヨーロッパの景観の薄汚れた版画を見せられるのは、普通ならお断りだが、今が逃げの合図。彼は微笑んで頷き、彼女の後について行く。

リディア嬢は舌色の長椅子に彼を座らせ、そばのテーブルから重い本を持ってくると、自分もそばに腰をおろす。「母は、先生が興味をもたれるかもしれないと思いましたの。先生はグレイスをどうにかなさろうとしておられるから。」

「ええ?」とサイモンは言う。

「有名な殺人事件がみんな載ってます」、リディア嬢は説明する。「母が切り取って、貼り付けます。絞首刑もです。」

「本当に？」サイモンは訊く。監長夫人は心気症ばかりか残虐趣味もありそうだ。

「これは、服役者の中で誰を慈善活動の対象に選ぶか、母が決める材料になります。ほら、グレイスがいます。」彼女は膝の上の本を開き、大真面目で教えるために、彼の方へ体を傾ける。「彼女に興味がありますの。すごく才能があります。」

「デュポン博士のように？」サイモンは訊ねる。

リディア嬢は見つめる。「まさか、違いますわ。ああいうことはしません。自分が催眠術にかけられるなんて絶対にさせません、すごく不謹慎です！　つまり、グレイスには裁縫の素晴らしい才能があるということです。」

彼女には抑圧された無鉄砲さがある、とサイモンは思う。笑うと下の歯と上の歯が見える。しかし母親とは違い、少なくとも健全な精神の持ち主だ。健康な若い動物。地味な薔薇の蕾飾りのリボンを結んだ、白い喉をサイモンは意識する。何枚もの薄い布を纏った腕を、彼女は彼に押し付ける。サイモンは鈍感な間抜けではない。リディア嬢は、他の娘たちと同じように、未熟で子供っぽいのだろう。腰はとても細い。香りが彼女の体から立ち上る。鈴蘭の香り。香りのガーゼが彼を包む。

しかしリディア嬢は彼に与える効果を意識してはいないようだ。そのような効果の本質を必然的に知らないのだ。彼は脚を組む。

「ほら、処刑よ、ジェイムズ・マクダーモットの」、とリディア嬢。「いくつかの新聞に載ったんです。これは『エグザミナー紙』。」

サイモンは記事を読む。

星回りは悪いが罪を犯した同じ人間の、死に際の苦悩を目撃するために、わが国の現在の道路事情のもとで、これほどの大群集が集まったとは。こうした光景を目のあたりにせんとする驚くべき病的な欲望が、社会に存在するに違いない！ このような公開風景により、大衆道徳が改善されるとか、あるいは極悪非道の罪の犯行の抑制が強まるとかが考えられるのだろうか。

「同感ですね」、とサイモンは言う。

「あそこにいたら私も行きたかったわ」、とリディア嬢は語る。「先生は？」

このような率直さにサイモンはちょっと面食らう。公開処刑には反対である。公開処刑は人を不健全に興奮させ、愚かな人たちに血に飢えた幻想を引き起こす。しかし彼は自分を知っている。機会があれば、彼の好奇心はためらいを払拭するだろう。「僕の職業的立場から、おそらくは」、彼は慎重に答える。「でも僕に妹がいたら、見に行かせなかったでしょうね。」

リディア嬢は眼を見張る。「なぜですの？」

「女性はあんな恐ろしい光景を見てはいけません。女性の優雅な特性に傷をつけるからです。」サイモンは気取って聞こえるのはわかっている。

サイモンは旅の間に、優雅な特性をまず問題視されない多くの女性に遭遇してきた。気の狂った女が自分の着物を剝ぎ取り裸体を見せるのを目撃した。最下級の娼婦が同じことをするのを見た。女たちが酔っ払って悪口雑言を吐き、互いの髪の毛をむしり合い、レスラーのように争うのを見た。パリやロンドンの路上はそんな女で溢れていた。彼女たちが自分の幼子を殺したり、年若い娘たちを裕福な男に売るのを知っていた。やつらは子供を犯せば病気に罹らなくてすむと思うからだ。サイモンは女性生来の優雅な特性に何の幻想も抱いていない。だからこそ、これらのまだ汚されていない純潔を護りたい。そういう理由なら、当然偽善も正当化される。真実であるべきことを、あたかも現実であるかのように提示しなければならない。

「先生、私に優雅な特性があるとお思いになります？」リディア嬢は言う。

「確信してますよ」、サイモンは告げる。自分の太腿に感じるのは彼女の太腿だろうか、それともドレスの一部にすぎないのか。

「ときどきわからなくなりますの」、リディア嬢は言う。「フロレンス・ナイチンゲール女史には優雅な特性がないと言う人たちがいます。さもなければあんな品の悪い光景を目撃しながら元気でいられるはずがないですって。でも彼女は英雄です。」

「おっしゃる通りです。」

この娘は自分に媚を売っている、とサイモンは思う。不快ということは全くないが、どういうわけか、自分の母親を思い出させる。釣りの羽毛のついた疑似餌のように、自分の前にまあまあの娘たちを母はどれほど引き連れてきただろうか。常に、母は白い花をさした花瓶のそばに娘たちを座らせる。娘たちはまったく品行方正で、泉のように純粋に振舞う。心はまだ焼いてないパン生地のようで、それを思うがまま型に入れて作るのが彼の特権みたいに思わせる。収穫期の娘たちが婚約と結婚に進んだ後も、五月のチューリップのように、すぐ後から次の若いのが芽を出す。サイモンからみるとこういった娘たちは非常に若いので会話がしにくい。籠いっぱいの子猫と話をしているようだ。

しかし彼の母は常に若さと従順さを混同していた。母が本当に望むのは、サイモンではなく、自分が思うままに作れる嫁である。だから娘たちは次々と彼の目の前を流れ去っていく。彼は無関心に顔をそむけるので、母に怠惰だ、感謝がないとやんわり非難され続ける。情けない犬だ、冷血漢だと。サイモンは自分をなじり、気を遣って母の苦労に感謝し、慰める。いつかは結婚するだろうが、まだその準備ができていないと。まずは研究を深めなければならない、価値のある名を響かせるものを発見しなければならない、名声を高めなければならないと。

彼にはもう名はあると、母は咎めるように溜息をつく。申し分のない名前があるのに、それを次世代に伝えず消そうと固く決心していると。この辺で母はいつもちょっと咳をして、サイモンの出産は楽なものではなく、危うく死ぬところで、そのため肺が致命的に弱まった、と語って聞かせる。医学的には怪しいが、子供時代は、これを聞くと罪の意識で腑抜けになったものだ。サイモンに息子さえできれば、と母は言葉を続ける。もちろんまず結婚してだが、そうなれば喜んで死ねると。とすると、結婚は罪作りなもので、母親殺しも同然だ、と言ってサイモンは母をからかう。そんな辛らつな言い方を和らげるために、母を失うくらいなら妻などいない方がいい、特に母のような比類ない母親の場合は、と付け加える。すると母は鋭い視線を投げる。手の内を読んだわよ、騙されないわよ、と言わんばかりだ。自分の幸福のためには口実がうま過ぎる、と母は言う。お世辞を言えば思い通りにできると思うなんて大間違いだと。でも彼女の機嫌は直る。

ときどきサイモンは屈服しそうになるときがある。母が提供する若い淑女の一人、一番金持ちの女を選ぶことができた。日常生活は規則正しくなり、朝食は食べられるだろう。子供たちは礼儀正しいことだろう。子作りは見えないところで行なわれる。白い綿布にくるまって用心深く。妻は従順に、しかし適当にいやがって、夫は権利として行なう。子孫作りの行為は決して口にする必要のないものである。家にはあらゆる近代的で快適な設備が整い、サイモン自身も結構な生活を営めることだろう。これより悪い運命だってある。

「グレイスも持っているとお思いですか?」とリディア嬢が言う。「優雅な特性を。殺人はやっていませんわ。後で、それについて誰にも言わなかったことを彼女は後悔していますけど。ジェイムズ・マクダーモットが彼女のことで嘘をついていたに違いありません。でも世間は彼女は彼の情婦だったと。本当でしょうか?」

サイモンは一人赤面するのを感じる。媚びているとしても、彼女はそれを意識していない。無邪気すぎて自分が無邪気でないことを理解できない。「わからないな」、彼はつぶやく。

「グレイスはかどわかされたのかもしれませんわ」、リディア嬢は夢みるように言う。「本の中では、女性はいつもかどわかされます。でも個人的にはそういう方を存じ上げませんわ。先生は?」

サイモンはそういう体験はしたことがないと言う。

「男は頭を切り取られたんです」、リディア嬢は低い声で言う。「マクダーモットです。ビンに入れて、トロントの大学にあります。」

「そんなはずはない」、またもや狼狽させられて、サイモンは言う。「頭蓋骨は保存できるが、頭全部は保存なんかできないですよ!」

「大きいピクルスみたいに」、リディア嬢は満足げに言う。「ああ、そうだわ、母からベリンガー牧師様とお話するよう言われてました。先生とお話をする方がいいんですけど。牧師様はとても学者ぶってるんですもの。牧師様は私の道徳心向上に役立つと母は考えているんです。」

ちょうどそのときベリンガー牧師が部屋に入ってくる。まるで彼がサイモンの後見人であるかのように、慈しみ深い笑顔をむけるが、それがうっとうしい。いや、恐らくリディアに向かって微笑んでいるのだろう。

サイモンは音もなくすうっと部屋を抜けていくリディアを見つめる。練習して得た滑らかな歩き方だ。長椅子にひとり残されて、サイモンはグレイスのことを考えているのに気づく。週末以外は毎日会う。裁縫室で彼の反対側に座っている。肖像画では実際より年上に見えたが、今は若く見える。顔色は蒼白く、肌は滑らかで皺一つない。驚くほど肌理は細かい。屋内に閉じ込められていたせいかもしれない。それとも監獄の貧弱な食事のせいだろうか。今は前より痩せて、顔もほっそりしている。肖像画の顔は美人だが、今は美人以上だ。それとも美人以外の美しさと言おうか。頬の線は大理石のようだ。しかも古典派の絵のようで、あどけなさがある。彼女を見ていると、苦悩が実に一掃される感じがする。

しかし裁縫室の中に閉じ込められていると、サイモンは見るだけでなく、彼女の匂いも嗅ぐことができる。注意を払うまいとするが、たえず彼女の匂いが気になって仕方がない。煙の匂いがする。煙、洗濯石鹸、塩の匂いがその肌から漂ってくる。肌そのものの匂いがする。湿っぽい、豊満な、熟した地肌。何だろう？　シダとキノコ、潰して発酵した果物。女囚は何回ぐらい風呂に入れるのかとサイモンは思う。髪は編んで丸めて帽子の中に納まっているが、匂いはそこからも漂ってくる。強い麝香のような頭皮の匂いだ。自分の面前に牝の動物がいる。狐のように用心深い動物。彼は自分の肌が機敏に反応するのを感じる。毛が逆立つ感覚。折々彼は流砂の上を歩いているように感じる。

毎日サイモンは彼女の前に小さい品物を差し出して、それから何を連想するか訊く。今週はいろいろな根菜類で試してみた。下の方へつながる関係を探りたいと思った。例えばビート——地下貯蔵室——死体という風に。あるいはカブ——地中——墓でもいい。彼の理論によると、適切な品物さえ見せれば、彼女の心を混乱させている物事のつながりが引き出せるはずだ。しかし今までのところ、彼が提供した品物を額面どおり受け取り、彼女から引き出せたものは一連の調理法だった。

金曜日、サイモンはもっと直接的な接近を試みた。「グレイス、僕にはまったく正直に話していいんだよ。何一つ隠し立てする必要はない。」

「先生に隠す理由なんて何もありません、先生」、と彼女は答えた。「淑女なら評判を失うこともありますから、隠すこともあるでしょう。でも、私には何もないです。」

「グレイス、どういうことかね？」

「ただ、私は淑女になったことがないということです、先生。かつてあった面目はとっくの昔になくしてしまいました。好きなことを何でも言えるし、言いたくなければ、何も言わなくてもすむのです。」

「グレイス、君についての僕の好意的な意見が気にならないか？」

彼女は彼に鋭い視線をちらりと投げてから、一針一針縫い続けた。「判決はすでに下りてます、先生。先生が私のことをどう思われようと、すべて同じです。」

「グレイス、正しい判決かい？」訊かずにはいられなかった。

「正しいも、正しくないも問題ではありません。世間は罪人が欲しいのです。犯罪が起きれば誰がやったか知りたい。わからないのは嫌なのです。」

「じゃ、希望を捨てたのかい？」

「先生、何の希望です？」彼女は穏やかに訊いた。

サイモンは、まるで礼儀を欠いたかのように、自分が間抜けに感じた。「そうだね、自由の身になる希望だよ。」

「今頃になって、あの人たちはなぜそういうことをしたいのですか、先生？　女殺人犯は日常茶飯事ではありません。私の望みは、もっと小さいことでいいんです。明日は今日よりおいしい朝ご飯を食べたいと望みながら生きているんです。」彼女はちょっと微笑む。「あの時私を見せしめにするんだと言われました。だから死刑判決だったのです、それから終身刑に。」

でもその後、見せしめが何の役に立つのだ？　とサイモンは思う。グレイスの話は終わった。話の本筋は、つまり彼女らしさを語った部分は。彼女は残りの時間をどう埋めるつもりなのだろうか？　「不当な扱いを受けてきたとは思わないのかい？」彼は訊ねた。

「おっしゃる意味がわかりません、先生。」彼女は今、針に糸を通していた。通しやすくするために、口の中で糸の端をぬらした。サイモンには突然この動作が全く自然で、耐えられないほど親密なものに思えた。まるで壁の割れ目から彼女が着物を脱ぐのを見つめているように思えた。猫のように、まるで彼女が自分の舌で身を洗っているようだ。

V

割れた皿

私の名前はグレイス・マークスです。トロントの町中に在住のジョン・マークスの娘です。父の職業は石工です。約三年前に北アイルランドからこの国へ来ました。妹と弟が三人ずつ、それに、姉と兄が一人ずついます。七月に十六歳になりました。カナダへ来てからの三年間いろいろなところで女中をしました……。

――一八四三年十一月十七日、
監獄で、ジョージ・ウォールトン氏に語った
グレイス・マークスの自供
『スター・アンド・トランスクリプト紙』トロント

……この十七年間ずっと、
たったの一度も私の胸に疑いは生じなかった
私の運命はなんと大きく異なっているか
世界中のどんな女性のよりも。
その訳はこうでしょう、一足ごとに

より恐ろしく、奇妙になり続けた。
このような奇妙な難儀が忍びよって来る、いわば、
私の近辺や私生活の中まで、
私が座る場所に座り込み、私が横たわるところに寄り添う。
そして私は恐怖に慣れてしまっていた、
友人達が駆け込み、たいまつを掲げて叫んだ
「なぜ洞窟にいるの、ポンピリア
「どうして狼を抱きこんでいるの？
「そして柔らかい長いものが——あなたの両足の間をぬって
「そして膝に巻き付いている——それは蛇だ！」
などなど。

——ロバート・ブラウニング
『指輪と本』一八六九年

12

この部屋でジョーダン先生と面談してから今日で九日目になる。間に日曜日があったから、毎日続けて行なわれたわけではない。先生がいらっしゃらない日もあった。昔は誕生日から日を数え始め、それからこの国へ着いた日から数えるようになり、次はメアリー・ホイットニーのこの世での最後の日から数えるようになった。それから七月のあの最悪の事件が起きた日となり、その後は監獄での第一日目からとなった。でも今はジョーダン先生と裁縫室で過ごした最初の日から数えている。いつも同じ日から数えるなんてできないし、長すぎる、それに時間がどんどん延びて、人はそれに耐えられなくなる。

ジョーダン先生は私の向かいに座る。イギリス風な、髭剃り石鹸、耳、そして長靴の革の臭いがする。心が落ち着くような臭いだから、嗅ぐのが愉しみだ。この点、体を洗う男の方が洗わない男より好もしい。先生は今日はジャガイモをテーブルに置いたが、まだ私に質問してこない。だからジャガイモは二人の間に置いたまま。先生がジャガイモについてどんな答えを期待しているのかわからない。言えるのは、昔はジャガイモの皮をたくさんむいたし、食べもした。採りたての新ジャガに少しバターと塩をかけて、さらにパセリがあれば最高だ。大きい古いジャガイモでも焼き上がりはおいしい。でも長い会話の種になるようなものではない。赤ん坊や動物の顔みたいなジャガイモもあるし、一度猫のようなジャガイモを見たこともあった。でもこれはジャガイモにしか見えないようなジャガイモだ。時々ジョーダン先生はちょっと頭が変だと思うときがある。でも先生がそうしたいなら、ジャガイモについて話す方が、全然話さないよりはましだ。

先生は今日は違うネクタイをしている。青い水玉のある赤い、あるいは赤い水玉のある青いタイだ。好みから言えば少し派手だが、そう告げるほど先生をじっと見詰めることはできない。鋏がいるので、先生にお願いする。そのあと先生は私に話し始めるよう促す。そこで私は話す。今日はこのキルトの最後のブロックを終えるつもりです、そのあとブロックを全部縫いあわせて、裏打ちします、これは監長のお嬢様のお一人のものです。「丸太小屋」のデザインです。

「丸太小屋」のキルトは家庭を意味するから、結婚前の若い娘たちがみんな持つキルトである。だいたい中央に赤い四角が入るが、これは炉床の火を示す。メアリー・ホイットニーがそう言った。でもこのことは先生には告げなかった。ありふれた話で、興味がないだろう。ジャガイモだってそうだけど。

そこで先生は訊ねる。このあとは何を縫うの？　私は答える。わかりません、いずれ言われると思います、キルトの裏打ちの仕事は私にはきません、私はブロック縫いだけします、細かい作業ですから、監長夫人は、懲治監でする郵便袋や制服作りのような単純な裁縫は私の無駄遣いだとおっしゃいました。いずれにしてもキルト作りは夕方で、それに社交的な集まりで、私はその場には呼ばれません。

するとと先生がこう訊ねる。自分用のキルトを作れるとしたら、どの柄を選ぶかい？

そう、それははっきりしている、答えはわかっている。パーキンソン市会議員夫人のキルト箱にあったような「楽園の木」だ。直しが必要か見るふりをして箱から取り出しては、見ほれたものだ。美しいキルトだった。全部三角形からできていて、葉は暗い色、りんごは明るい色で、すごく細かい仕事で、私でもやっとできるほどの細かい縫い目だった。私のキルトなら縁取りを変えるだろう。奥様のは「野生の雁狩」の縁取りで、私のなら明るい色と暗い色の交差の縁取りにする。いわゆる蔓の縁取りで、応接間の鏡にある葡萄の蔓のように絡まっている柄だ。大仕事だし、時間もかかるだろうが、自分のもので、私だけのものなら喜んで作る。

でも先生には別の言い方をする。わかりません、先生、と。「ヨブの涙」か、「楽園の木」か、「スネーク・フェンス」かもしれません。あるいは、「オールドミスの謎」かもしれません、私はオールドミスですから。そうじゃありませんか、先生、それに私は謎にかかったような気持ちがしていますから。最後の言葉はいたずらっぽく言った。真っ正直な答え方はしなかった。本当に欲しいものを声に出すと縁起が悪い、絶対に良いことが起きないというからだ。どの道良いことはないかもしれないが、念のため、望みや、何か足りない物すら用心して言わなければならない、そのためにひどい目に遭うかもしれないからだ。メアリー・ホイットニーがそうだった。

先生はキルトの名前を書き付けている。「楽園の木々」、それとも「木」？

「木」です、先生。木が一本以上のキルトもあり、四本の木の先端を真ん中に寄せたキルトを見たことがあります、それでも木という題です。

なぜだと思うかい、グレイス？ 先生はときどき子供のようだ、「なぜ」ばかりだ。

柄の名前だからです、先生。「命の木」というのもありますが、柄が違います。「誘惑の木」もあります。「松の木」もあり、とても綺麗です。

先生は書き取る。それからジャガイモを取り上げて、眺める。こんなものが地面の中でできるなんて素晴らしいじゃないか、眠っている間に、暗い見えないところで、人目を避けて大きくなるとも言えるね。

やれやれ、先生がジャガイモがどこでできると思っているのか知らないが、藪に絡んでいるのなんか私は見たことがない。黙っていると、先生が訊ねる。地面の中には他に何がある、グレイス？

ビートがあるでしょう、私は答える。人参も同じように、先生。ビートも人参もそういう性質です。

彼はこの答えに失望したようだ、書き取らない。私を見て、考える。そして問う。グレイス、夢を見る事があるかい？

どういうことですか、先生？

私が未来を夢見るかということ、自分の人生で何か計画があるかということだろう。これは残酷な質問だ。死ぬまでここにいるのはわかりきったことなのだから、多くの明るい見通しを描けるわけがない。あるいは、取り留めもない空想を、若い娘のように、男やなにかを想うかということだろう。それ以上の意味はなくともそれも残酷な質問だ。そこで私は、少し怒って責めるように答える。夢をどうすることができるというのですか、そんな質問は酷です。

そうじゃないんだ、僕の質問を誤解している。夜寝ている間に夢を見るかい、と訊いているんだよ。

これは明らかに彼の紳士的な馬鹿な質問なので、ちょっと辛らつに、それにまだ腹が立っていたのでこう答えた。誰だって見ます、先生、見ると思います。

そうだね、グレイス、でも君は？　先生は私の口調に気づいていない、それとも気づかないことにしたのか。先生には何でも言う事ができる、でも先生は気分を害したり、ぞっとしたり、ひどく驚くこともなく、ただ書き取るだけだろう。私の夢に興味があるようだ。夢は何かを意味する、そう聖書に書いてある。エジプト王のファラオが見た太った牝牛と痩せた牝牛の夢や、ヤコブが見た天使が梯子を上り下りする夢とか。それを模した「ヤコブの梯子」という柄のキルトがある。

見ますよ、先生。

昨夜はどんな夢を見た?

私はキニア様の台所のドアのところに立っている夢を見た。夏台所だった。床を磨いていた、それがわかるのは、スカートをまだたくし上げていたし、足は素足でまだ濡れていて、木靴を履いていなかったからだ。すぐ外の段のところに男の人がいた。ジェレマイアのように何かの行商人だった。新調の洋服につけるボタンを、ジェレマイアから買ったことがあった。マクダーモットはシャツを四枚買った。

でもジェレマイアではなく、違う男だった。彼は包みを開いて、地面に物を広げていた。リボンやボタンや櫛や布地などで、夢の中でとても明るい色をしていた。絹やカシミアのショールや木綿のプリント地が陽光のもとで光っていた。昼の光が溢れる夏の真っ盛りだったからだ。

以前に見かけた人だと思ったが、顔をそむけていたから見分けがつかなかった。下を見ている、私の素肌の脚を見ている感じがした。膝から下は素肌で、床を磨いていたから綺麗でもなかった。でも汚くても綺麗でも、脚は脚だ。私はスカートを下ろさなかった。見せてやれ、可哀想に、彼の故郷では見ることができないのだろう、と私は思った。どこかのよそ者にちがいない、長い道のりを歩いてきたのだろう。暗い、飢えたような顔つきをしていた。あるいは、夢の中でそう思った。

でもそれからはもう見ていなかった。私に何か売りつけようとしていた。彼は私の持ち物を持っていて、それを返して欲しかった。でもお金がないので買い取れなかった。取引しよう、と彼が言った。交渉だ。さあ、おれに何をくれるかい、からかうように言った。

彼は私の片手を持っていた。今も覚えている。白くて、しなびていた。彼は手袋のように手首のところを持ってぶらさげていた。でも自分の手を見ると、手首のついた二本の手がいつものように袖からでていた。私はこの三本目の手は誰か他の女の手にちがいないと思った。探しにやって来るだろうし、もし私がそれを持っていると、私が盗んだと言うだろう。きっと切り取った物だろうから、私はもう欲しくなかった。まったくその通りで、血が滴り落ち、シロップのようにべっとりしていた。ちっとも怖くなかった。目覚めている時なら本物の血を見るのは怖いだろう。代わりに別のことを心配していた。背後でフルートの音楽が聞こえた。その音にとてもいらいらした。

帰って、と私は行商人に言った。今すぐ帰ってよ。でも彼は顔をそむけたままで、動こうとしなかった。私のことを笑っているのだと思った。

そして私が思ったことは……、血が綺麗な床についてしまう。

思い出せません、先生、と私は答える。昨夜どんな夢を見たのか思い出すことができません。どぎまぎするようなものでした。先生はそれを書き取る。

私には自分だけの物はほとんどない。所有品も、私有物も、語る私生活も何もない。だから自分のために何かをとっておきたい。どんな事情にせよ、結局私の夢が何の役に立つのだろう？

それじゃ、と先生は言う。猫の皮を剝ぐのに一通り以上あるように、物事のやり方にはいろんな方法があるんだ。

奇妙な言葉を使っていると思い、こう答える。私は猫ではありません、先生。

すると先生は、ああ、君が犬でもないのを、思い出したよ、そう言って微笑む。質問だ、グレイス、君は何だい？　魚かい、それとも肉、それとも上等な燻製ニシンかい？

なんとおっしゃいました、先生？

魚と呼ばれてむっとし、部屋から出ていきたいが、そんなことはできない。

すると先生はこう言う。最初から始めよう。

そこで私は訊く。何の最初ですか、先生？

すると先生は答える。君の人生の始まりだよ。

私は生まれました、先生、みんなと同じように。まだ先生にいらいらしながら、私は答える。

君の供述書がここにある、語ったことを読んで聞かせよう。

あれは私の本当の自供ではありません。弁護士が話すようにといったことで、新聞社の人たちがでっち上げたことです。街頭で売り歩いているくだらない新聞を信じるようなものです。はじめて新聞記者に会った時、あなたのお母さんはあなたが外にいるのを知っているの、と思いました。私ぐらい若くて、髭も生え揃わないくせに新聞に書くなんておこがましいです。彼らはみなそんな風で、青二才で、真実に躓いて転んでも見分けがつかないでしょう。私は十六歳になったばかりなのに、十八歳だ、十九歳だ、二十歳以上ではないなどと言ってました。名前さえ間違って、ジェイミー・ウォルシュの名前を「ウォルシュ」、「ウェルチ」、「ウォルチ」と三つも違う綴りで書いていました。マクダーモットもそうです、「マク」だったり、「マック」だったり、最後の「t」の字を一つにしたり二つにしたり、またナンシーの名前を「アン」と書いたり。彼女は生涯一度もアンと呼ばれたことはなかったのです。だから、他のことも正しく書いていると思えますか？　新聞記者はなんでも自分勝手に書き換えるんですよ。

グレイス、と先生は口をはさむ。メアリー・ホイットニーっていう名前は？

私は先生をちらっと見る。メアリー・ホイットニーですか、先生？　その名前をどこでお知りになったのです？

君の肖像画の下に書いてあるよ。供述書の冒頭に。「グレイス・マークス、偽名メアリー・ホイットニー」と。

ああ、そうですね、と私は言う。あの絵は私によく似ていません。

で、メアリー・ホイットニーって？

ああ、あれはジェイムズ・マクダーモットが私を連れて逃げたとき、ルーイストンの宿屋で私が使った名前です。警察が探しに来るといけないから、本名は言わない方がいいと彼が言ったんです。そう、思い出せば、そのとき彼は私の腕をぎゅっと握っていました。彼の言うとおりにするようにと。

それで、君はたまたま頭に浮かんだ名前を言ったのかい？

いいえ、違います、先生。メアリー・ホイットニーは昔私の親友でした。あの時はもう死んでいました。だから彼女の名を使ってもかまわないだろうと思ったのです。ときどき服も貸してくれました。

私はちょっと言葉を切って、どう説明したら一番いいか考えた。

メアリーはいつも私に親切でした、と私は語る。そして彼女がいなかったら、話はまったく変わっていたでしょう。

13

子供の頃から覚えているマザー・グースがあります。

針とピン、針とピン
男は結婚すると苦労が始まる。

女の苦労がいつから始まるかは、この詩は語っていません。おそらく私の苦労は生まれたときから始まったのでしょう、というのは世間で言われているように、先生、人は自分の両親を選ぶ事ができません。だから自ら進んで、神様が私に下さった両親を選ぶことはなかったでしょう。

私の供述書のはじめに書いてあることは事実です。確かに私は北アイルランド出身です。でも、「被告人は両者とも本人たちの認めるところによるとアイルランド出身である」、と書かれたのは、実に不当だと思いました。まるでそのことが犯罪のようです。

アイルランド出身が犯罪であるということが、私にはわかりません。でもそのように扱われるのをたびたび見てきました。でも、もちろん私の家族はプロテスタントでした、だから私の家族は別格なのです。

私が覚えているのは海のそばの岩がごつごつした小さい波止場、木らしいものはあまりない、緑と灰色の土地です。だからこの国にあるような大きな木々を初めて見たとき、とても怖かった。木というものがどうしてあれほど高くなるのかわかりませんでした。あの国を出たのは子供の頃だったので、どんな所だったかよく覚えていません。断片のみで、割れた皿のようです。別の皿に合うようないくつかの断片が常にあります。それから、何をはめても合わない空いているところがあります。

私たちは町に近い村はずれの雨漏りのする小さな部屋が二つある小屋に住んでいました。新聞社には場所の名前は言いませんでした。ポーリン伯母さんがまだ近くに住んでいるかもしれないし、恥をかかせたくなかったからです。伯母さんはいつも私のことを大事に思ってくれていました。でも母に、先の見通しも良くないし、あんな父親だから、実際私にもあまり期待できないと言っているのを聞いたことがありました。母が母より身分の低い男と結婚した、と伯母は思っていました。うちの家族はみんなそうで、私もきっと同じ目に遭うと思っていました。でも私には、そうならないように努力しなさい、自分を高く値踏みすること、そして男が現れても、私の母のように、家族や履歴を調べずに、初めて仲良くなった男を選んではいけないと言いました。それからよそ者にも注意しなさい、と。八歳では伯母の言うことはよくわかりませんでした。それでもよい忠告でした。母は言ってました、ポーリン伯母さんは親切で言っているの、でも基準が高すぎる、高い基準を持てる人ならいいけどね、と。

ポーリン伯母さんと夫のロイ伯父さんは近くの町に店を持っていました。伯父さんは撫で肩の、ずけずけと物を言う人でした。雑貨品の他、服地やレース、それにベルファストから仕入れたリネン製品を売っていました。楽な暮らしをしていました。私の母はポーリン伯母さんの一番下の妹で、伯母さんより綺麗でした。伯母さんは紙やすりのような肌と骨ばった体つきで、指の関節は鶏の脛骨のように大きかったです。母の髪は長く鳶色で、これは私にも伝わっています。人形のようにまん丸い青い目をしていました。結婚するまでポーリン伯母さんとロイ伯父さんと一緒に住み、店を手伝っていました。

母とポーリン伯母さんは亡くなった牧師の娘でした。メソジスト派の牧師でしたが、教会の金で何か意外なことをして、その後職につくことができなかったということです。その父親が死んだ時家族には一銭のお金もなく、自活していくことになりました。しかし二人とも教育があり、刺繍やピアノができました。店を経営することは淑女の生き方ではないので、ポーリン伯母さんも自分より身分の低い男と結婚したと思っていました。

ロイ伯父さんは上品ではないけれど悪気のない人で、伯母さんを大事にしました。それは立派なことでした。伯母さんは自分のリネン棚を見たり、二組の食器セット、一組はふだん用、本物の陶磁器セットは特別用で、それらを数えるたびに自分の幸運を喜び、感謝しました、自分より運の悪い女がたくさんいたからです。私の母のことを言っていたわけです。

母の感情を傷つけるために伯母さんがそのような事を言ったとは思いませんが、結果はそうでした。母はあとで泣いていました。母はポーリン伯母さんの言いなりの人生を始め、それが続きました。そこに父の支配が加わることになりました。ポーリン伯母さんはいつも父に立ち向かえと言い、父は伯母さんに立ち向かえ、と言っていました。そして二人の間で母は完全に潰されました。母は内気な性格で、ためらいがちで、弱く、繊細でした。私はそれにいらいらしたものです。私がそれほど強くならなくてすむように、母には強くあって欲しいと思っていました。

父はアイルランド人でさえなかったのです。イギリス北部出身のイギリス人でした。なぜアイルランドへ来たのかはついにはっきりしませんでした。旅をしたい人はほとんどみな反対の方向へ行くものなのに。ポーリン伯母さんは、イギリスで何か問題に巻き込まれて、急いで国を出たに違いない、と言っていました。マークスは彼の実名でもないかもしれないわね、実名は「カインの烙印(マーク)」にちなんでマークであるべきだったわ、あの人には人殺しみたいな感じがするからね、と。しかし、伯母は後になって状況がひどく悪くなってからそう言ったのでした。

母の話では、父は初めのうちは堅実で、申し分ない青年に見えたそうです。ポーリン伯母さんさえ、背が高く、黄色い髪をした、ほとんど歯も欠けていない美男子だったと認めていました。二人が結婚した頃は、父には金があり、将来も明るく見えたと。新聞に書かれた通り、実際石工でしたから。それでも、とポーリン伯母さんは言いました。その必要がなければ、私の母は結婚しなかっただろう、これは秘密にされていましたが、私の一番上の姉マーサは七カ月の子供にしてはとても大きいという噂がたったというのです。母の親切すぎるところから始まったことで、あまりに多くの若い女たちがこういう流儀にはまったということです。伯母は私に同じ轍を踏ませたくないのでこの話をしました。父が母との結婚に同意したのはとても幸運で、そのことでは父を誉めてやってもいいと。大半の男ならその話を聞いて次の船でベルファストを発って、女を岸に置き去りにしたことだろう、その時にはポーリン伯母さんに何ができただろうか、彼女にも守るべき名誉と店があったのだからと。

だから母と父は互いに罠にはまった感じがしていました。

私は、父が初めから悪い男だったとは思いません。だが簡単に道を踏み間違えましたし、環境も不利でした。イギリス人だったために、プロテスタントの信者の間でもあまり歓迎されなかったのです。彼らは部外者を好みませんでした。楽な暮らしをして、店の金に手をつけて、楽しく暮らすために母を騙して結婚したと伯父さんが言っていた、と父は言い張りました。当たっているところもありました。母と子供たちのために伯父と伯母は父を拒むこともできませんでした。

私は幼い頃からこういうことを全て知っていました。家のドアはどれもこれもあまり厚くはなかったし、早耳でした。それに酔っ払ったときの父の声は大きかったからです。いったん始まると、部屋の隅や窓の外で誰が鼠のようにじっと佇んでいようがおかまいなしでした。

父の小言の一つは、子供が多すぎる、金持ちだったとしても多すぎる、ということでした。新聞に書かれた通り、最後は私たちは九人が九人とも生き残りました。死んだ子供は三人いましたが、新聞には書かれませんでした。生まれる前に亡くなり、名前もつけられなかった赤ん坊も数に入りませんでした。母とポーリン伯母さんは失くした赤ん坊と呼んでいました。幼い頃は、どこで失くしたのだろうかと思いました。一セントを失くすように失くしたと思ったからです。失くしたなら、いつか見つかるだろうと。

その他の三人の赤ん坊は教会墓地に埋められました。母のお祈りの時間は増えましたが、私たちが教会へ行く回数は減りました。案山子(かかし)のように靴も履かずぼろ服をまとった可哀想な子供たちに人前を行進させる気はないと母は言いました。それは教区の教会にすぎませんが、母はひ弱な性格にもかかわらず誇り高く、牧師の娘でしたから、教会での基準を知っていたのです。母は見苦しくない身なりをできる限りはしていましたし、子供にもさせました。でも先生、見苦しくない身なりをするのは、ちゃんとした服がなければとても困難です。

でも私はよく教会の庭へ行きました。教会は牛舎ぐらいの大きさでしたが、庭はたいてい草ぼうぼうでした。村も昔はもっと大きかったのですが、大勢の人が村を出て、ベルファストの工場や、海の向こうへ移って行きました。墓を守る家族がいなくなるケースも少なくありませんでした。母から、下の子供たちを家から連れ出してと言われると、私はよく墓地へ行きました。墓地へ行って、三人の死んだ子たちの墓を見たり、他の墓を見たりしました。中にはとても古い墓もあり、墓石に天使の顔が付いていました。それは天使というより、二つの睨むような目と、耳のあるべきところから羽が出ている平べったいケーキのように見えました。体なしの顔だけでどうやって飛ぶのかと、私にはわかりませんでした。また、天国に行ったはずの人がどうして墓地にもいるのかもわかりませんでした。でもみんながそういうものだと言うのです。

うちの死んだ子供たちには墓石がなく木の十字架だけでした。今ごろは草に埋もれていることでしょう。

私が九歳になった時、姉のマーサが女中に出ました。だから家の中でマーサがしていた仕事は私がすることになりました。それから二年後兄のロバートは商船の水夫になり、それ以後便りがありませんでした。私たちもその後間もなく村を出ましたから、ロバートから手紙が来ても私たちには届かなかったでしょう。

その頃、家には五人の小さい子供たちと私が残っていて、もう一人、赤ん坊が生まれるところでした。私が覚えているかぎり母はいつも妊娠中で、お上品に言えば体調が悪い状態でした。でも、私からみれば、お上品さとはまったく関係がありません。妊娠は不幸な状態という言い方もされますが、その方が真実に近いです。不幸な状態はおめでたい出来事につながるはずですが、でもその出来事は必ずしも常に幸せとは限りません。

この頃にはもう父は妊娠にうんざりしていました。お前はいったいどうしてまたガキをこの世に送り出すのだ、今で十分だと思わないのか、いや、お前はやめられない、また食べ口が増える、とまるで自分は関係のないようなことを言っていました。私がまだ小さかった六つか七つの時、手を母のお腹の上に置きました。お腹は丸くて硬かった、ここに何が入っているの、もう一つ食べ口、と訊ねました。すると母は悲しそうに笑って、そうなの、と言いました。私は墓石に付いていた飛んでいる天使の顔のような顔にある巨大な口が、歯かなにかで、お腹の中から母を食べている様子を思い浮かべて、泣き始めました、母が口に殺されると思ったからです。

父は、時にはベルファストまで、建設業者のもとで働くために出かけました。仕事が終わると、数日家に帰ってきて、また別の仕事を求めて家を出ました。家に帰ってくると、家の騒がしさから逃げるために居酒屋へ出かけるのでした。こんなうるさい所では男は物を考えることができない、こんな大家族をかかえていては、よくよく見すえてからなければならないが、どうやって皆の命をつないだらいいのか、俺にはわからねぇ、と言っていました。でも父がせいぜい見すえていたのは、コップの底だけでした。それに一緒にそうしてくれる仲間がいつもいました。酔うと怒りっぽくなり、アイルランド人をののしりました。卑しい役立たずの泥棒野郎のやくざ者、と侮辱して、喧嘩になっていました。でも父は腕っ節が強かったし、じきに友達も少なくなりました、彼らは一緒に飲むのはいいが、喧嘩が始まって、父の拳骨の的になりたくなかったのです。父はますます一人で飲むようになりました。酒浸りがひどくなるにつれ、夜が長くなり、昼間の働き口をさぼるようになりました。

それで、当てにならないという評判が立ち、仕事の口もかなり減りました。父が家にいる時は、不在の時よりひどくなりました。この頃には怒りの矛先が居酒屋だけに止まらなくなっていたからです。神さまはなんでこんなにガキどもを俺に押し付けるんだ、俺たちなんかもう必要とされてねぇんだ、袋詰めの子猫みてぇにみな溺れ死んじまえばいいんだ、などとよく言っていました。幼い子たちは怖がりました。そこで私は遠くまで歩ける四人の子供を連れて、並んで手をつないで、墓地へ行って雑草を摘んだり、あるいは、波止場に行って、水際の岩場を攀じ登り、浜に打ち上げられたくらげを棒でつついたり、潮溜まりの生き物を覗いたりしました。

ある時は、漁船がつないである小さな桟橋へ行きました。母は足を踏み外して、溺れることを恐れて、あそこへは行かないようにと言っていましたが、漁師が時々おいしいニシンやサバなど、魚をくれるので、私は子供たちを連れて行きました。家ではどんな食べ物でもとても必要でした。翌日食にありつけるかどうかわからない日も時々ありました。母から物乞いは禁じられていましたから、しようとはしませんでした。露骨には言いませんでした。でも、飢えた眼差しのぼろを纏った五人の子供は正視するに忍びないものです。当時私の村ではそうでした。だから私たちはよく魚をもらいました。そして、自分たちで釣ったかのように得意になって持ち帰ったものです。

実は、幼い弟妹たちを桟橋に、裸足の脚をだらんとたらしながら一列に座らせた時、私の頭には邪な思いがありました。一人か二人、背をちょっと押せば食べ口が減るだろうし、洗濯する服も減るだろう、と思いもしました。この頃には、洗濯の大半は私の仕事になっていたのです。でも、それは悪魔が私の頭に吹き込んだ考えにちがいありません。あるいは、父と言うべきかもしれません。まだ父を喜ばせようとする年頃でしたから。

その後、父はいかがわしい仲間と付き合うようになり、評判の悪いオレンジ党員と一緒のところを見られていました。二十マイルほど離れた、カトリック教徒に味方したプロテスタントの紳士の家が焼き討ちにされたり、別の紳士が頭を割られました。そのことで父と母が言い争っていましたが、父の言い草はこうでした。一体俺にどれだけ稼がせてぇんだ、せめて秘密ぐらい守ってくれてもいいじゃねぇか、女なんて決して信用できねぇよ、男に目をつけたとたん裏切るもんな、そんな女の運命なんざ地獄行きでもよすぎるぜ。その後私が母にどんな秘密かと訊ねると、母は聖書を出してきて、聖書に誓って私も秘密を守らなければならないし、この神聖な約束を破ると、神様の罰を受けるわよ、と言いました。どんな秘密かまったく知らないものですから、迂闊にも秘密を洩らす恐れがあったので、そのことがとても怖かったのです。神様は父さんよりもはるかに大きいから、神様から罰を受けるのは恐ろしいことに違いない。そのことがあってから、内容がどうであれ、私は他人の秘密を守ることに常に非常に用心深くなりました。

一時はお金がありましたが、事態は改善されませんでした。父の小言や文句には暴力も加わるようになりました。哀れな母はしかられるようなことは何もしていなかったのに。ポーリン伯母さんが訪ねてくると母は伯母さんに耳打ちして、腕のあざを見せては泣き、昔はこんな男じゃなかった、と言うのでした。そこでポーリン伯母さんは言いました。でも今のあの人をごらんなさいよ、穴のあいた長靴も同然よ、上から水をさせばさすほど、底から洩れるだけ、面汚しで、恥ずかしいわ。

ロイ伯父さんは一頭立ての馬車で伯母さんと一緒に、家でとれた卵やベーコンを持って来てくれました。うちの鶏や豚はとうの昔にいなくなっていました。二人はそこら中に洗濯ものが干してある入り口の部屋に座りました。あの気候では、晴れているからと思って洗濯しても、干したとたんにすぐに曇って、しとしと降り出すのです。ロイ伯父さんは非常に腹蔵ない言い方をする人で、父のことを、あんなにあっという間にありがたい金を馬の小便みたいな酒にすぐに変えちまう男は見たことがない、と言いました。ポーリン伯母さんは、言葉遣いがひどいので、伯父さんを私の前で謝らせました。でも母はもっとひどい言い方を聞き慣れていました。うちの父は飲んでいる時は、下水より汚い言葉をしゃべりちらしていましたから。

その頃、一家が死なずにすんだのは、父が入れる僅かなお金のお陰ではありませんでした。母のお陰、母のシャツを縫う仕事のお陰でした。私も妹のケイティも手伝いました。仕事をくれたのはポーリン伯母さんでした。仕事を持ってきて、出来上がると持っていくのです。馬を使って持ってくるわけで、時間や手間を考えると、伯母さんも迷惑だったことでしょう。でも伯母さんは、いつも何か食べ物を持って来てくれました。うちには小さいジャガイモ畑とキャベツ畑がありましたが、決して充分ではありませんでした。伯母さんが持ってくる店の売れ残りの生地は、そのまま私たちの衣服になりました。

それらの品物をどうやって入手したのか訊ねる段階を父はとうの昔に越えていました。先生、当時は、家族をどう考えるかは別として、自分の家族の暮らしを支えることは男の誇りだったのです。母は弱い性格でしたが、賢かったので父には何も言いませんでした。もう一人、知っているはずなのに知らなかったのはロイ伯父さんでした。でも彼は、自分の家の品物が消えて、それがうちにあるのを見て、何か感づいていたに違いありません。でもポーリン伯母さんはしっかりした女性でした。

新しい赤ん坊が生まれて、私の洗濯物の量が増えました。赤ん坊が生まれるたびにそうでした。母はいつもより産後の肥立ちがよくありませんでした。それまでもそうだったのですが、朝ご飯も晩ご飯も私が支度するようになりました。父は赤ん坊の頭をぶったたいてキャベツ畑の穴に押し込んでやればいい、土の下の方がはるかに幸せだろうからよ、と言っていました。そして、赤ん坊は見ているだけで腹が減る、口にりんごをくわえさせて皿に盛り、焼いたジャガイモで飾ればさぞ見栄えがいいだろうよ。それから、なぜ皆で、俺をじろじろ見るんだ、と。

この頃、驚くようなことが起きました。ポーリン伯母さんはもう子供ができないと諦めていて、私たちみんなが自分の子供と思っていました。でも身ごもった徴候があったのです。伯母さんはそのことをとても喜び、母も喜びました。でもロイ伯父さんは、自分の家族のことを考えると、これ以上うちの家族を支え続けることはできないので、今まで通りにはいかない、何か別の対策を講じなければならない、と伯母に言いました。ポーリン伯母さんは、父がいかにだらしがなくても、私たちを餓え死にさせるわけにはいかないわよ、妹は血を分けた肉親だし、子供たちには罪がないのだから、と言いました。ロイ伯父さんは、餓え死にさせるなんて誰が言った、移住を思いついたんだ、と。既に大勢が移住していましたし、カナダにはただの土地があり、それに父に必要なことは、過去を水に流すことでした。カナダは建設ブームで、石工は需要が高かったのです。じきに多くの鉄道駅が建設されるという確かな情報を伯父は聞いていました。それに、勤勉な男なら独力で成功できました。

ポーリン伯母さんは、それはとても結構だわね、でも誰が船賃を払うのですか、と。するとロイ伯父さんは、別に貯めてある金がいくらかあるし、できるだけ援助しよう、一家の船賃だけでなく、旅の間に必要な食費も充分あるはずだ、と言いました。報酬を取って、何でも手配する人に伯父は目をつけていました。話を持ち出す前に伯父はすでに全部計画を立てていました。ロイ伯父さんは鴨を撃つ前に一列に並べ、用意万端整えるのが好きな男でした。

それで、決まったのです。ポーリン伯母さんは身重だったにもかかわらずわざわざ馬車でやって来て、何度もことの一切を母に語って聞かせました。母は父に話して、了解を得なければならないと言いましたが、これはあくまで表向きのことでした。乞食に選り好みの余裕はありません。他に道は開かれていなかったのですから。それに村に見知らぬ男たちが来て、焼き討ちのあった家や殺された男のことで聞き回っていました。それを聞いて、父は慌てて係わりをたちました。

それで、父は世間体を上手に繕いました。これは人生の再出発だ、ロイ伯父さんには感謝してます、船賃は借金とみなし、成功の暁にはすぐにお返しします、と。ロイ伯父さんは父を信じる振りをしました。父を卑しめるつもりは毛頭なく、ともかく二度と顔を見たくなかったのです。伯父の気前のよさを云々するなら、死ぬまで何年も少しずつ搾り取られるより、我慢して多額の一時金を払うのが得策だ、と思ったのでしょう。伯父の立場だったら、私も同じようにしたでしょう。

そこで全てが動き出しました。出航は四月末に決まりました。そうすれば夏の初めにカナダに到着し、気候の暖かいうちにいい具合に落ち着くことができます。計画のほとんどはポーリン伯母さんと母との間で進められましたが、整理と荷造りは大変でした。二人とも明るく振舞おうとしましたが、実際は落ち込んでいました。何といっても二人は姉妹です。よい時も悪い時も一緒でしたし、いったん出帆したら、二度とこの世で会えないことがわかっていました。

ポーリン伯母さんは店から、僅かなキズしかない、上等のリネンのシーツを持ってきました。大洋の向こう側は寒いと聞いて、厚手の暖かいショールも持ってきてくれました。それから籐のバスケットも。中には藁を詰め込んで、磁器のティーポットと薔薇の絵柄の二個のカップと皿が入っていました。母は伯母にいつもよくしてもらったと、姉さんの思い出にいつまでもティーポットを大事にするわ、と何度も礼を述べました。

静かな涙がとめどなく流れました。

14

伯父が雇った荷車で私たちはベルファストへ行きました。揺られっぱなしの長い道のりでしたが、雨は大したことがなかったです。ベルファストは石造りの大都市で、あんなに大きい町はそれまで見たことがありません。荷馬車や馬車がガタガタと音を立てていました。いくつも大きな建物がありましたが、昼夜の別なくリネン工場で働く、貧しい人もたくさんいました。夕方着いたのでガス灯がついていましたが、それは初めて見るものでした。まるで月の光のようで、ガス灯の方がちょっと緑っぽかったです。

私たちは宿屋に泊まりましたが、蚤(のみ)だらけで、まるで犬小屋でした。うちの全財産を盗まれるといけないので、荷箱は全部部屋に持ち込みました。翌朝早々船に乗らなければならなかったので、町をよく見る暇などなく、子供たちをせきたてました。子供たちはどこへ行くのかわかっていません。正直言って、先生、家族の誰にもわかりませんでした。

船は埠頭に横づけされていました。リバプールからやって来た大型のぶかっこうな船でした。後で、この船はカナダから東方へ向かって丸太を運び、帰りは西へ向かって移民を運ぶと聞きました。人も丸太も船で運ばれる船荷として、同じ程度にしか思われていません。人々は包みや箱をみんな抱えてすでに乗船しはじめていました。大声で泣いている女の人も幾人かいました。でも私は泣かなかった。泣いても仕方がないと思ったからです。父は険しい顔でただ黙っていました。手の甲を使わないですむ気分ではなかったからです。

船は波で前へ後ろへ揺れ動いていました。私は心が休まりませんでした。小さい子供たちは、特に男の子たちは興奮していました。でも船に乗ったのは初めてだったので私の心は深く沈みました。村の港の小さな漁船にさえも乗ったことはなかったのです。今から陸の見えない大海原を横切る、もし難破したり船から落ちたりしても、うちの家族は誰一人泳げないことがわかっていました。

マストの大梁の上に三羽のカラスが並んでとまっていました。母も見ていて、悪いことの前兆で、一列に並んだ三羽のカラスは死を意味する、と言いました。母は迷信家ではなかったので、母の言葉には驚きました。でも塞ぎこんでいたのでしょう、人は気分が滅入ると悪い前兆を信じやすくなるからです。小さい弟妹たちがいたから表情には出しませんでしたが、私は恐くてしかたがありませんでした。私がそんな態度を見せたら、あの子たちも怯えていたことでしょう。これ以上の騒ぎと動揺はごめんでした。

父は勇ましい顔つきをして、衣服や寝具類の一番大きい荷物を持って大股で船のタラップを上がって行き、さも事情がみんなわかっていて怖くはないんだというふうに、あたりをじっと見まわしていました。でも母は、ショールを巻きつけながら、こっそり涙を浮かべて、とても悲しそうに上がって来ました。手を固く握り締めて私に、一体どうしてこんなことになったのかしら、と言うのです。船に乗り込むとき、私はもう二度と陸に上がれないわ、と言っていました。母さん、なんでそんなことを言うの、と私が訊ねると、直感よ、と答えました。

そして、実際その通りになりました。

父はお金を払って大きい箱を船に積み込ませました。お金の無駄遣いは困るが、仕方がなかったのです。父が一人で何もかも運ぶことはできなかったからです。それに運搬人夫たちは粗野でしつこく、父の邪魔をしたでしょう。甲板は行き交う人たちで混み合っていました。人夫たちは道をあけろと怒鳴っていました。船上で使わない荷物は別室に納められ、盗難防止のためにたえず鍵がかけられていました。持参した航海中の食べ物を納める場所は決まっていました。でも毛布とシーツはベッドの下に入れました。母はポーリン伯母さんのティーポットを身体から離さないと言い張りました。いつも見えるところに置いておきたいと言って、籐のバスケットをベッドの垂直の柱に麻紐でしばりつけました。

私たちの居場所は甲板の下、脂で汚れた階段の下の船倉と呼ばれる部屋で、四方八方ベッドだけ取り付けられていました。ベッドといっても長さ六フィート幅六フィートのざらざらした固い木の板を打ち付けただけで、二人に一つの割当でした。子供なら三人から四人が寝ました。これが二段になっていて、間にはほとんど隙間などありません。下のベッドだとまともに起き上がることもできず、頭上のベッドに頭をぶつけてしまいます。一方上のベッドだと転がり落ちる危険がありました。実際落ちてしまえば遠くまで落ちたことでしょう。誰もが箱に入ったニシンのようにぎゅうぎゅうに詰め込まれて、下に繋がるハッチを除けば、窓もなければ通風口もありません。すでに空気はむっとしていましたが、その後の酷さといったらありませんでした。押し合いへし合いのなかで、私たちはすばやくベッドを確保して、荷物を置かなければなりません。夜知らない場所で子供たちだけになると怖い思いをするので、家族が離れ離れになるのはいやでした。

すべてが積み込まれると、船は正午に出航しました。タラップが引き上げられると、もう陸に戻るすべはありません。鐘がなって全員、船長の挨拶を聞くよう集められました。船長はなめし革のような肌をした南部出身のスコットランド人でした。船長は、船の規則を守ること、火を使っての料理は禁止で、持参の全ての食材は鐘の音を聞いて直ちに持ってくれれば船のコックが調理すると告げました。火災防止のため、パイプ煙草は、特に甲板の下では禁止。タバコなしでいられないものは噛みタバコならいつでもかまわないと。天候が適切な日以外は衣類の洗濯は禁止で、天気の判断は船長がするということでした。風が吹き荒れる日だと、洗濯物は船外に飛んでしまうし、雨だと、夜になると船倉は湿った湯気がたちこめた布でいっぱいになり、これは決して乗客にとって喜ばしいことではない、と強調しました。

さらに、許可なしに寝具類を甲板に干すことはできず、全員船長と一等航海士、およびその他の航海士の命令に従うこと、船の安全はそれにかかっていると。この規則に違反したものは狭い部屋に閉じ込められることになる、誰一人として船長を怒らせるようなことはしないで欲しい、と告げました。それから、と船長は続け、海に落ちる危険があるから、酔っ払うことは許されず、陸に着いたら思う存分酔っ払えるので船上では飲まないように、ということでした。やはり船から落ちる危険性があるので、身の安全のために、夜甲板に出てはいけない。船員の仕事の邪魔をしたり、賄賂を使って頼み事をしないこと、そしてそういう行為は監視しているのですぐにわかるのだと。船員たちが証言するように、船長は厳しく統制を取りました。海上では船長の言葉は法律でした。

病気に備えて船医がいましたが、船酔いに慣れるまでは誰も気分がよくないのは当たり前で、ちょっとした船酔い程度では医者を煩わすことはできないこと、そして万事順調なら、六週間から八週間でまた陸に上がれるということでした。最後に、航海中の船には必ず一匹や二匹の鼠がいるが、これは幸運の印で、船が沈没しそうな時最初に知るのは鼠なのだから、お育ちのいい淑女が鼠を見たからといって、そんなことで邪魔をしないで欲しい、と言いました。船長はここにいる人たちは誰も鼠を見たことがないと思っているらしかった。ここで笑い声が上がりました。でも私たちの関心に備えて、今殺したばかりの鼠を持っていて、空腹なら非常に食欲をそそられる、と言いました。私たちの気分を和らげるための冗談でしたが、笑い声はさらに大きくなりました。

笑い声がやんだ時、船長はこう話を結びました。この船はバッキンガム宮殿ではないし、私たちはフランスの女王ではない、この世の常として、私たちは払った額に相当する物を受け取ることになる、そして、全員無事の航海を祈りますと。こう言って船長は船室へ下がり、私たちはできる範囲で落ち着く準備をしました。きっと船長は心の中では、客の船賃だけ確保できれば私たち全員海の藻屑と消えればいいと思っていたのでしょう。でも少なくとも航海には通じているようなので、私はほっとしました。船長の指示の多くは守られなかったことは先生に申し上げるまでもありませんね、特に喫煙と飲酒に関してです。でもこういった好きなことはこそこそとやるしかないですね。

最初のうちはまあまあ順調でした。雲は少なく、とぎれがちに日が差しました。私は甲板に出て、船員たちが間切り走りで船を港から出すのを眺めていました。陸から遠くない限り、船が揺れても気になりませんでした。ところがアイルランド海に出るや、船員たちは帆を広く張りました。まもなく私は具合が悪くなってきて、小さい子と手をつなぎあって、そろって朝食を甲板の排水口に吐きました。私だけでなく、大勢の人たちがえさ箱の前の豚のように並んでいました。母はすっかり弱ってしまい、父は私よりひどく、子供たちの世話どころではありませんでした。夕食を食べなかったのは幸いでした、さもなければ事態はもっと悪くなっていたでしょう。船員たちは見慣れたことなので、手際よく、たくさんのバケツで海水を汲み上げてはどんどん洗い流していました。

しばらくして私は前より気分がよくなりました。新鮮な海の空気のせいか、それとも船の縦揺れ横揺れに慣れたからか、あるいはまた、先生、こんな言い方はごめんなさい、もう気持ちが悪くなるようなものは何も残っていなかったからです。甲板にいれば、もうそれほど気持ち悪くならなかったのです。私たち家族は全員具合が悪くて、食事を取るどころではありませんでした。だが船員は、水を少し飲んで、堅いビスケットを少しかじれば気分がよくなる、と言いました。伯父の指示でビスケットを買い込んでいたので、私たちはできるだけ食べようとしました。

夜になる頃には、少しはよくなりましたが、私たちは下へおりなければなりません。するともっとひどいことになりました。前にも言いましたが、船客は全員鮨詰め状態で、間に壁はなく、ほとんどの人がひどい船酔いでした。隣の人たちの嘔吐や唸り声を聞くだけで、気持ちが悪くなるし、新鮮な空気が入ってこないから、船倉はますます悪臭に満ちて、胸がむかむかしました。

先生、こんな言い方を許して頂けるのなら、ちゃんと排泄するところがなかったのです。もし灯りがあったら丸見えの場所に、バケツが並べてあるだけでした。実のところ、暗闇の中で手探りで動きまわり、罵声をあげ、誤ってバケツがひっくり返ったり、ちゃんと置いてあっても、バケツに入らず床にこぼれました。床は幸い隙間だらけでしたから、いくらかは下の下水溝に流れ落ちました。先生、こんなふうによく思うことがありました、スカートをはく女の方がズボンをはく男よりましだと、少なくとも女は自然のテントのようなものを持ち歩くし、哀れな男はズボンを踵までずり落とさなければならないからです。でも何度もいいますが、明かりがほとんどなかったのです。

船の縦揺れと横揺れ、軋む音、波の跳ねる音、騒音と悪臭、鼠がわが者顔で走り回り、まるで地獄で苦しむ魂になったようでした。私は鯨に飲み込まれて腹の中にいたヘブライの小預言者ヨナを思いました。ヨナは三日いただけでしたが、私たちにはこの先八週間ありました。それに腹の中にいたのはヨナ一人で、他人の嘔吐や唸り声を聞かずにすみました。

それも数日経つと改善されました、大勢の人の船酔いが治まったからです。でも夜の悪臭は相変わらずで、騒音が絶える事はありませんでした。確かに嘔吐は減りましたが、咳といびきが増えました。あの状況ではもっともなことですが、祈りや泣き声もかなり聞こえてきました。

でも先生、先生の神経を逆なでしようと思ったわけではありませんから。ジンを売る店こそありませんでしたが、結局船は動く貧民窟のようなものでした。今ではもっといい船があるそうですね。

先生、窓を開けたくなるでしょう。

あれだけの苦しみはひとつだけよい結果を生みました。乗客にカトリックとプロテスタントの両方の信者がいたうえに、リバプールから乗船したイギリス系とスコットランド系が入り混じっていました。健康なら、互いに失う愛情などないのですから、みんなは言い争いをし、喧嘩をしていたでしょう。でもひどい船酔いくらい闘争本能を取り去ってくれるものはありません。陸にいれば嬉々として激しく戦いあう者たちが、この上なく優しい母親のように、排水溝の上でお互いの頭を支えあう光景がしばしば見られました。監獄でも時々同じことに気づかされます。必要性が縁で奇妙な友情が生まれるのです。航海と監獄は、人はみな生きとし生けるもの、生きとし生けるものはみな草であってみなが弱い存在だという、神様の私たちへの警告かもしれません。とにかくそう思うことにします。

数日後には船酔いもなくなり、甲板へ上り下りして物を取ってきて運ぶことができるようになり、食事の世話をすることができるようになりました。家族はそれぞれ自分の食料を持っていて、それを船のコックのところへ持っていくと、コックはそれを網にいれて、沸騰した大鍋のお湯に突っ込んで、他の人たちの食料と一緒に煮立てるのでした。だから自分の食べ物を食べるだけでなく、他人の食べ物の味も味わいました。うちの食料は塩漬けの豚肉と牛肉でした。玉葱とジャガイモもいくらかありましたが、重いのであまり沢山はありませんでした。それに干し豆とキャベツ、キャベツはしおれないうちに食べないといけないと思ったので、すぐになくなりました。オートミールは大鍋で煮ることができないので、熱湯に入れて、ふやけるまで待ちました。お茶もそうでした。それから前にもいいましたが、ビスケットもありました。

ポーリン伯母さんは母にレモンを三個くれました。金の重さに等しい貴重品で、壊血病の予防になるとのことでした。私は必要な場合に備えて、大事にしまっておきました。まあ大体のところ、私たちの健康を維持するのに充分な食料はありましたから、船賃にほとんどの金を費やした人々よりは恵まれていました。両親は自分たちの割当さえ食べられない状態でしたので、少し余っている、そう私は思いました。私は隣のフェランさんという名のおばあさんにビスケットを何枚かあげました。彼女は何度もお礼をいい、あなたに神様のご加護がありますように、と言っていました。カトリック教徒で、家族が先に移民して、残されていた娘の二人の子供たちと旅をしていました。その子たちを今からモントリオールの親のところに連れて行くところで、船賃は義理の息子が払ったと。私は子供たちの世話をしてあげました。後で彼女を助けてよかったと思いました。陰徳を施せば十倍になって戻ってくる、先生、この言葉は何度もお聞きになったことがあるでしょう。

からっとした風が吹いて洗濯ものがよく乾く、天気のよい日、洗濯をしてもよいと言われた時は、みんな船酔いのせいではやく洗濯をしなければならない状況だったので、私はうちの分といっしょにおばあさんの上がけも洗いました。洗濯と言えるほどのものではなく、使えるのは海水の入ったバケツだけでしたが、少なくとも最悪の汚れは落とす事ができました、でもそのあとに潮の臭いが残りました。

一週間半過ぎたころ、猛烈な強風に襲われました。船は風呂桶に浮かんだコルクのように上下に激しく揺さぶられました。祈りの声と悲鳴がけたたましさを増しました。調理など問題外で、夜は眠ることもできず、摑まっていなければベッドから転げ落ちたでしょう。船長は一等航海士を寄こし、私たちに落ち着くよう指示しました。これは普通の強風に過ぎず、騒ぐほどのものではない、逆に目的地への追い風なのだと。でも船倉の出入り口から水が入るので出入り口は閉められました。私たちは真っ暗闇に閉じ込められてしまい、以前にもまして息苦しくなりました。みな窒息してしまうのではないかと思いました。でも船長はわかっていたのでしょう、ときどき船倉の出入り口が開けられました。近くにいた人たちはずぶぬれでした。それまでいい空気を吸っていた報いでした。

二日後に強風は止みました。プロテスタントたちのためには一般の感謝祭の礼拝が行なわれ、カトリック信者にはミサを行なう船上神父様がいました。いわば閉じ込められた状況でしたから、両方に出ないわけにはいきませんでした。でもだれも反対しません、というのは、前にも言ったように、カトリックもプロテスタントも陸にいるときよりも互いに認め合っていたからです。私もフェランおばあさんとても仲良しになりました。この頃には彼女は私の母より早く歩いていました。母の体調は相変わらずよくありませんでした。

強風のあとは寒くなりました。霧が出始めると、次は氷山です。この季節にしてはいつもより氷山の数が多いということでした。氷山を避けて船はゆっくりと進みました。船員たちは、氷山の大部分は海面の下に隠れているから、大風でなくてありがたい、さもないと氷山の方に押し流されてしまって、船が衝突するだろう、と言うのです。でも私はいくら見ても見飽きませんでした。大きな氷の山で、先がとがったものや小塔が伸びているようなものもあり、日差しを浴びると白く輝き、真中には青い光が見えました。天国の城壁はこれほど冷たくはないだけで、このようになっているに違いない、と思いました。

母が危篤に陥ったのは氷山の間を航海しているときでした。船酔いのために母はほとんど床についたままで、ビスケットと水、それにオートミールで作ったわずかな薄粥しか口にしません。父の方が具合がいいということもありません、うめき声から判断すれば、父の方がひどかったでしょう。嵐の最中は洗濯も寝具を風に当てることもできなかったので、なさけない状況になっていました。だから最初、母の様子が悪くなっているのに気づきませんでした。目もよく見えないくらいひどい頭痛がすると言ったので、私は濡れ手ぬぐいを持ってきて、額の上にのせました。熱があるのがわかりました。次に母は胃がひどく痛むと言い出したので、触ってみました。固い腫れ物があって、また養う小さい口かと思いましたが、でもなぜそんなにすぐできたのかわかりませんでした。

今まで自分自身の九人を含めて、十六人の赤ん坊を取り上げたと言っていたフェランおばあさんに私は相談しました。彼女はすぐに来て、母のお腹を触り、つついたり押したりしました。母は悲鳴をあげました。フェランさんは船医を呼ばなくてはいけないと言いました。船長は些細なことで船医を困らせてはいけないと言っていましたから、私は呼びたくなかったのです。でもフェランさんは、これは些細な事ではない、赤ん坊でもないと言ました。

父に訊くと、何でも自分の勝手にしろ、気分が悪くて何も考えられないからと言いました。それでついに私は船医を呼んでもらいました。でも医者は来ません。可哀想な母は一時間ごとにどんどん悪くなっていきます。もうほとんど話すことができず、口にすることばは全く意味をなしませんでした。

フェランさんはそれはひどい、彼らは牝牛ならもっと大事にするのにと言って、医者に来てもらう一番いい方法は、チフスかもしれない、コレラかもしれないと言ってごらん、船の中で彼らが一番恐れるのはこういう病気だから、と教えてくれました。私がそう告げると、船医がただちに飛んできました。

でも、医者は全く役立たずでした。先生、こんな言い方でごめんなさい、メアリー・ホイットニーがよく使った言葉ですが、雄鶏の乳首のようなものでした。というのは、母の脈を取り、額に触り、いくつか質問したものの反応がありませんでした。医者は、母の病気はコレラではない、そう告げただけでした。そんなことはわかっていました、私が作った話ですから。腫れ物が何かは、医者は判断ができませんでした。恐らく腫瘍か嚢胞か、そうでなければ盲腸の破裂だったのでしょう。何か痛み止めをあげようと言って、何かを飲ませました。アヘンチンキだったと思います、かなりの量でした、というのは、母はすぐに静かになったからです。明らかにこれが医者の目的でした。医者は、母がこの危機を乗り越えてくれるのを祈る他はない、腫れ物が何かはお腹を開いてみないとわからないことだ、でもそんなことをしたら母は必ず死んでしまうだろう、と言いました。

よい空気を吸わせるために母を甲板に連れて行ってもよいか、と訊きましたが、動かすのは間違いだ、と医者は言いました。それから、特に誰に言うともなく、むかつくほどひどい空気で、窒息しそうだと言いながら、急いで立ち去りました。そんなことはとうの昔にわかっていました。

その晩母は死にました。本にでてくるように、今わの際に母は天使の姿を見たとか、私たちにすばらしい臨終の言葉を残したとか言いたいところですが、たとえ姿を見たとしても、母は自分の胸に秘めて、天使のことも何もかも一切語らずに逝きました。一晩中看病するつもりでしたが、私は寝てしまい、朝起きてみると、母は眼をかっと開いたまま、鯖のように死んでいました。フェランさんは片腕を伸ばして、私を彼女のショールの中に抱き寄せ、薬としてもっていた小さい酒のビンから一口飲ませてくれました。そして泣いたらいいんだよ、と言ってくれました。このかわいそうな人は今や少なくとも苦しみから解放されて、たとえプロテスタントとは言え、今では天国で尊い聖人たちのそばにいるのだから、と。

フェランさんはまた、しきたり通りに、魂を解き放すために窓を開けなかった、とも言いました。でも船の底には窓がなく、開けられないのだから、哀れな母の不利にはならないだろう、と。私は今までそういう習慣を聞いた事は一度もありませんでした。

私は泣きませんでした。死んだのは母ではなく自分のような気がしました。麻痺したように私は座ったきり、次に何をしたらいいのかわかりませんでした。でもフェランさんは、母をそのままにして置いておくことはできない、遺体を包む白いシーツがないか、と訊きました。それを聞いて私はひどく心配になりました。というのは、うちには全部で三枚しかシーツがなかったからです。二枚の古いシーツは、使い古して穴があき、それで二つに切って、仕立て直してありました。もう一枚の新しいシーツはポーリン伯母さんがくれたもので、どれを使っていいかわからなかったのです。古いのを使えば悪いような気がしましたし、新しいのを使えば生きているものにとっては無駄遣いに思えました。言ってみれば、私の悲しみはシーツの問題に集中しました。結局、母がどうしてもらいたいかと考えました。母は元気だった頃いつも自分を二の次にしていましたから、古いのを使う事にしました。少なくともまあまあきれいでした。

船長に知らせが行き、母を甲板に運ぶために二人の船員がやって来ました。フェランさんが一緒に甲板に来て、母の眼を閉じ、綺麗な髪をほどいて、二人で遺体を整えました。フェランさんは、死人の髪を結んだまま埋葬してはいけないと言いました。着ていた服はそのままでしたが、靴は別でした。母にはもう必要ないから、靴とショールは取っておきました。母は春の花のように、蒼白くて華奢に見えました。子供たちは泣きながら母の周りに佇んでいました。一人ずつ母の額にキスさせました。もちろん母が何か伝染病で死んだなら、そんなことはさせなかったでしょう。その後、そういうことに熟達した船員の一人が、母をシーツにきちんとくるんで、しっかり縫い合わせ、沈むようにと足に古い鉄鎖を付けました。やるべきはずだったのに、形見とすべき母の髪を一房切りそこねてしまいました。すっかり頭が混乱していて思いが及ばなかったのです。

母の顔にシーツがかぶせられるや、実際に中にいるのは母ではなく、他の女の人だ、という感じがしました。あるいは、母は変わってしまい、今シーツを剝げば、全く別人になっているだろうと。そんな考えが頭に浮かんだのはショックのせいだったと思います。

幸い、船には航海中の牧師様が乗っていました。強風のあとに感謝祭の礼拝を行なった牧師様でした。彼は短いお祈りを読み、父も下の船倉からなんとか階段をよろよろと上がってきました。髪はくしゃくしゃ、髭は伸ばしたままで、父は頭を垂れて佇んでいましたが、立ち会うだけは立ち会いました。氷山が浮かぶ、霧に包まれた海に、哀れな母は投げ込まれました。その瞬間まで私は母の行き先を考えませんでしたが、じっと見つめる魚の大群の中、白いシーツに包まれて浮いている姿を思うと、とても恐ろしい気がしました。地面に埋められるよりひどいです。少なくとも地面の中なら居場所はわかりますから。

そうやってすべてがとても簡単に終わりました。翌日はまたそれまでと同じように過ぎていきました。ただ母さんがいなくなっただけ。

あの晩私はレモンを一個取り出して、切って一切れずつ子供たちに食べさせました。私も一切れ食べました。とても酸っぱかったので体にいい感じがしました。あれは私が思いついた唯一のことでした。

先生、この航海についてお話しすることがあと一つあります。深い霧の中、風が凪いでまだ船が進めなかった時、ポーリン伯母さんがくれたティーポットが入った籐のバスケットが床に落ちて、ポットが割れてしまいました。嵐の間は、縦横上下にどんなにひどく揺れようが元の場所に収まっていたのが、今になって。ベッドの柱にしばりつけておいたんです。

フェランさんは絶対誰かが盗もうとして紐をゆるめたのだ、見つかりそうになって止めたのだろう、そんなふうに他人の手に渡ることはよくあることだと言いました。でも私はそうとは思いませんでした。母の魂だと思いました。窓を開けなかったせいで、魂が船底に閉じ込められ、それに、一番いいシーツで包まなかったために私に腹を立てたのだと思いました。そして今は永遠に船底の部屋に、ビンの中の蛾のようにはるか下の船倉に閉じ込められて、往きは移民、帰りは丸太と共に、恐ろしい暗い大海原を行ったり来たりしなければならないのです。そう思うと私はとても悲しくなりました。

先生、人は何とも変な考えを持つものですね。でもあの頃の私はほんの子供で、とても無知でした。

15

凪がそれ以上続かなかったのは幸いでした、さもないと食料も水も底を突いてしまったでしょう。風が急に吹き出し、霧も晴れて、ニューファンドランドを無事に通過したと聞かされても、ちらっと見ることもできませんでしたし、それが都市なのか国なのかもわかりませんでした。まもなくセントローレンス川に入りましたが、陸が見えるまでにはまだかなりありました。船の北側にやっと見えた時は、岩と木ばかりで、暗くて不気味で、人が住めそうな所とは全く思えませんでした。地獄に落ちた魂のように悲鳴をあげる鳥の群がいました。こんな場所に住まわされるのはまっぴらごめんでした。

でもしばらくすると、河岸に農場や家が見えてきました。陸地はまあまあ穏やかで、耕されている様子でした。私たちは島で留められて、コレラの検査を受けました。私たちの前にやって来た多くの人たちが船からコレラを持ち込んだからです。でも母以外に船上で死んだ四人は他の原因で、二人は衰弱、一人は卒中、あとの一人は投身自殺だったので、私たちは先へ進む許可を得ました。とても冷たかったのですが、私は川の水で子供たちの、少なくとも顔と手を、ごしごしと洗ってやることができました。ひどく汚かったのです。

翌日、川を見下ろす険しい崖の上に、ケベックの町が見えました。家は石造りで、港の桟橋には行商人や呼び売り人たちがいて、商売をしていました。その一人から私は新鮮な玉葱をいくつか買うことができました。彼女はフランス語しか話しませんでしたが、私たちは指を使って交渉しました。子供たち、それもあのやせこけた子供たちの幼い顔のおかげで安く売ってくれたと思います。玉葱に飢えていたので、りんごのように生のまま食べました。後でお腹にガスがたまりましたが、玉葱がこんなにおいしいとは知りませんでした。

乗客のなかにはその地に運をかけてケベックで下船する人たちもいましたが、私たちはそのまま船旅を続けました。

その後の旅については語る必要があるようなことは他に何も思いつきません。旅はまだ続きましたが、大方不快なもので、時には急流を避けるために陸路で、それから別の船で、湖というより海のようなオンタリオ湖を渡りました。人を刺す小さな蝿の大群や、鼠のように大きな蚊がいました。子供たちはかきむしりすぎて死にそうになりました。父は暗く塞ぎこんだままで、母さんが死んでしまって、どうしていいかわからない、とよく言いました。こういう時は、何も言わないのが一番でした。

ついにトロントに着きました。ただで土地が入手できると言われていたところです。町は平地で湿気があって、いい場所柄ではありませんでした。その日は雨が降っていて、荷馬車や、人が大勢慌ただしく行き交っていました。舗装された大通り以外は、泥道でした。雨は温かく、しとしとと降っていました。町の空気は、肌にくっつく油のような、べとべとした感じがしました。後で知ったのですが、この時期はいつもこうで、高熱や夏の病気の原因になるということです。ガス灯もありましたが、ベルファストほど見事なものではありませんでした。

いろんな人種の人がいるように見えました。スコットランド人が大勢いて、アイルランド人も多少いました。もちろんイギリス人や大勢のアメリカ人、それにフランス人もいくらかいました。インディアンもいましたが、羽はつけていません。それからドイツ人。いろんな肌の人がいて、それはすごく目新しいことでした。どんな言葉が話されているのか想像もつきませんでした。宿屋がたくさんあり、港の周りには、船員たちのせいで酔っ払いも大勢いて、まったくバベルの塔のようでした。

でも最初の日はあまり町を見ませんでした。できるだけ安く泊まれる宿を探す必要がありました。父は船の中で知り合った男の人から情報を仕入れてきました。そして私たちを豚の遊び場より不潔な宿屋の一部屋に荷物と一緒に押し込んで、マグ一杯のりんごジュースを残して、情報集めのために出て行きました。

朝戻ってくると、父は貸間を見つけたと言うので、そこへ行ってみました。港の東の、ロット・ストリート脇の古びた家の裏にありました。家主はバートさんといい、船乗りの上品な未亡人です。そう言っていました。かなり肉づきのよい赤ら顔の人で、燻製鰻の匂いがしました。父より何歳か年上でした。夫人は至急ペンキ塗りが必要な家の手前の部分に住んでいて、私たちは後ろの二部屋の離れみたいなところに住むことになりました。地下室はなく、冬でなくて幸いでした、風がじかに吹き込んできたからです。床は幅の広い床板で、地面ぎりぎりにはってあり、カブト虫など小さい生き物が床の割れ目から這い登ってきます。雨上がりは一層ひどく、ある朝は生きたミミズを見つけました。

部屋は家具付きではありませんでしたが、バートさんは二台の寝台とトウモロコシ殻のマットレスを貸してくれました。悲しい出来事のあとだし、お父さんがまた立ち直って自立できるまでね、ということでした。水は庭にある外のポンプから汲みました。料理には、家を二つに仕切っている廊下にある鉄ストーブを使いました。本当は料理用ではなく、暖房用のストーブでしたが、私は最善を尽くしました。しばらく苦労しましたが、こつを摑んで、なんとかお湯を沸かせるようになりました。鉄ストーブをそれまで扱ったことがなかったので、煙はもちろん、何度もいらいらさせられたことは想像できますよね。でもストーブ用の燃料はたくさんあったんです。国中が木で覆われていて、皆一生懸命木を切り倒して開墾していましたから。建設中の建物から出る板切れもたくさんあり、にこっと笑って運び出す手間をいとわなければ、職人たちから木片をもらうことができました。

でも先生、正直言って、料理するものがあまりありませんでした。父は手持ちの僅かなお金はできるだけ取って置かなければならない、仕事を探すチャンスがきたらそれなりの支度をしなければならない、と言っていました。ですから、はじめはほとんどお粥だけ食べていました。バートさんは裏庭の小屋に山羊（やぎ）を飼っていて、私たちに搾りたてのミルクをくれました。季節はもう六月の終わりになっていたので、菜園で採れた玉葱もくれました。その代わり私たちは草取りをしました。たくさん生えていました。パンを焼く時は、私たちの分も余分に焼いてくれました。

お母さんが死んでみんなかわいそうね、と言っていました。バートさんには子供がなく、愛する夫が死んだ同じ時期に彼女の一人っ子もコレラで死に、小さい足音がなつかしいと、そんなことを父に言っていました。彼女はせつなそうに私たちを見つめては、かわいそうな母のない子羊たちとか、小さい天使たちと私たちのことを呼んでいました。私たちはみすぼらしい身なりでしたから、綺麗とは言いがたかったのですが。バートさんは父と一緒になりたいんだ、と私は思いました。父は自分のいいところを見せるようくさんの、そんな男は、今にも木から落ちそうな果物に見えたのでしょう。
に、見てくれにも気をつけていました。バートさんには、妻を亡くしたばかりの、子だ

　彼女は父を自分の家の方に招いてよく慰めていました。連れ合いを失った気持ちは、自分のような未亡人が一番よくわかりますよ、体は言うことをきかないし、そういう時は思いやりのある本当の友達、悲しみを分かち合える人こそが必要なのよ、と言いました。そして自分こそがそれにふさわしい人物だとほのめかしていました。他にふさわしい人は誰もいなかったので、確かにそうだったかもしれません。

　父の方でも、ピンときて、それにつけこんで、衝撃から抜け切れないといった様子で、いつも手元にハンカチを用意して、歩き回り、そしてこう言うのでした。僕の心臓は肉体から生身のまま剝ぎ取られてしまった。そばにいた最愛の連れ合いに先立たれていったいどうしたらいいのか、妻はこの世に生きるにはあまりに善良だった、しかも食べさせなくてはならないこれら罪のない幼子たち。父がバートさんの居間でこのように話しているのを私は聞いたものです。家の前と後ろを仕切る壁は決して厚くなかったので、ガラスのコップを壁に押し当てて、反対側に耳をつければもっとよく聞こえるのです。バートさんから借りたコップは三個あり、私はそれぞれ試して、最後に一番よく聞こえるのを選びました。

　母が死んだ時は本当につらかったですね、でもなんとか乗り越えようと頑張りました。

だから、あんなふうに父がめそめそ泣き言をいうのを聞くと、不愉快でした。あの時から私は父を心底憎み始めたと思います。とりわけ、生前母をどう扱っていたか、父の長靴を磨くぼろきれ同然の扱いだったことを考えると、そう思わずにはいられませんでした。バートさんはわかっていませんでしたが、私にはわかっていました、みんな演技だったのです。近くの居酒屋の飲み代にお金を使ってしまって家賃を滞納していましたから、彼女の同情を買おうとしていたのです。それに母の薔薇模様の磁器のカップを売り、私がどうしても欲しかった割れたポットも売ってしまいました。きれいに割れているので修理ができると父は言っていました。母の靴も、私たちの一番よいシーツも同じ道をたどりました。哀れな母の遺体を包むのに使ったほうがよかった、その方が正しかったでしょう。

仕事探しを口実に、父は雄鶏のようにさっそうと家を出て行ったものでしたが、行き先は知れていて、帰ってきた時の臭いでわかりました。路地を肩で風を切りながら下りてきて、ハンカチを胸のポケットにしまうのを私は見ていました。やがてバートさんは慰める気持ちをなくし、居間でのお茶の会ももうなくなりました。私たちへのミルクとパンの差し入れも止まり、コップを返して、家賃を支払って、さもなくば荷物と鞄と一緒に、一家全員を追い出すわよ、と告げました。

この頃父は、私は今までは父のすねかじりだったが、もう一人前の女だから、姉と同じように世間に出て自分の暮らしを立てる時期がきた、と言い始めました。もっとも姉は家に給金の仕送りを充分せず、恩知らずな奴だがと。小さい子たちの面倒は誰がみるの、と訊くと、すぐ下の妹のケイティがする、と言うのです。ケイティはもう少しで十歳になるところで、まだ九歳でした。私はそれも仕方がないのかと思いました。

仕事の見つけ方がわからなかったので、バートさんに訊きました。町で知っているたった一人の人でした。その頃には私たちを追い出したがっていましたが、それも無理もないことでした。でも私なら借金を返せると思ったのです。バートさんの友人がパーキンソン市会議員夫人の家の女中頭を知っていて、人手不足を聞いていました。そこでバートさんは、私に身なりを整えるよう言うと、自分のきれいな帽子を貸してくれたうえに、一緒に私を連れて、女中頭に紹介してくれたのです。そして、この娘は性格がよく、進んでよく働く働きもので、自分が請合いますよ、と。さらに、私の母が航海中に亡くなり、海に葬られた、と伝えました。女中頭は気の毒がり、私をしげしげと見つめていました。足がかりを得るのに死ほどいいものはないと思いました。

女中頭の名前は蜂蜜と同じハニーさんでした。甘いのは名前だけで、蠟燭消しのような尖った鼻をした味も素っ気もない人でした。干からびたパンの皮とチーズの皮を食べて生きているみたいで、恐らくかつてはそういう暮らしをしていたのでしょう、夫が死んで困窮をきわめて女中頭になるしかなかったイギリスの上流夫人で、この国に取り残されて自分のお金もなかったのです。バートさんは私のことを十三歳だと告げましたが、私は黙っていました。雇って貰える見込みが十分あるので、その方がよいとあらかじめ忠告されていたのです。それに、あと一カ月もすれば私は十三歳になるので、まったくの嘘でもなかったのです。

ハニーさんは尖った口で私を見つめて、こう言いました、とても痩せているけれど、どこか病気がないといいわね、お母さんは何の病気で死んだの、と。しかしバートさんは、伝染病ではないと告げて、私は年の割にはやや小柄だが、まだ成長しきってないからで、痩せてはいるが力持ちで、男のように薪の束を持ち運んでいるのを見た、とも話しました。

ハニーさんはそれはそれとして受け取り、ふんと鼻を鳴らして、赤毛の人にありがちだが、私は短気か、と訊きました。バートさんは、この娘は世界一気立てが優しく、キリスト教の聖人のようにあらゆる苦難を甘んじて受け入れ、耐えてきた、と告げました。これを聞いてハニーさんは、アイルランド出身者は一般的にそうだが、私はカトリック教徒かと訊きました。もしそうなら、アイルランド系カトリック教徒はこの国をだめにしている迷信的で反逆的な教皇制礼賛者だから、私とは関わりたくないと。しかし私がそうでないことを知って安心していました。さらにハニーさんは裁縫ができるかどうか訊ねました。バート夫人が私は風のように速く裁縫ができると答えると、ハニーさんは直接私に、本当かと訊ねました。緊張しましたが、はっきりと答えました。小さい時から母がシャツを縫うのを手伝っていたし、ボタンホールは大得意で、靴下の穴かがりもできる。さらに、「奥様」という表現を思い出して使いました。

するとハニーさんは、暗算をしているかのように、ちょっと黙っていました。それから私の手を見たいと言いだしました。恐らく働き者の手かどうか見たかったのでしょう。でもお望み通り赤くかさかさしていたので、頭を悩ます必要もなく、満足げでした。人は馬の売買をしていると思ったでしょう。歯を見たいと言わなかったのが不思議なほどでした。でも給金を払うからには、よい利益を得たいのは当たり前です。

結果は、ハニーさんがパーキンソン市会議員夫人に相談して、翌日私に来るようにという知らせを送ってきました。私の給金は食事と部屋つきで月一ドルで、払う方の気が咎めない最低の賃金でした。でもバートさんは、いくらか経験を積み、大きくなればもっと高い給金を要求できると言いました。当時は一ドルで今よりももっとたくさんものが買えました。私は、自分でお金が稼げるのが嬉しくて、一ドルは大金だと思いました。

父は、私が二軒の家を行ったり来たりするものと思っていました。夜は、父がガタのきた部屋と呼ぶ家で寝て、毎朝一番に起きて、ひどいストーブに火をつけ、お湯を沸かし、一日の終わりには掃除をし、そのうえ洗濯をするもの、と思っていました。でも洗濯なんてどうやってできましょう、洗濯用の銅釜もなければ、最低の石鹼を買うお金を父に頼むことさえ無駄だったのです。でもパーキンソン市会議員夫人の家では住み込みを求めていたので、私は週の初めには行くことになりました。

妹や弟と別れるのは辛かったのですが、家を出るのはありがたいことでした。そうでなければ、すぐにも父との間で争いが起きていたでしょう。大人になるにつれ、私は父を喜ばせることが少なくなり、自分でも子が親に持つ自然の信頼をまったく失っていました。それというのも、父は子に食べさせるパン代を飲み代にしていましたし、そのうち私たちに物乞いや盗み、あるいはもっと酷い事を強制したことでしょう。あのひどい怒りも戻ってきて、母が死ぬ前よりひどくなりました。私の腕はすでにあざだらけで、あばずれだの、売女などと喚きながら、母に時々していたように、ある晩私を壁に叩きつけました。私は気を失ってしまいました。それからは、いつか父に背骨を折られて、体を損なうのではないかと恐れるようになりました。このように怒り狂ったあと、翌日眼を覚ますと、何も覚えていない、いつもの俺ではなく、どうしてそうなったのかわからない、と言うのでした。

一日が終わると、私はくたくたに疲れましたが、夜はくよくよ考えながら眠れないまま横になっていました。酒は別として、いつ父があのように爆発し、暴れ回って、子供たちを含めて、こいつを殺す、あいつを殺すと脅しはじめるかは、決してわかりませんでした。

私は重い鉄鍋のことを考えるようになりました。そして眠っている間に父の上に落とせば、頭蓋骨がぱかっと割れて、殺せるだろうし、それに事故だと言うつもりでした。そんな罪を負ったまま墓に入るのはいやでしたが、烈火のごとく燃えたぎる父への怒りはいつかそう私を駆り立てるのではないかと恐れていました。

だからパーキンソン市会議員夫人の家へいく支度をしながら、私を誘惑の道から救ってくださったことを神様に感謝し、これから先もそんなことに関わりませんように、とお祈りをしました。

バートさんは別れのキスをし、元気でいなさい、と言ってくれました。肉付きのいいまだら顔と燻製魚の臭いは別としても、その言葉は嬉しいものでした。優しさはたやすく手に入るものではないので、この世ではかけらでも貰える時は貰ったほうがいいのです。母のショールを入れた小さい包みを抱えて、立ち去ろうとすると、幼い子たちが泣くので、会いに来るからね、と告げました。あの時はそのつもりでした。

私が家を出た時父は留守でした。その方がよかったのです。たとえ私の方が黙っていたとしても、情けないことですが、両方で罵り合いになるにきまっていました。自分より強いものに対してあからさまに罵り返すのは、間に塀がない場合はつねに間違いです。

16

アメリカ合衆国　マサチューセッツ州
ドーチェスター市
エドワード・マーチー博士へ

カナダ・ウエスト　キングストン市
ローワー・ユニオン・ストリート
C・D・ハンフリー少佐方
サイモン・ジョーダン博士より

一八五九年五月十五日

親愛なるエドワード

昔の僕たちのように、夜遅くランプの明かりを灯しながら、呪わしいほど寒い家の中で、この手紙をしたためている。寒さの点ではロンドンの僕たちの下宿とまったく同じだ。でもじきに暑すぎるほどの気候になり、じめじめした瘴気（しょうき）と夏の病気が襲ってくれば、今度はそれを愚痴ることになるだろう。

手紙ありがとう。嬉しい知らせだった。君は麗しいコーネリアに結婚を申し込み、承諾されたんだね！　君の古い友人が別段驚かないことを許したまえ。このことは今まで君がくれた手紙の行間にはっきり出ていたから、読み手にそれほど洞察力がなくても、容易に推測できたことだ。心からお祝いを申し上げたい。僕がラザフォード嬢を知る限り、君は幸福な奴だ。今のような時、僕は心を預ける安息の地をみつけた奴を羨む。いや、恐らく預ける心を持っていることが羨ましい。僕には心がなく、ハートの形をした石があるだけだ、と思うことがよくある。だから僕は、ワーズワースが言ったように、「雲のように寂しくさ迷う」運命にあると。

君の婚約の知らせはきっと僕の愛する母を勇み立たせ、僕の結婚問題にいっそう彼女を駆り立てるだろう。そして機会あるごとに、僕への攻撃材料として、見習うべき最高例として君を使うに違いない。もちろん母は正しい。いずれは僕もためらいを捨てて、「生めよ、ふやせよ」の聖書の命令に従わねばなるまい。僕の石のような心を、本当の生身の血の通う心でなくてもそれほど気にせず、しかもそんな心を世話するために必要な世俗的な資産を持つ優しい乙女に、預けなければなるまい。石の心は周知の通り他に比べて安楽な状態を一層要求するからだ。

こういった欠陥があるのに、愛する母は結婚計画を推し進めている。最近はフェイス・カートライト嬢を賞賛し続けている。数年前君が訪ねてくれたとき出くわしたのを覚えているかい。彼女はボストンに滞在してから非常によくなったと思われている。でも僕の知る限り、君もそうだと思うが、エドワード、互いにハーバードの学生だったからわかるだろうが、ボストンに住んでよくなったという人間は一人もいない。母がその若い淑女の「道徳的」徳性を賞賛するのを聞くと、彼女のそれ以外の魅力不足が是正されたのかどうかはそのよくなった項目の中にはないようだ。ああ、皮肉屋の君の古き友人を恋人らしき者に変える力をもつのは、立派な汚れのないフェイス嬢のような人ではなく別のタイプの乙女なのだ。

ぶつぶつ愚痴をこぼすのもこれくらいにしておこう。愛する友よ、僕は心から嬉しい。君の結婚式では喜んで踊るよ、ただし、結婚式のとき僕が君の町にいればだが。

君の至福の時に、グレイス・マークスの件の進行について、わざわざ訊ねてくれてありがとう。報告することは今のところあまりないが、僕の方法は徐々に累積的に結果が得られるもので、すぐの結果は期待していないのだ。目的は、彼女の眠っている心の一部を覚醒させること、つまりずっと下の意識閾を詳しく調べることと、必然的にそこに埋もれているはずの記憶を発見することだ。鍵のかかった箱のような彼女の心に近づいて、それに合う正しい鍵を見つけなければならない。だが今までのところ、あまり進んでいないと認めざるをえない。

彼女が本当に狂っているとか、少なくとも見かけよりいくらか狂っているというなら助かるんだが、今までのところ、公爵夫人でも羨むような落ち着きを見せている。これほど完璧に自制力のある女を見たことがない。残念ながら遅くなったために目の当たりにすることができなかったが、僕が到着した時の事件を除けば、感情の爆発はない。声は静かで旋律を奏でるようで、普通の使用人より洗練されている。自分より社会的地位の高い家庭で長く働いて学んだものに違いない。それに、カナダに来た時に持っていたはずの北アイルランド訛りがほとんど残っていないんだ。それというのも、着いた当時ほんの子供だったし、それからの後半生はこの大陸で過ごしているからだ。

彼女は落ち着き払って家庭教師のように口をきゅっと結んだまま、「クッションに座って、細かな裁縫仕事をこなしている。」僕は彼女の向かいでテーブルに肘をつき、知恵を絞って、牡蠣のように固い彼女の口をこじ開けようとするがだめだ。ざっくばらんな様子で会話するのだが、できるだけ少なめに、僕が知りたいことをできるだけ少ししか話をしないようにしている。それでも、子供時代の家族状況と、移民として大西洋を渡った時のことについては、かなり聞き出すことができた。でもそれも並外れたものではなく、普通の貧困や苦労話などだ。精神病の遺伝性を信じる者たちは、父親が大酒飲みで、恐らく放火犯でもあったという事実にいくらか慰められるかもしれない。しかし、反対理論はいくつかあるが、これらの傾向が必ず遺伝するという説にはとうてい納得できない。

僕の方は、彼女の症例が面白くなければ、退屈のあまり気が狂ってしまうところだ。ここには社交界といえるようなものはほとんどないし、僕の情感と興味を分かち合う者も一人もいないんだ。ただ一人デュポン博士だけはちょっと例外かもしれない。彼も僕のようにここの住民ではない。しかしスコットランドの変わり者ブレイドの熱烈な信奉者で、彼自身も変な奴だ。娯楽や休養になるようなものはほとんどない。そこで、気晴らしと運動のために、悲しいほど放ったらかしになっている裏庭を掘って、キャベツなどを植えてもよいか、家主の奥方にお願いすることにした。今まで鋤さえ持ったことがないこの僕がだよ、どんな状態にいるかわかるだろう！

もう真夜中が過ぎた。この手紙を書き終えて、寒い寂しい床に入るとしよう。最善の想いと祈りを贈るとともに、君が一層有益かつ、つつがない暮らしを送らんことを念じている。

古き友

サイモンより

VI

秘密の引出し

ヒステリー症――この発作は、主に、若い神経質な未婚の女性に起きる……。この発作を起こしやすい若い女性は、「肉体に起こるあらゆる病気」を患っていると思いがちである。患者が示す仮性徴候は真性徴候に非常によく似ているので、真偽を見極めるのは大変難しい。ほとんどの場合発作に先行して、強度の鬱状態、涙目、吐き気、動悸等が見られる。……そのあと大抵の患者は意識を失って、卒倒する。体は投げ出され、口から泡を吐き、意味不明の言葉を発し、さらに笑ったり、泣いたり、叫び声をあげる発作が起きる。発作が治まると、たいてい患者はさめざめと泣き、それまでの経過について、すべて覚えている場合と、何も覚えていない場合がある。

――イザベラ・ビートン
『ビートンの家政読本』
一八五九―六一年

私の心は彼女の声と鼓動を聞く
　たとえ地中の土になっていても。
私の遺灰は彼女の足音を聞いて拍動する
　たとえ私が一世紀の間死体で横たわっていても。
彼女の足元ではっとし、震え
　そして紫と赤の花を咲かすだろう。

――アルフレッド・テニスン卿
『モード』 一八五五年

17

サイモンは廊下の夢をみている。昔の家、子供時代の家の屋根裏部屋の廊下だ。父が倒産する前、他界する前に一家が住んでいた大きな屋敷だ。女中たちは屋根裏部屋で寝ていた。そこは秘密の世界だった。子供のことだから、まさか足を踏み入れるとは思われていなかった。でも、サイモンはスパイのように靴も履かずにそっと忍び寄り、半開きのドアの外で聞き耳を立てた。誰にも聞かれていないと思ったら、女中たちはどんな話をするのだろう？

女中たちが下にいることがわかっているとき、サイモンは勇気が湧くと、部屋に忍び込んだ。興奮でぞくぞくしながら、女中たちの物、見られたくない物を調べた。引出しを開け、歯が二本欠けた木の櫛や、念入りに巻いたリボンに触れてみた。隅やドアの後ろを探した。くしゃくしゃのペチコートや、片方しかない木綿のストッキング、触ってみると、温かかった。

夢の中の廊下は同じだが、実際より大きかった。壁は高くて、黄色の色も濃かった。

太陽が壁を通して差し込んでくるかのように、輝いた色だった。しかしドアは閉まっていて、鍵がかかっている。彼は次から次へとドアの鍵を試してみて、かんぬきを持ち上げ、そっと押してみるが、何も認められない。でも、中に人がいるはずで、気配を感じる。女、女中たち。白い木綿のシフトドレスを着て、狭いベッドの端に座り、解いた髪は波を打って肩にこぼれ、口を開け、目はきらきらと輝いている。彼を待っている。

突き当たりのドアが開く。中は海。自分を止める間もなく、彼は落ちて行く。頭の上まで水が覆い、銀色に輝く泡が体から上がる。耳の中で何か鳴っている、かすかに震える笑い声。そしてたくさんの手が彼を撫でる。乙女たちだ、しかも泳げる。でも彼を見捨てて、泳ぎ去ろうとしている。「助けてくれ」と叫んでも、彼女たちは行ってしまう。

サイモンは何かにしがみつく。壊れた椅子。波は高くなったり低くなったりする。海がこんなに荒れているのに風はなく、空気はよく見通せるほど澄みきっている。自分のそばを、丁度手の届かないあたりに、いろいろな物が浮いている。銀の盆、一対の燭台、鏡、彫刻を施したかぎ煙草入れ、こおろぎのようにカチカチと音をたてる金時計。かつてはみんな父の物だったが、死後売却されてしまった。それらは深みから、次から次へと泡のように浮き上がってくる。水面に浮かび上がると、膨れた魚のように、ゆっくりとひっくり返る。金属のように固くなく、柔らかい。鰻のような、鱗状の肌をしている。サイモンは怯えながらじっと見つめる、それらが集まり、絡み合い、別のものを形成しているからだ。触手が生えてきている。生きている者に対する死者の圧迫感。父親だ。回りくどいやり方で生き返っている。サイモンは犯罪を犯したという抗しがたい感覚を味わう。

目が覚める、動悸がひどい。シーツと掛け布団が体に絡まり、枕は床に落ちている。汗でびっしょりだ。反芻しながら、しばらく静かに横たわっていると、あんな夢を見た繋がりがわかってくる。グレイスの話だ。大西洋の横断、水葬、所帯道具一覧、そしてもちろん横暴な父親。一人の父親が別の父親に繋がる。

サイモンは小さいナイトテーブルに置いた懐中時計を見る。今度だけは寝過ごしてしまった。ありがたいことに朝食が遅れている。無愛想なドラがいつ来てもおかしくない時刻だ。でも、寝巻き姿を見られてびっくりされるのも、怠け者と見られるのもいやだ。ガウンをひっかけると、ドアを背に、急いで机の前に座る。

見たばかりの夢を、そのためにつけている日記に書き留めておこう。フランスの「精神科医」の一学派は夢の記録を診断手段として推薦している。比較のために、患者の夢と医師の夢とを。彼らは夢を、夢遊病のように、目に見えず意思の届かない、意識下に続く動物生態の現れであるとみなしている。恐らく記憶の鎖の鉤(かぎ)、言わば蝶番(ちょうつがい)のようなものがそこにあるのではないだろうか？

サイモンは連想と暗示に関するトマス・ブラウンの論文と、ヘルバルトの識閾(しきいき)——白昼の光の中で理解される思考とそうした光が当たらないその下で忘れられたまま潜む思考とを分ける境界線——に関する理論を読み直すべきだ。モロー・ド・トゥールは夢を精神病を知るうえでの手がかりと考えている。メーヌ・ド・ビランは、意識生活ははるかに広大な潜在意識の上に浮かぶ一種の島にすぎず、その潜在意識から人が考えていることを魚のように釣り上げることができる、と考えた。既知のことと認識されているものはこの暗い保管場所に収められているもののうちのほんの小部分に過ぎない。失われた記憶は沈んだ宝物のように下の方にあって、それらを取り出せるとすると、少しずつ回収するしかない。実際には記憶喪失とは逆に夢を見ていることなのかもしれない。記憶をかき消し、その下の方に押し込むこと……。

背後でドアが開く。朝食が運ばれる。休みなくサイモンはペンをインクに浸す。盆がポンと置かれ、食器をテーブルに置く音を待つが、聞こえてこない。

「テーブルに置いてくれるかい?」、振り向きもせずサイモンは言う。

小さなふいごから空気が漏れるような音がしたかと思うと、ガチャンと何かが割れてしまった。ドラが盆を自分に向けて投げつけたのかと最初は思った。サイモンが思うに、ドラはかろうじて抑圧されている潜在的に持つ犯罪的な暴力性をいつもそれとなく示していたからだ。思わず大声をあげて飛び上がってしまった。振り向くと、家主のハンフリー夫人が、割れた食器や食べ物が散乱する中、体をまっすぐにして床の上に倒れていた。

サイモンは急いで近寄り、膝をついて、脈をはかる。少なくともまだ生きている。瞼を持ち上げて、白濁していないかを調べる。即座に、あまり綺麗ではない前掛けをはずす。だらしないドラがいつも着けている前掛けだった。それから洋服の前ボタンをはずすが、ボタンが一つ取れていて、糸がまだ下がっている。重ね着の中から、やっとポケットナイフでコルセットのひもを切ることができた。すると菫の香水と秋の落ち葉と湿った肉体の香りが上がってくる。思ったより肉付きはいいが、太ってはいない。

彼の居間の長椅子は処置をするには小さすぎるので、サイモンは夫人を自分の寝室へ運び、そしてベッドに寝かし、血が頭の方へ戻るように足の下に枕を入れる。ブーツを脱がそうかと思ったが、それは馴れ馴れしすぎるのでやめておく。今日はまだブーツが磨かれていなかった。

ハンフリー夫人はこぎれいな足首をしている。サイモンは眼をそらす。倒れたため髪は乱れている。こうしてみると夫人はサイモンが思っていたより若い。意識を失って、いつもの張り詰めた心配顔が消え、はるかに魅力的だ。彼は耳を彼女の胸にあてる。鼓動は正常だ。それなら、ただの失神だ。彼は水差しの水でタオルを湿らせ、彼女の顔と首にあてる。まぶたがぴくっと動く。

サイモンはナイトテーブルの上の瓶からコップに半分水を入れ、炭酸アンモニウムのアルコール溶液を二十滴たらす。午後の訪問のとき、グレイス・マークスに同じような症状が起こったときのため、いつも持参する薬だ。グレイスも失神しやすいと言われているからだ。そして夫人を片腕で支えて、コップを彼女の唇につける。

「これを飲んで」

彼女は不器用に飲み込むと、片手を頭に持っていく。顔の片側の、赤いあざが目に留まる。卑劣な夫は飲んだくれのうえ、暴力的なのだろう。どちらかというと強い平手打ちのあざのようだが、少佐のような男ならきっと拳骨を使うだろう。夫人に対し保護者的哀れみがこみ上げてくるが、サイモンに実際そうした対応ができるわけではない。彼女は家主に過ぎず、それを除けば全くの他人だ。この関係を変える気持ちは全くない。しかし一つの場面がいきなり彼の心に飛び込んできた。自分の乱れたベッドに横たわる頼りなげな女性の姿に刺激されたにちがいない。その想像の場面では、ハンフリー夫人が半ば気を失って、力ない両手を宙にはためかせている。コルセットはなくなり、シュミーズは半分引き裂かれ、妙なことにブーツをはいたままの両足を痙攣するように蹴りあげる。彼女は猫のような鳴き声をかすかにあげながら、大きな人影に暴力をふるわれているのだ。その人物はサイモン自身には似ても似つかないけれど、上からあるいは後ろからこの場面を見ているサイモンには、キルトのガウンが自分の物と全く同じに見えた。

サイモンはこういった想像力が引きおこす現象に関心があった。自分自身に起きているのを観察することができるからだ。そんな現象はどこから来るのだろう？　自分の中に起こるなら、大多数の男にも起こるはずだ。彼は健全で正常だ、そして理性能力を高いレベルまで発達させてきた。にもかかわらずこういう想像力を常に抑制できるわけではない。文明人と野蛮人――例えば、狂人――の差は、おそらく意思による自制という薄皮一枚の差だろう。

「奥さん、安心してください」、彼は優しく言う。「倒れたのです。気分がよくなるまで静かに休んでなくてはいけません。」

「でも、ベッドに。」彼女はまわりを見つめた。

「僕のベッドですよ、ハンフリーさん。ほかに適当な場所がなかったので仕方なくここに運んだんです。」

彼女の顔が赤く染まる。彼のガウンに気づいた。「すぐにおいとましませんと。」

「いいですか、僕は医者です。差し当たり、あなたは僕の患者です。今起き上がると、また起こるかもしれません。」

「また起こるですって？」

「卒倒したんです、運んでくるとき」、それを言うのは思いやりがないように聞こえた。

「僕の朝食ですよ。お聞きしてもいいですか、ドラはどうしたのです?」

驚いたことに、でも彼をびっくりさせるためではなかったが、彼女は泣き出した。

「お金が払えなかったんですの。三カ月もお給金がたまってしまって。物を、私物をいくつか売ったんですが、夫がお金を持っていってしまって、二日前です。それ以来帰って来ませんの。どこへ行ったのかわかりません。」涙を抑えようとしているのがよくわかる。

「そして今朝?」

「ドラと、口論になりました。支払いをせがまれましたが、払えないと、無理だと申しましたの。それなら弁償してもらうと言って、あの人は私の整理ダンスの引出しを捜し始めました、宝石を捜そうとしたのでしょうが。何もないので、私の結婚指輪をもっていくと言いました。金ですが、とても地味なものでした。取られまいとしました。するとあの人は私が正直でないと言って、私を……ぶったんです。そして指輪を取ると、ただ働きの奴隷はこれ以上できないと言って、うちから出て行きました。それで私は先生の朝食を作って、持ってまいりました。私に他に何ができまして?」

亭主ではなかったんだ。あの牝豚ドラの仕業だったのだ。ハンフリー夫人は、再び声もなく泣き始める。鳥のさえずりのようなすすり泣きだ。

「身を寄せられる女友達がいらっしゃるでしょう。それとも来てくださる方が。」サイモンはハンフリー夫人を自分の肩から他者の肩へ早く移したい。女は互いに助け合う。悩む人を世話するのは女の本領だ。女たちは牛肉のだし汁やゼリーを作る。暖かいショールを編む。肩を叩き、なだめてくれる。

「ここにはお友達は一人もおりませんの。最近来たばかりなんです。前の町では金銭的なことで苦しい立場になりました。夫はお客様が好きではありません。私の外出にも反対なんですの。」

いい考えがサイモンに浮かんだ。「奥さん、何か召し上がらなくてはいけません。そうすれば体がしっかりしますよ。」

これを聞いて夫人は弱々しく微笑む。「ここには食べる物が何もないんです、ジョーダン先生。先生のお食事で最後でした。夫が家を出ましてから、私は二日間何も食べておりません。ほんの少し残っておりましたものは、ドラが食べてしまいました。私は水しか飲んでおりませんの。」

そこでサイモンは市場へ出かけて、自分の金で、大家の肉体維持のために必需品を買う羽目になる。彼はハンフリー夫人に手を貸して階下の彼女の部屋へ連れて行った。それというのも、万が一夫が帰った場合、下宿人の寝室にいるのを見られたらおおごとだと言うのだ。驚きはしないが、基本的にどの部屋にも家具がほとんどない。応接間に残っているのはテーブル一卓と椅子二脚だけだった。裏の寝室にはまだベッドが一台あり、その上に神経衰弱状態の夫人を寝かせた。加えて飢餓状態にもなっていた。やせこけていたのも当然だ。彼はベッドに、そこで繰り広げられたはずの惨めな夫婦生活に注意を向けるのを止めた。

その後サイモンは見つけた汚物桶を持って、二階の自分の部屋へ戻った。台所は散らかり放題だった。自室の床に散乱した朝食と割れた皿を片付けた。散らかった卵は上手に調理されていた。

面倒だが、ハンフリー夫人に解約通知を渡して、下宿先を変えなければならない。居続ければ自分の生活と仕事は結果的にはきっと中断されるだろうから、それよりはましだ。混乱の上に混乱、そして差し押さえの執行官が必ず彼の部屋の家具を取りに来るだろう。でも、彼が去れば、この悲惨な女性はどうなるのだろう？　彼の良心の咎となると困るが、でも彼女が路傍で餓え死にすればそうなるだろう。

彼は露店の一つで、卵数個とベーコン、チーズ、それに汚らしい感じのバターを老農婦から買う。それから店で紅茶をいくらか買う。紙をまるめて、上をねじっただけの包装だ。パンも欲しいが、見当たらない。実はどこを探せばよいのかわからない。前に市場を訪れたことはあるが、それもつかの間、野菜を買っただけで、それを使ってグレイスの記憶を呼び起こしたかった。今日はまったく別の理由による。牛乳はどこで買えるのか？　なぜりんごはないのか？　ここは今まで探ったこともない世界で、食べ物がある間は、その入手先には何の興味もなかった。市場の買い物客はいずれも使用人たちで、女主人のバスケットを腕に持っている。あとは疲れたようなボンネットをかぶり、薄汚れたショールをかけた貧しい階級の女たちだ。サイモンは自分を見て女たちが背後で笑っているような気がする。

戻ると、ハンフリー夫人は起きている。掛け布団にくるまり、髪を整えて、ストーブのそばに座っている。火がついているのは幸いだ。彼では火のつけ方がわからない。彼女は両手を合わせてこすりながら震えている。なんとか紅茶を入れて彼女に飲ませ、卵とベーコンを焼き、市場でやっと見つけた古いパンをトーストする。ただ一つ残ったテーブルで、二人は一緒に食べる。マーマレードがあればいいのに、とサイモンは思う。

「ジョーダン先生、本当にありがとうございます。」

「どういたしまして。奥さんを餓え死にさせるわけにはいきませんよ。」彼の声は実際のつもりより温かい。ぺこぺこする貧乏な親戚の姪に二十五セントやると、彼女のほっぺたをつまんで、そそくさとオペラへと逃げ出す、陽気で不誠実な叔父さんの声だ。サイモンは、あの酷いハンフリー少佐は今ごろ何をしているのかと思い、密かに彼を呪いながら羨む。いずれにせよ、これよりは楽しいだろう。

ハンフリー夫人は溜息をつく。「結局こうなるのですわ。私にはもう何もありません。」彼女は非常に穏やかで、自分の立場を客観的に見ている。「家賃を払わなければなりませんが、お金は一銭もありません。まもなくあの人たちが、骨をしゃぶる禿鷹のようにやって来て、私は追い出されますわ。負債のために逮捕されるかもしれない。そうなったら、死んだほうがましですわ。」

「きっとあなたにできることが何かあるはずですよ」、サイモンは言う。「生活費をかせぐためにです。」彼女は自尊心を失うまいとしている。彼はそういう彼女に感心する。夫人は彼を見つめる。この光線の中で、彼女の目は不思議な海緑色がかっている。「先生、どうしたらいいとお思いです？　高級刺繍のお仕事？　私のような女には売れるような能力はほとんどありませんのよ。」彼女の声には意地の悪い皮肉の響きがある。彼女が彼の乱れたベッドに意識を失って寝ていた時、彼が考えていたことを知っているのだろうか？

「二カ月分の家賃を前払いしましょう」、こんな言葉がとっさに出た。馬鹿だ、心の弱い愚か者だ。彼に常識があれば、電光石火のごとくここを引き払っているだろう。「これだけあれば狼たちを遠ざけておくことができるでしょう、少なくともあなたが将来を考える時間ができるまで。」

彼女の目に涙が溢れる。何も言わずに、彼女はテーブルの上の彼の手をとり、唇にそっと押し付ける。唇に残っていたバターで効き目は少し薄まったが。

18

心配事があるのか、今日のジョーダン先生はいつもより手はずを整えていない様子で、どう始めていいのか全くわからないようだ。だから気持ちを集中されるまで私は縫い物を続ける。すると、こうおっしゃる、グレイス、今縫っているのは新しいキルトかい？だから私は答えた。はいそうです、先生、リディアお嬢様の「パンドラの箱」です。

これをきっかけに先生は教育者の立場になり、私に何かを教えようとするのがわかる。紳士は人に教えるのが好き。キニア様もそうだった。それで先生は訊ねた、パンドラが誰か知ってるかい、グレイス？

はい、パンドラは昔のギリシャの人で、見てはいけないと言われた箱の中を覗いたため、多くの病気や戦争、その他の人間の悪事が出てきました。ずっと前に、パーキンソン市会議員夫人のうちで教わりました。メアリー・ホイットニーはその話をあまり高く買ってなく、開けて欲しくないんだったなら、なぜそんな箱を放っといたのよ、と言いました。

先生は私が話を知っているので驚いて、こう訊ねた。でも箱の底に何があったのか知っているかい？

はい先生、希望です。そして冗談でこう言うこともできます。止むを得ず結婚する人がするように、希望とは樽の底をこすって得るようなもの、と。あるいは嫁入り箱とも。でもいずれにせよそれはみなたとえ話にすぎません。でも、キルト模様としてはきれいです。

そう、人はみな、ささやかな希望がときどき必要だと思うよ、と先生。

私は、相当長い間希望なしでやってきましたと言いそうになるが、やめて、こう言う。先生、今日はいつもと違いますね、ご病気ではないですよね。

すると独特の顔半分だけの笑顔をみせて、病気ではないが、気がかりがあるんだ、と言う。でも私が話を続けてくれれば助かるし、心配事を忘れられるからと。でも何が心配なのかは語らない。

そこで私は続ける。

じゃあ、先生、これから楽しかった時代の話をしましょう。メアリー・ホイットニーについてお話しします。そしたら、必要にせまられたとき、なぜ私が彼女の名前を借りたかおわかりになります。友達が困った時は決して断らない人でしたから、必要な時は、同じように私も彼女を支えたと思います。

　私の新しい奉公先はものすごく立派で、トロントでもっとも豪勢なお屋敷の一つとして知られていました。湖を見下ろす、フロント・ストリートにありましたが、他にもたくさん大邸宅がありました。正面に白い柱が円形に並ぶ柱廊式玄関（ポーチコ）がありました。食堂は楕円形で、応接間も同じかっこうをしていました。見るからにすばらしい部屋でしたが、隙間風が入りました。それから舞踏室くらいの広い図書室があり、天井まで届く本棚には革表紙の本がびっしり納められていました。これらの本の中には一生に読みたい言葉よりもはるかに多くの言葉がつまっていました。そして寝室にはカーテンのついた高い天蓋付きベッドがあり、夏の蝿よけの蚊帳（かや）もありました。それに、鏡のついた化粧台、マホガニーの飾り箪笥、整理箪笥まで全部揃っていました。一家は英国国教会の信者でした。当時上流階級、そして上流になりたい人はみんなそうでした、国教でしたから。

　ご家族はまず、パーキンソン市会議員で、事業と政治に関わっていらしたので、めったにお目にかかることはありませんでした。旦那様は細い足を二本突き刺したりんごのような体形をしていました。金の懐中時計の鎖、金のピン、金の嗅ぎタバコ入れをたくさんお持ちで、その他の装身具もありました。彼を溶かせば五本のネックレスとお揃いのイヤリングを作ることができたでしょう。次にパーキンソン市会議員夫人です。奥様の方がいい人だから奥様こそ市会議員になるべきだ、とメアリー・ホイットニーは言っていました。人目を引く堂々としたお姿で、コルセットを着けている時と着けていない時では全く別の姿でした。しかしコルセットの紐を固く締めているときは胸は棚のように張り出していて、そこに茶器セットを載せて運んでも、一滴もこぼれないという感じでした。アメリカ合衆国のご出身で、奥様のお話だと、パーキンソン市会議員に一目ぼれする前までは、裕福な未亡人だったと。大した出来事だったでしょうね。メアリー・ホイットニーは、パーキンソン市会議員が命まで取られなくてすんだのは驚きだわ、と言っていました。

彼女には合衆国の大学に行っている二人の成人した息子と、ベベリナという名のスパニエル犬がいました。家族扱いを受けていたので家族に加えます。だいたい犬は好きですが、この犬だけは好きになるのに努力がいりました。

それから使用人たちが、大勢いました。私の奉公中にやめる者もいれば入ってくる者もいて、あの人たちみんなについては触れません。パーキンソン市会議員夫人付きの侍女がいて、彼女はフランス人だと言っていましたが、私たちは怪しんでいました。他の者とは交わろうとしませんでした。女中頭のハニーさんは、一階の奥にかなり大きな部屋を持っていました。執事もそうでした。料理人と洗濯女は台所の隣に住んでいました。庭師と馬丁は離れ家に住み、二人の台所女中たちもそうで、馬と三頭の牛がいる厩舎のそばでした。私はときどき乳搾りを手伝うために厩舎へ行きました。

私は屋根裏部屋に入れられました。裏階段のてっぺんにあり、メアリー・ホイットニーと一緒のベッドで寝ました。彼女は洗濯を手伝っていました。私たちの部屋は広くなく、屋根のすぐ下で、暖炉もストーブもないので、夏は暑く、冬は寒かったのです。部屋には、藁のマットレスのベッド、小さい衣装箱、鉢の縁が欠けた質素な洗面台、それにおまるがありました。それから薄緑色の、背もたれがまっすぐの椅子があり、私たちは夜畳んだ服をそこに置きました。

廊下の向こうには部屋女中のアグネスとエフィがいました。アグネスは信仰深い人でしたが、心優しく、有能な人でした。若いとき歯の黄ばみを取ろうとして薬を使ったところ、白さも落ちてしまい、それがもとでアグネスは滅多に笑わなくなってしまいました。笑っても唇を閉じたままでした。白い歯を返してくださいと神様にお願いするために、あんなにお祈りしているのよ、でもまだ効果はないの、とメアリー・ホイットニーは言っていました。エフィは、恋人が三年前の反乱罪でオーストラリアに流刑になってからとてもふさぎ込んでいました。恋人が死んだという手紙を受け取ると、エプロンの紐で首をつろうとしましたが、紐が切れて、窒息しかけた半狂乱の姿で床に倒れているのを発見され、病院へ送られました。

その反乱について私は何も知りませんでした。その頃はまだカナダに来ていません。

それでメアリー・ホイットニーが教えてくれました。あらゆるものを運営し、金と土地を全部自分のものにした支配者階級ジェントリーに対する反乱でした。急進派のウィリアム・ライアン・マッケンジー氏が指導者でした。反乱が失敗に終わると、彼は女装をして氷と雪の中を進み、湖を渡って合衆国へ逃げました。彼は何度も裏切られる可能性があったのに、そうならなかったのは、彼が平凡な農民のために立ち上がった立派な人だったからです。でも大勢の急進主義者が捕まり、流刑になったり、絞首刑になりました。おまけに財産も失いました。南部へ行った者もいました。ここに残った人の大半は保守のトーリー党員です。あるいはそう言われています。だから政治の話は、友達以外の人たちとはしないほうがいい、ということでした。

私は政治のことは何もわからないわ、と言いました。だからどんな場合でも政治を口にすることはないと。そしてメアリーは急進派？と訊きました。すると彼女は、パーキンソン一家には言ってはだめよ、意見が違うのだから、と言いました。彼女の実の父親はそのせいで一生懸命開墾した農場を失い、熊や他の獣と戦いながら自らの二つの手で建てた丸太小屋を彼らに焼かれてしまった。そして、冬の森に隠れていたのがもとで病気になり、命まで失い、母親は悲しみのあまり死んでしまった。でもいずれ彼らの終わりが来て、復讐される、と。こう語る時の彼女の表情はとても猛々しいものがありました。

私はメアリー・ホイットニーのことを一目で好きになり、一緒にいられるのを嬉しく思いました。使用人の中では私の次に若く、十六歳でした。メアリーは可愛い明るい娘で、姿もよく、黒い髪とキラキラした黒い瞳、そしてえくぼのある薔薇色の頬をしていました。そしてナツメグかカーネーションの匂いがしました。私の話を全部聞きたいというので、私は航海のこと、母が死んで、氷山の海に葬ったことを話しました。メアリーは、すごく悲しい話だと言いました。それから父について話しましたが、最悪の部分は隠しました。親の悪口を言うのはよくないからです。そして父が私の給金を全部欲しがるのがとても心配だと言いました。メアリーは父が働いたわけではないので、渡すべきではないし、それに妹や弟たちのためになることはない。どうせ自分のために、それも酒に使ってしまうわよ、と。父が怖い、と言うと、ここにいれば摑まえることはできないし、もしもそんなことをしようものなら、自分が厩舎のジムに話してあげよう、ジムは大男で友達もいるからと。それを聞いて私は安心し始めました。

メアリーが言うには、私はとても幼くて、生まれたてのように無知かもしれないけれど、新しい硬貨のように輝いている。馬鹿と無知の違いは無知は学ぶことができることだと。私は自分の務めを十分に果たす働き者にみえるし、きっと仲良くやっていけるわ、とも言いました。そして、今まで二カ所で働いたが、使用人として雇われるなら、パーキンソン家は食事をケチらないからましなのだと。これは本当でした、まもなく私は太り始め、背丈が伸びました。確かに、食料は海の向こうよりカナダのほうが手に入りやすいということがありました。種類も豊富でした。使用人たちさえ、塩漬け豚肉やベーコンだとしても、毎日肉を食べました。小麦やトウモロコシの、おいしいパンもありました。屋敷には三頭の乳牛がいて、菜園、果樹園があり、苺、すぐり、葡萄が穫れました。花壇もありました。

メアリー・ホイットニーはお茶目な娘で、とてもいたずら好きで、二人きりの時はきわどいことを口にしていました。しかし年長者や上の階級の人に対しては丁重で、控えめな態度を取りました。加えてきびきびと仕事をしたので、皆に好かれました。でも陰では彼らを冗談の種にし、顔や歩き方や癖を真似て見せるのでした。彼女の口をついて出る言葉があまりにひどいので、私はよくびっくりしました。前にその手の言葉を聞いた事がなかったわけではありません。父が酔った時には家の中で聞かされましたし、カナダへ来る船の中や、酒場や宿屋のそばの港のあたりでなんども聞いていました。でも娘の口から、それもとても若くて綺麗で、きちんと清潔な服を着ている娘から聞いたのには驚きました。それにもすぐ慣れて、メアリーが階級にほとんど敬意を払わないのは、カナダ生まれだからだと思うようになりました。ときどき私が驚くと、まもなく私もアグネスのように死者を悼む賛美歌を歌うようになり、むっつりした口元で、老女の尻みたいにたるませて、陰気な顔をして歩き回るわよ、と言っていました。それには反論しましたが、最後は二人で大笑いしたものです。

しかし、ある人たちばかりがたくさん物を持ち、他の人たちはほとんど何もないということに、彼女は憤慨していました。そこに神の采配を認めることができなかったからです。メアリーは、おばあさんは土着のインディアンだった、だから髪が真っ黒なのだと。そして半分でも見込みがあれば森に逃げ込んで、弓矢を抱えて歩き回り、髪の毛を結い上げてピンでとめたり、コルセットを着ける必要もなくなるだろうし、と言っていました。その時は私も一緒に来ていいと。私たちはどうやって森に隠れるか、旅人に襲いかかって頭の皮を剝ぐかなどを考えました。そのあたりのことは彼女は本で読んでいたのです。パーキンソン市会議員夫人の頭の皮を剝ぎたいが、彼女の髪は自分のものではないからその手間はかからない、化粧室には髪の毛の束や見本が保管してある、とメアリーは言いました。一度フランス人の女中が髪の毛の山にブラシをかけているのを見て、スパニエル犬かと思ったと。でもこれは私たち流の話し方で、悪意があったわけではありません。

メアリーは最初から私を守ってくれました。私の年齢が、言っている年よりも若いことをすぐに察しましたが、誰にも言わないと誓ってくれました。それから私の着ている服を見て、どれもほとんど私には小さすぎて、くず入れにぴったりで、そして風が篩のように通り抜けるから、母のショールだけでは冬中はとても無理だと言いました。ハニーさんが、私は浮浪児みたいで、パーキンソン市会議員夫人の世間体のためにも、私の身なりをきちんとしなければならないとメアリーに言っているので、必要な衣類を得られるよう手伝ってあげようとも。でもまずジャガイモのように体をごしごし洗うところから始めなければなりません、それほど私は汚かったのです。

メアリーはハニーさんの腰湯用盥を借りることにしようと言いました。私はぎょっとしました。生まれて一度もお風呂なんかを浴びたことがなかったし、ハニーさんも怖かったのです。でもメアリーは、ハニーさんの怒鳴り声は噛みつかれるよりひどいんだよ、いずれにせよ、たくさん鍵をぶら下げているので荷車一杯積んだやかんのようにガチャガチャ音を立てて歩くから、近づいてくれば必ず聞こえるさ、つべこべ言うなら、真っ裸にして、外の裏庭のポンプの下で洗うからね、と脅かすのです。ぞっとして、そんなことはさせないわと言うと、彼女は、もちろんそんなことはしないわよ、ただそういうふうに言えばハニーさんの許可がもらえるのよ、と言いました。

じきにメアリーは戻ってきましたが、終わったあとよく洗って返せば盥を使ってもいいということでした。私たちはそれを洗濯室へ運び、水を汲み、コンロでほんのちょっと温めて盥に注ぎました。誰も中に入れないよう、メアリーに後ろ向きに戸口のところに立ってもらいました。今までいっぺんに服を全部脱いだことなどなかったからです。でも慎み深くシュミーズは脱ぎませんでした。湯はあまり温かくなかったので、終わる頃には震えていました。夏でよかった。さもないと風邪で死んでいたでしょう。メアリーは髪も洗うようにと言いました。でも洗いすぎると体から力が抜けるのは本当で、メアリーの知っている娘は髪を洗いすぎたため、だんだん体が弱ってとうとう死んでしまったそうです、それでも三カ月や四カ月に一度は洗う必要がある、と。そして私の頭を見て、少なくとも虱はいないが、いたら硫黄と松脂（まつやに）を塗らなければならないし、前にこれをしたときは、何日間も腐った卵の臭いがしたわ、と言いました。

メアリーは私の衣類を全部洗ったので、寝巻きが乾くまで自分のを貸してくれました。そして洗濯室から出て、裏階段から上がれるようにシーツで私を包みました。それは、すごく可笑しな格好で、気ちがい女みたいだと言いました。

きちんとした洋服を買うために、給金の前払いをメアリーはハニーさんにお願いしてくれました。翌日さっそく町へ出る許可をもらいました。出かける前にハニーさんからお説教があり、慎ましく振舞い、まっすぐ行ってまっすぐ帰り、知らない人、とくに男性と話さないようにと言い含められました。おっしゃる通りにします、と約束しました。

でも、私たちは遠回りをして、家々の柵を巡らした庭の花を見たり、お店を見たりしたように思います。ちょっと見ただけですが、店はベルファストほどたくさんあるわけではないし、大したものもありませんでした。するとメアリーが、娼婦たちの住む通りを見たいかと言いました。ぞっとしましたが、メアリーは何も危ないことはない、と言います。体を売って生計を立てる女性たちを実際見ておきたいと思いました。最悪の場合でも、飢えることになっても、私にはまだ売るものがあるだろう。だから彼女たちがどんな様子か見たいと思ったのです。私たちはロンバード・ストリートへ行きましたが、朝だったのであまり見るものはありませんでした。そこには娼家が数軒あるとメアリーは言いましたが、外からは区別がつきません。中は聞くところでは、トルコ絨毯やクリスタルのシャンデリア、ビロードのカーテンで飾ってあって、とても素敵らしいし、そこに住む娼婦たちは自分の寝室に住み、女中がいて朝食を運び、床を掃除し、ベッドを整え、おまるの始末をしてくれるそうです。娼婦のすることは着物を着、また脱ぎ、仰向けに寝るだけで、炭坑や工場で働くより楽というのです。

これらの娼家に住むのは娼婦の中でもいい方の女たちで、値段が高く、客は紳士たち、あるいは金払いのいい客たちでした。でも安い娼婦たちは街頭に立って、時間貸しの部屋を使わなければなりません。多くの街娼は病気にかかり、二十歳になる頃には老けてしまい、貧しい酔っ払いの船員を騙すには、顔を塗りたてなければなりません。羽飾りや繻子の洋服で飾り立てているので、遠目には非常に優雅に見えても、近くで見ると服は汚れ寸法も合っていない、身につけているものは日決めの借り着だからです。だからパンを買うお金もほとんど残りません。見るに耐えない生活で、湖に身投げしないのが不思議なくらいよ、とメアリーは言っていました。でも中にはそういう娼婦もいて、港に浮いているのを発見されることも時々あるのよ、そうメアリーは言っていました。

どうしてメアリーがあんなに詳しいのか不思議でした。でも彼女は笑って、注意して聞いていれば、特に台所では、いろいろ聞こえてくるのよ、と言いました。それと、メアリーが田舎で知っていた娘が身を持ち崩して、通りでよく出会ったということでした。でもあれからあの娘がどうなったのかわからないが、どうせ良いことはないわ、と案じていました。

そのあと私たちはキング・ストリートの、布の端切れを安く売る生地屋へ行きました。絹や木綿やフランネルやブロード、繻子やタータンなど、欲しい物は何でもありました。でも私たちは値段と使い道を考えなければなりませんでした。最後に持ちのよい青と白のギンガム地を買いました。メアリーは縫うのを手伝ってあげるわ、と言ってくれました。でも実際に縫う段になると、私があまりにも上手に、それもすごく細かい目で縫うのを見て驚き、私は女中にはもったいない、仕立て屋として身を立てるべきよ、と言いました。

翌日回ってきた行商人から、糸とボタンを買いました。彼はお屋敷のみんなによく知られていました。料理婦さんの大のお気に入りで、彼が荷物を開けて、品物を並べている間、料理婦さんは彼のためにお茶を入れ、ケーキを切りました。ジェレマイアという名で、彼がお屋敷への私道をのぼって、裏口へ来るとき、行進のように、ぼろを纏った五、六人のわんぱく小僧の一団がついて来ました。一人はスプーンで鍋を叩いて、皆で次のように歌っていました。

ジェレマイア、火を吹き起こせ、
フー、フー、フー。
始めはそっと、
それから激しくフー！

この騒ぎで皆窓に走り寄りました。子供たちは裏口に着くと、彼から一セントもらって、走り去りました。料理婦さんにあの騒ぎは何かと訊かれると、泥や馬糞を投げつけられるより、つき従えてお供をさせるようにしたほうがいいのだとジェレマイアは答えました。行商人を見ればわんぱく小僧たちは泥や馬糞を投げつけるが、荷物を下ろさずに子供たちを追い払うことはできない、下ろせば、小悪漢どもにあっという間に略奪されてしまう。だからジェレマイアは賢い手段を取り、彼らを雇って、自ら歌を教えたのでした。

このジェレマイアは器用で頭の回転の早い男で、高い鼻、長い脚、日焼けした茶色い肌と縮れた黒い顎鬚をもっていました。多くの行商人のように、ユダヤ人かジプシーのように見えるが、じつはマサチューセッツの、工場へ働きにきたイタリア人の父を持つアメリカ人よ、とメアリーが教えてくれました。姓はポンテッリでしたが、皆に好かれていました。上手に英語を話しましたが、声にどこか外国訛りがありました。射すくめるような黒い瞳に、おおらかな美しい笑顔で、図々しく女たちにお世辞を言いました。

買いたいと思っても買えないものを、彼はたくさん持っていました。今半分払えば残りは次でいいと言うのですが、私は借金は嫌いでした。リボンに紐、糸とボタン、ボタンは金属や真珠母貝、木や骨で作ったものがありましたが、私は骨のボタンを選びました。白い木綿のストッキング、襟、カフス、ネクタイ、ハンカチ、数枚のペチコート、二枚のコルセット、古着でもよく洗ってあって、新品同様でした。それに、薄色の夏用手袋、最上等の作りでした。銀と金色のイヤリングもありましたが、メアリーは色がはがれると言っていました。そして本物の銀の嗅ぎタバコ入れ。とても強い、薔薇の香りの香水ビン。料理婦さんがそれをいくつか買いました。彼女はすでに王女様のような匂いがするから香水はほとんどいらないくらいですよ、とジェレマイアが言うと、彼女は五十歳近くで、姿もよくないのに頬をそめてくすくす笑い、自分はどっちかというと玉葱の香りよ、と言いました。すると彼はいい匂いがするから食べたいほどで、男の心を摑むには胃をつかめばいい、と言って大きい白い歯を見せて笑いました。黒い顎鬚のせいで歯はますます大きく白く見え、まるで貪り食いたいおいしいケーキを見るように、飢えた目つきをじっと料理婦さんに注ぎ、唇をなめる。それを見て、料理婦さんはますます顔を赤くしました。

それから、知っての通り彼の買値はいいので、私たちに何か売りたい物があるか訊ねました。アグネスは叔母さんからもらった珊瑚のイヤリングを売りました。贅沢品だということで、私たちは彼女が困っている妹のためにお金が必要なのを知っていました。ジムが厩舎から来て、自分のシャツと大判の色つきハンカチを、別のもっと好きないいシャツと取り替えたいと言いました。そして木の柄のついたポケットナイフをおまけにもらって、取引が成立しました。

ジェレマイアが台所にいるとまるでパーティーでした。騒ぎの原因を探るためにハニーさんがやってきました。やっぱりあなたね、ジェレマイア、またいつもの悪ふざけをして、女性たちを騙しているのね、と言いました。そう言いながらも彼女はにこにこしていました。めったにないことでした。すると彼は、はい、おっしゃる通りです、こんなにたくさん綺麗なご婦人方にかこまれちゃ逆らえませんよ、でも特にあなたはお美しい、と言いました。ハニーさんは二枚のローンのハンカチを買いましたが、女の子たちには仕事があるのだから、さっさと終わってよ、一日中かかってはだめよ、と彼に言うのを忘れませんでした。

誰かがジェレマイアに手相を見て占って欲しいと言い出したところ、アグネスはそれは悪魔との取引で、パーキンソン市会議員夫人は自宅の台所でそんなジプシー行為が行なわれているという噂が広まるのを望んでないわ、と言いました。そこでジェレマイアはやめました。しかし熱心にせがまれて、口ぶり身ぶりを交えながら紳士の真似をしました。私たちは大喜びで拍手喝采。まったく実物そっくりでした。また、料理婦さんの耳から銀貨を取り出したり、フォークを飲んで出して見せたりしました。邪な青春時代、悪がきだった頃にいろいろなお祭りで働いていた時に、覚えた手品だと言い、その後は真っ正直な商人になり、それからは、スリには会うし、皆さんのような残酷で美人の娘さんたちに五十回以上も失恋させられましたわ、と言って、皆を大笑いさせました。

だがなにもかも荷物に詰めて、紅茶を飲みケーキを食べ終えて、料理婦さんほど上手にお菓子を作る人は他にいないと言って、帰りかけようとした時、私に手招きして、私が買った四個に合う、もう一つ骨のボタンをくれました。彼はそれを私の手の中に押し込み、指で隠させました。彼の指は砂のように、硬くて乾いていました。だが彼は最初に私の手をさっと見つめて、五の方が縁起がいいんだ、と言いました。あの種の人たちは四を縁起の悪い数と考え、奇数は偶数より運がいい数字としているんです。さらに、黒く光る目で知的な視線をさっと投げかけて、他の人に聞こえないように低い声で言いました、先には険しい暗礁がある、と。先生、暗礁はいつもあると思いますよ、確かに今までもたくさんありましたし、私は乗り切ってきました。だから私は彼の言葉にそれほど怯えませんでした。

続いて彼は実に不思議なことを言いました。お前は俺たちの一人だよ、と。

そう言うと、彼は荷物を肩にかけ、残りを手に持って、歩き去りました。一人残されて私は彼の言ったことを考えました。しばらく考えてから、行商人やお祭りで働く人たちと同じで、私も帰る家のない放浪者だということで納得しました。それ以外に彼の意図したことを想像できなかったのです。

彼が去ったあと、皆はちょっと元気が無く、気が抜けたような気持ちになりました。裏で働く私たちがあのような楽しみを味わえるのは稀だったからです。あんなに綺麗なものをよく見たり、真っ昼間に笑ったり喜んだりできることは滅多になかったのです。

ドレスはとてもうまくできました。ボタンが四個でなく五個あったからです。首まわりに三個、袖のカフスに一個ずつ付けました。ハニーさんでさえ、ちゃんとした格好をすると、私は別人のようで、とてもこぎれいで品よく見えるわね、と言いました。

19

最初の月末に父がやって来て、私の給金を全部寄こすよう言いました。でも二十五セントしか渡せませんでした。残りは全部使ってしまっていたからです。すると父は悪態をついてののしり始め、私の腕をぐいと摑みました。メアリーががっしりした手を父にかけました。父は二カ月目の月末にもやってきました。私はまた二十五セントを渡しました。メアリーはもう来ないようにと言いました。父がメアリーに罵詈雑言を浴びせると、メアリーは一層ひどく父をののしり、口笛を吹いて男たちを呼びました。父は追い返されました。幼い弟妹たちが可哀想だったので、このことには別の思いもありました。ですから、後日バートさん宛にいくらかお金を送ってみましたが、子供たちが受け取ったとは思いません。

最初は流し場女中として私は働き始めました。鍋釜をきれいに磨きましたが、まもなく鉄の大釜は私には重すぎるということになりました。洗濯女が新しい仕事を見つけてやめ、別の人がきましたが仕事が遅いので、ハニーさんは私にメアリーを手伝って、すすいだり絞ったり、干したり畳んだり、しわ伸ばし機にかけたり、繕ったりするよう命じました。私たちはとても喜びました。必要なことを教えてあげるわ、あなたは賢いからすぐ覚えるわよ、とメアリーは言いました。

　私が間違いをして気に病んでいると、メアリーは慰めてくれて、もの事をそんなに真剣に考えるんじゃないの、間違いを犯さなければ学ぶ事はできないんだから、と言ってくれました。ハニーさんが私を厳しくとがめ、私が泣き出しそうになると、気にしない、あれがあの人のやり方で、不機嫌なだけよ、と言いました。さらに忘れてはいけないのは、私たちは奴隷ではない、使用人になるために生まれてきたのでもないし、永遠に使用人でいる必要もなく、ただの仕事だと。持参金を稼ぐために、若い娘が自ら職を得るのはこの国では当たり前で、その後結婚し、夫が成功すれば、今度はすぐに自分の使用人か、少なくとも雑役婦を雇えるようになり、その時が来れば私はこぎれいな農家の主婦になり、働かなくても暮らせるようになる、そうしたらハニーさんから受けた苦労や苦難の数々を面白い冗談として思い出すわよ、とメアリーは言いました。そして人はみな同じで、海のこちら側では、人は誰を祖父に持つかではなく、勤勉な働きによって出世するの、そしてそうでなければいけないのよ、と。

　さらにこう続けました。使用人という立場だって他の仕事と同じでさ、多くの使用人たちが少しも学ぶことのない要領ってものがあるのよ。要するに物の見方の問題なの。

例えば、家族の邪魔にならないように、使用人はいつも裏階段を使えとやかましく言われるでしょう。でも実際は逆で、表階段があるのは、家族が私たちの邪魔をしないためなのよ。あの人たちは好きなように着飾って表階段をぶらぶら上がったり下りたりするけど、屋敷の本当の仕事はあの人たちのいないところで続けられていて、怒鳴り声や口出しも、邪魔も入らない。あの人たちは金持ちだが、ひ弱で無知な生き物で、大半の人は足の指が凍り付いても火一つ起こせやしない。やり方を知らないからよ、まったく鼻をかんだりお尻を拭いたり自分でできるのが不思議なくらいね。彼らは生来神父のちんぽと同じで使い道がないのよ。先生ごめんなさい、でも彼女そう言ったんですから。あの人たちが明日一文無しになって、路上に放りだされても、まともな娼婦としても暮らしをたてられないわね。つまりどの部分がどこに入るのかもわからないし、罵られるのがおちでしょうし。尻の穴と地面の穴の区別さえつかないんだから、と。その他にもあの女性たちのことをいろいろ言っていましたが、先生、あまりに卑猥だからここでは繰り返しません。でも私たちはおかしくて大笑いしました。

彼女は、こつは、誰にも見られないうちに仕事を終えることで、仕事中にあの人たちの誰かが不意に現れたら、すぐにその場を離れることね、と言いました。結局は、私たちの方があの人たちより有利なの。彼らの汚れものを洗濯するから、あの人たちのことは私たちはよく知っている、でもあの人たちは私たちのものを洗濯しないから私たちのことは何も知らないわ。あの人たちが使用人に隠せる秘密などほとんどないわ。そして万が一私が部屋女中になったら、汚物で一杯のバケツを薔薇の鉢のように運ぶやり方を学ばなければならない。というのは、この種の人たちがひどく嫌うのは、彼らにも肉体があり、それほどひどくないとしても、自分たちの糞も他の人の糞同様臭いということを思いださせられることなのよ。そう言ってメアリーはある詩を語ったものです。「アダムが鋤で掘り、イブが糸を紡いでいたとき、一体だれが紳士だったの？」

前にも言いましたが、先生、メアリーはあけすけな娘で、ずけずけ物を言いました。とても民主的な考えを持っていたので、それに慣れるのにしばらくかかりました。

お屋敷の天辺には大きな屋根裏があり、いくつかに仕切ってありました。階段を上がって、私たちが寝る部屋を通り過ぎ、別の階段を下りると、乾燥室に出ました。部屋には紐が張ってあり、いくつか小さい窓がひさしの下で開くようになっていました。台所の煙突がこの部屋を通っていて、冬に、あるいは雨のときに洗濯物を乾かすために使われていました。

普通は天気があやしければ洗濯はしません。でも特に夏は、朝は晴れていても急に雲が出て雷や雨になることがありました。雷雨はとても激しく、雷鳴が轟き、炎のような稲妻が走ると、世の終わりがきたのかと思うほどでした。初めての時などは怖くて、テーブルの下に隠れて泣き出してしまいました。するとメアリーが、何でもないわ、ただの雷雨よ、と。それから、畑に出ていて、あるいは納屋にいても、稲妻に打たれて死んだ男たちや、木の下に立っていた牝牛の話もしました。

洗濯物が外に出ていて、最初の雨粒が落ち始めると、私たちはバスケットをもって走り出て、できるだけ手早く洗濯物を全部取り込み、階段の上に運んで、乾燥室でまた干し直しました。カビが出るのでバスケットの中に長く入れておくことは禁じられていました。私は屋外で乾かした洗濯物の匂いが大好きでした。新鮮ないい匂いがします。お天気の良い日にそよ風に吹かれてひらひらしているシャツや寝巻きは、頭がないことを別にすれば、大きな白い鳥や、楽しそうな天使のようでした。

でも同じ物を家の中、乾燥室の灰色の薄明りの中に干すと、洗濯物は違って見え、蒼白い幽霊が薄暗がりの中で揺らめきながら、さ迷っているように見えました。その静かで実体のない光景は私の恐怖心をあおりました。そういうことに目ざといメアリーは、すぐにこの事を察知して、シーツの後ろに隠れ、輪郭が浮き出すように顔をくっつけて、うめき声を出しました。あるいは寝巻きの後ろに隠れて、腕を動かしてみせました。私を怖がらせるためでした。私はまんまと引っかかり、金切り声を上げたものです。それから私たちは洗濯物の間を、笑ったり叫んだりしながら追いかけっこをしました。でもあまり大きな笑い声や叫び声を立てないように気をつけ、もし私が彼女を見つけたら、ぶつかっていってくすぐったものでした。彼女はとてもくすぐったがり屋でした。ときどき私たちは自分の服の上から、パーキンソン市会議員夫人のコルセットをつけると、胸を突き出し、鼻の先を見下ろすようにして歩き回りました。そしておかしさのあまりシーツなどの入ったバスケットの中に仰向けにひっくり返り、魚のように口をパクパクさせながら、まじめくさった顔になるまで横たわっていました。

これは若者特有のおふざけで、必ずしもすごく品のいい行ないではないことを、先生はお気づきだと思います。

パーキンソン市会議員夫人ほどたくさんのキルトを持っている人に私は今まで会ったことがありません。海の向こう側ではキルトはそれほどはやりではありませんでした。模様のある木綿地などそれほどたくさんなかったし安くもなかったのです。メアリーは、この国では自分でキルトを三枚作って、はじめて娘は自分の結婚準備が整ったと思うのよ、と言いました。一番すてきなキルトは、「楽園の木」や「花かご」のような、結婚用キルトでした。その他の、「野生の雁狩」や「パンドラの箱」のようなキルトは、たくさんのブロックが必要だし技術がいりました。「丸太小屋」や「ナイン・パッチ」などのキルトは日常生活用で、ごく簡単に作れました。女中勤めで時間がなかったので、メアリーはまだ自分の結婚用キルトを作りはじめてはいませんでした。でも「ナイン・

パッチ」はすでに作っていました。

九月中旬の天気の良い日、ハニーさんは、寒い冬支度のために、冬用キルトと毛布を出して、風に当てる時期だと言いました。ほころびや破れ目の繕いも必要で、メアリーと私にこの仕事をいいつけました。湿気を避けるために、キルトは乾燥室から離れた、屋根裏部屋に、一枚一枚モスリンのシーツを挟んで杉の櫃（チェスト）にしまってありました。猫を殺せるほどたくさんの樟脳が入れてあったので、その臭いでかなり頭がふらふらしました。キルトを下へ運び、物干しにかけて、ブラシをかけて、虫に食われていないかどうか調べなければなりませんでした。杉の櫃に収められ、樟脳が入っていても、ときどき虫が入り込みます。夏用には木綿わたが入っていましたが、冬用キルトは羊毛わたが入っていたからです。

冬用キルトは夏のキルトより色が濃く、赤やオレンジや青色や紫色が多かったです。絹やビロードや金襴のブロックの混じったものもありました。長い獄中暮らしでは、一人のときはたくさん時間があるので、私はよく眼を閉じて顔をお日様の方に向けていました。するとあのキルトのように明るい赤やオレンジの色が見えるのです。私たちは六枚のキルトを一列にして物干しにかけましたが、まるで戦に出る軍隊が掲げる旗のようだ、と思いました。

あの時以来私は考えています、女はなぜあのような旗をわざわざ作って、ベッドの上にかけることを選ぶのかと。女はベッドを部屋の中で一番目につくものにするのです。そこで私は思いました、それは警告のためだと。先生は、ベッドは平和なものだとお思いでしょう。先生には安息と慰安と夜の安眠を意味するかもしれません。でも誰にとってもそうとは限りません。ベッドで起こるかもしれない危険なことがたくさんあります。ベッドは私たちが生まれる所です、つまり人生最初の危機に遭う所です。また女はベッドの上で出産し、それが元で死ぬこともよくあります。今はっきりとは言いませんが、おわかりのように、女と男の行為が行なわれる所です。それを愛と呼ぶ人もいれば、絶望と言う人もいます。あるいは単に耐えしのばなければならない屈辱的な行為と考える人もいます。そして最後にベッドは私たちが眠る場所、夢見る場所、しばしば死ぬ場所です。

でも私は監獄に入るまでは、キルトをめぐってこんなことを思いめぐらすことはありませんでした。監獄では考える時間がたくさんあります。でもそれを話す相手は一人もいません。だから自分に向かって思っていることを話すのです。

ここでジョーダン先生から、今までの話を書き終えるまで、ちょっと待ってほしいと言われた。それまで話したことがとても興味深いからだとのこと。あの頃の話をするのは楽しいので、そう言ってもらえるのは嬉しい。望みが叶うものなら、できるだけ長くあの頃のままでいたいものだ。そこで私は待ちながら、先生の手が紙の上を動くのを見つめ、あんなに早く書くこつを知っていれば楽しいだろうと思う。こつを覚えるためには、ピアノをひくように、練習を積むしかない。先生の歌声はいいのかな、私が独房に一人監禁されている夜は、若いお嬢様たちとデュエットを唄っているのだろうか。美男子だし、親切で未婚だから、恐らくそうだろう。

じゃ、グレイス、と見上げながら、先生はおっしゃる。君はベッドを危険な場所だと思うんだね？

声の調子がちょっと違う。恐らくこっそり私のことを笑っているのだろう。あまり率直に話さないほうがいい、そして先生があういう調子で話すのなら、気をつけよう。

もちろんベッドに入るたびということではありません、先生、つまり、私が申しあげたような場合だけです。そう言って私は、黙り込んだまま縫い続ける。

グレイス、何か気にさわることを言ったかな？　そんなつもりはないんだが。

少しの間私は黙って縫い続け、それからこう言う。先生を信じます、おっしゃることを信じます。お返しに先生もこの先私を信じてくださいますよね。

もちろん、もちろん、と先生は温かく言う。話を続けてくれないか。口を挟んで悪かった。

こんなありきたりの話や日常生活の話を先生はきっとお聞きになりたくないでしょう。

君が話してくれることは何でも聞きたい、グレイス。生活のささいなところに大事なことが隠されていることはよくあるんだ。

先生の意図することがよくわからないが、私は続ける。

ついに私たちはキルトを全部下ろして、日に当て、ブラシをかけました。それからまた二枚を家に持ち込み、繕いました。私たちは洗濯室にいました、洗濯物がなかったし、屋根裏より涼しかったのです。それに大きなテーブルがあり、キルトを広げることができました。

一枚はとても変わったキルトでした。四つの灰色の壺があり、そこから四本の緑の柳の木が生えていて、隅にはそれぞれ一羽の白い鳩がいました。鶏のように見えましたが、鳩のつもりだったのでしょう。真中には女の名前が黒で刺繡してありました、「フローラ」と。メアリーは、これは「追悼のためのキルト」で、パーキンソン市会議員夫人が亡くなった親友の追悼のために作ったものよ、と言いました。当時の流行でした。

もうひとつのキルトは「屋根裏部屋の窓（ウインドウ）」と呼ばれるものでした。たくさんのブロックを縫い合わせたもので、見方によっては閉まった箱に見えたり、開いた箱に見えたりしました。閉まった方は屋根裏部屋で、開いた方は窓だと思います。これはキルト全部について言えることで、暗い色のブロックを見るか、明るい色のブロックを見るかによってキルトを二つの異なる模様と見る事ができます。でもメアリーが名前を言ったとき、私はきちんと聞いていませんでした。彼女が、「屋根裏部屋のやもめ（ウィドウ）」と言ったと思いました。だから、「屋根裏部屋のやもめ（ウィドウ）」なんて、ベッド用キルトにしてはすごく変な名前ね、と言いました。するとメアリーが正しい名前を教えてくれて、私たちは大笑いしました。屋根裏部屋いっぱいの黒衣の未亡人たちを想像したからです。寡婦帽（やもめ）を被り、黒いベールをたらし、顔を悲しそうにゆがませたり、両手をもみ合わせたり、黒枠の便箋に手紙を書いていたり、黒枠のハンカチで眼をぬぐったりしている。さらにメアリーは、屋根裏部屋の箱や櫃（チェスト）には、愛する亡夫の切り取った髪の毛が縁まで詰まっているのよ、と言いました。ついでに私は、それに愛する死んだ夫も櫃の中にいるかも、と言いました。

　これでまた吹き出しました。廊下伝いにハニーさんが鍵をガチャガチャいわせながら来る音を聞いても、笑いが止まらなかったのです。私たちはキルトに顔を埋めました。ハニーさんがドアを開けたとき、メアリーはもう落ち着いていましたが、私は頭を下げても肩はぴくぴく動いていました。ハニーさんが、あんたたち、どうしたの、と言いました。メアリーは立ち上がると、ハニーさん、すみません、グレイスが亡くなったお母さんのことで泣いているだけなんです、と。ハニーさんは、まあそれは、この子を台所へ連れて行ってお茶をあげなさい、でもだらだらしていてはだめよ、と言い、若い娘はよく泣くけど、甘やかしたり、自制心をなくさせてはだめよ、とメアリーに注意しました。ハニーさんが行ってしまうと、私たちは互いに抱き合って、死ぬほど大笑いをしました。

先生は、未亡人を侮ったりして、私たちがとても軽率だと思われるかもしれませんね、それに自分の家族の死を何度も経験しているのだから、死を笑いの種にするべきでないと。そばに未亡人がいたら決してああいうことはしなかったでしょう、他人の苦しみを面白がるのは悪い事ですから。でも私たちの話が聞こえるところに未亡人はいませんでした、それに私が言えることは、先生、私たちが小娘だったということです。大体若い娘というものはあんなふうに愚かなのです、それに泣くより笑うほうがいいことですから。

それから私は未亡人について考えました、寡婦の憂鬱、寡婦のための屋上バルコニー、聖書にある貧者の一灯ともいうべき寡婦の乏しい中からの寄付などについてです、私たち使用人は年中給金の中から貧しい人たちに少額ながら奇特な寄付をするよう勧められていました。さらにこんなことを思ってみました、若い裕福な未亡人が話題になるときどんなふうに男たちがウインクしたり頷いたりするのかとか、老いて貧しい場合はいかに未亡人は身持ちがよいとされるのかとか。でもそうでない場合は違うと。考えてみれば妙なことです。

九月の気候はすばらしく、夏のような日もありましたが、十月に入ると、多くの木々は赤や黄色やオレンジ色に変わって、まるで燃えているようで、私は眼をそらすことができませんでした。ある日夕方近く私はメアリーと物干しからシーツを取り入れていたとき、たくさんのしわがれ声が一斉に叫んでいるような音を聞きました。メアリーが、空を見て、冬の前に野生の雁が南へ飛んでいくわ、と。頭上の空は野生の雁で暗くなっていました。メアリーが、明日の朝は猟師たちが出るわ、と言いました。こういった野生の生物が撃ち殺されると思うと悲しくなりました。

十月の終わりのある晩、私の身に恐ろしい事が起きました。先生、これについてはできればお話ししたくありません、でも先生はお医者さまです。お医者さまはご存じのことですから、驚かないでしょうね。私はもう寝巻きに着替えて寝支度をしたので、暗闇の中外のお便所へ行きたくないのでおまるを使っていました。ふと下をみると血が見え、寝巻きにもついていました。脚の間から血が垂れていて、死ぬかと思って、わっと泣き出しました。

メアリーは部屋へ入るとこんな状態の私を見て、どうしたの？と訊きました。恐ろしい病気にかかったの、きっと死ぬわ、と私は告げました。お腹も痛かったけど、気にせず、その日はパン焼きの日だったのできっと新しいパンの食べ過ぎだと思っていたのです。でも母さんのことを、母さんの死が最初はお腹の痛みから始まったことを思い出して、一層激しく泣いてしまいました。

メアリーは私を見て、偉いことに、私を笑ったりせず、何もかも説明してくれました。母さんがあんなにたくさん子供を産んだのに、私がこれを知らなかったのはおかしいと思われるかもしれませんね。私は赤ん坊のことや、どのように出てくるかは実際知っていました。道端で犬をみていましたから、赤ん坊がどのようにして中に入るかも知っていました。でもこのことは知らなかったのです。同じ年の友達もいませんでしたし、いればわかっていたでしょう。

そしてメアリーは、あんたはもう女よ、と言いました。それを聞いて私はまた泣きました。でも彼女は腕を回して、慰めてくれました。母さんでもこんなに優しくできなかったでしょう。母さんはいつも忙しいか疲れているか病気でした。私が自分のを持つまで、メアリーは赤いフランネルのペチコートを貸してくれて、布の折り方やピンの留め方を教えてくれました。そして、月経のことを「イブの呪い」と呼ぶ人もいるけれど、そんな言い方はくだらないわ、本当の「イブの呪い」とはアダムの愚かしさを我慢しなければならないことで、アダムは問題が起きると全部イブのせいにしたのよ、とメアリーは言いました。そしてさらに、痛みがすごくひどくなったら、柳の木の皮をもってきてあげるわ、それを噛めば治まるわよ、と言いました。痛みを抑えるために、彼女は台所のコンロでレンガを温めて、タオルに包んでくれました。私はとても感謝しました、彼女は本当によい親切な友達でした。

その後メアリーは私を座らせて、やさしく、落ちつくようにと、髪をとかしてくれて、こう言いました。グレイス、あんたは美人になるわ、もうすぐ男たちがぼーっとなるわ。最悪なのは紳士で、欲しいものは何でも手に入れる権利があると思っているわ、だから夜お便所へ行くとき、すでに酔っているから、あんたを待ち伏せして引っつかむ、あの人たちに理を説いても通じないわ、だから仕方がなければ、感じやすい股の間を蹴飛ばすことね、いつもドアは鍵をして、おまるを使うほうがいいわ。でもどんな男も同じことをしようとするわ、初めはいろいろ約束し、何でも望むようにすると言う、でもよく気をつけてね、約束したことを実行するまでは彼らのために何もしないことよ、指輪をもらったら、牧師もいなきゃだめよ。

私は無邪気に訊きました、なぜなの。すると彼女は、男は生来嘘つきなのよ、だからあんたから取りたいものを取るためだったらどんなことでも言うさ、でもその後考え直して、次の船で出て行ってしまうのよ、と。そう言えば、ポーリン伯母さんがよく母さんについて同じようなことを言っていました。私は賢げに頷き、わかったわ、と答えましたが、実はよくわかったわけではありませんでした。すると、彼女は私を抱き寄せて、いい子ね、と言いました。

十月三十一日の夜は、ご存知のように、先生、万聖節の前夜ですね、ただの迷信ですが、死者の魂が墓地から戻ってくる日と言われています。その晩メアリーは何かをエプロンの中に隠して私たちの部屋へ入って来て、ほら、りんごを四つ持ってきたわ、料理婦さんに頼んでもらってきたの、と言いました。その時期りんごはたくさんあり、いくつものりんごの樽が地下室においてありました。あら、これ食べてもいいの、と言うと、メアリーは、食べるのは後よ、今夜はね、将来誰と結婚するか探し当てる日よ。りんごは四つあるから、私たちは二回占うチャンスがあるわ、と言いました。

彼女はやはり料理婦さんから貰った、とかなんとか言っていましたが、小さいナイフを見せました。実際はときどき彼女は無断でものを取ってくるので、私は気がかりでした。あとで返しておけば盗ったことにはならないわよ、と言っていました。でも返さないこともありました。彼女は五冊あったウォルター・スコット卿の『湖の麗人』を一冊図書室から持ち出して、大声で私に読んでくれました。また食堂から一つずつ持ってきた蠟燭の燃えさしを貯めていて、ゆるんだ床板の下に隠しておきました。許しを得て貰うというのであれば、メアリーはそうしなかったでしょう。夜の着替えのために、私たちは蠟燭の使用を許可されていましたが、ハニーさんは、無駄遣いをしてはだめよ、蠟燭一本で一週間もつはずよ、と言っていましたが、メアリーはもっと使いたかったのです。彼女は黄燐の擦りマッチも隠していましたから、節約のために公認の蠟燭を消したあとは、好きな時はいつでも別のをつける事ができました。その時は燃えさし二本をつけていました。

ほら、ナイフとりんごがあるわ、皮を終わりまで一気にむかなきゃだめよ、それから後ろを向かずに、左肩越しに投げるの。そうして皮から結婚相手の名前の頭文字がわかるの、今夜はその人の夢を見るわ。

私は夫のことを思うには若すぎましたが、メアリーはずいぶん喋りました。給金をいっぱい貯めたら、すでに開墾した土地に素敵な家を建てた素敵な若い農夫と結婚するつもりよ、もしそれがだめなら、丸太小屋を持つ農夫で我慢し、後日二人でもっといい家を建てるわ、と。どんな鶏や牛を飼うかまで考えていて、白と赤の卵用のレグホン種と、クリームとチーズ用のジャージー種で、これ以上いい牛はいないわ、と言っていました。

そこで私はりんごを取り上げて、皮をむきました。無事に最後までむけました。それを後ろへ放り、どんなふうに落ちたか見ました。どっちが上かわからなかったのですが、最後に二人で「J」だと決めました。メアリーは私をからかい始め、Jで始まる知り合いの男たちの名前を挙げていきました。斜視でひどく臭い、厩舎住まいのジムか、行商人のジェレマイアと私が結婚すると言いました。ジェレマイアはずっと二枚目でしたが、私は国中を放浪しなければならないし、家はなく、持ち物といったら、カタツムリのように肩にかける荷物一個だけ。さらに彼女は、結婚する前に湖を三度渡るだろう、と言うのです。そんなの、話を作りあげているだけでしょ、と私は言いました。彼女は笑いました、からかわれていると私がわかったからでしょう。

次はメアリーの番でした。彼女は皮をむき始めました。でも最初のりんごの皮は途中で切れ、そして二番目も切れました。そこで私の余ったりんごをあげましたが、とても神経質になっていたので、むき始めるや真っ二つに切ってしまいました。そして声を上げて笑い、ばかな迷信話よ、と言って、三番目のりんごを食べ、あとの二つを朝まで窓の縁に置きました。私は自分のりんごを食べました。それから二人でパーキンソン市会議員夫人のコルセットを笑いの種にしました。でも心中では彼女は動転していました。

ベッドに入っても、彼女は眠れず、私のそばで仰向けになって、天井を見ているのがわかりました。私は眠りましたが、夫の夢を見ることなど全然ありませんでした。代わりに、シーツに巻かれ、青緑色の冷たい海水の中を漂っている母さんの夢を見ました。シーツの上端がほぐれて、風に吹かれるようにひらひらし、髪の毛が現れて、海草のように揺れています。顔に髪の毛がかかっていたので、顔は見えません。髪の毛は生きていたときより濃くなっていました。その時これは母さんではなくて、別の女の人だとわかりました。シーツの中の女は死んだわけではなくて、まだ生きていました。

怖かった。目が覚めると心臓がドキドキして、冷や汗をかいていました。でもメアリーはもう眠っていて、深い息をしていました。グレーとピンクの夜明けの光が差し始めていました。外では雄鶏が鳴き始め、何もかもいつも通りでした。それで私はほっとしました。

20

十一月中はいつも通りに過ぎて行きました。葉は落ち、日暮れが早くなりました。陰鬱な嫌な天気で、激しく雨が降りました。十二月になると、地面は岩のように固く凍り、雪が激しく降りました。私たちの屋根裏部屋はとても寒く、特に朝はひどく、暗いうちに起きて、氷のような床に裸足の足を下ろさなければなりません。メアリーは、自分の家を持ったら、渦巻状に編んだマットをどのベッドのそばにも置き、温かいフェルトのスリッパを履くわ、と言いました。私たちは服をベッドの中に入れて、着る前に温めて、布団の中で着替えをしました。夜は、足の指がツララにならないように、ストーブでレンガを温めて、フェルトに包んでベッドに入れました。洗面器の水はものすごく冷たかったので、手を洗うたびに腕に痛みが走るほどでした。一つのベッドに二人いっしょに寝られてよかったです。

でもメアリーは、こんな寒さは屁でもなく、本当の冬はまだまだで、これからもっと寒くなるわよ、と言いました。ただ、屋敷のあちこちで火を起こし、長時間火を焚いていたので助かりました。少なくとも日中は、使用人の方がましでした。台所に行けばいつでも温まることができたのですが、応接間は納屋のように隙間風が入り、暖炉のすぐそばにいないとちっとも温まらなかったからです。パーキンソン市会議員夫人は一人で部屋にいるときは暖炉の前でスカートを持ち上げてお尻を温めていました。前の冬、夫人のペチコートに火がつきました。部屋女中のアグネスが悲鳴を聞いて駆けつけましたが、恐ろしさのあまりヒステリー状態になりました。厩舎からやって来たジムが夫人に毛布をかぶせて、樽のように床の上を転がしました。幸い火傷はなく、ほんのちょっと焦げただけでした。

十二月中旬、父は私の給金をもっとせびるためにかわいそうに妹のケイティを寄こしました。自分では来ません。ケイティを思うとかわいそうでした。以前私がやっていた辛い仕事を今はケイティが負っていたからです。私は妹を台所へ連れて行き、コンロのそばで温め、料理婦さんにパンを一切れ頼みました。料理婦さんは、町じゅうの飢えた浮浪児たちに食べ物をやるのは自分の仕事じゃないわよ、と言いましたが、パンをくれました。ケイティは私に家に帰って欲しい、と言って泣きました。私は二十五セント渡して、姉さんのお金はこれで全部だと、父さんに話すのよ、と言いました。悪いけどこれは嘘でした。本当を言えば、父に借りは何もない、と思うようになっていました。妹には十セントやって、必要なときのためにとっておくのよ、と言いました。もうすでに十分困っていたのですが。それから小さくなったペチコートをあげました。

　ケイティが言うには、父さんは定職を見つけず、片手間仕事ばかりだが、この冬は伐採の仕事で北へ行く予定で、西にただで手に入る土地があるという情報があるので春が来たらそっちへ行くつもりだということでした。実際、突然そういうことになりました。それがわかったのは、バートさんがやって来て、父さんが借金の大半を払わずに出て行ってしまった、と言ってきたからでした。最初彼女は私に埋め合わせさせようとしましたが、メアリーが十三歳の娘に大人が作った借金を強制的に返済させることはできないわ、と言いました。バートさんは根は悪い人ではなかったので、最後は私のせいではない、と言ってくれました。

　父と弟妹たちがその後どうなったかはわかりません。手紙もなかったし、裁判の時も何の連絡もありませんでした。

　クリスマスが近付いて、気分が昂揚しました。火がどんどん焚かれ、食物入りの詰め籠がたくさん食品店から配達されました。ばかでかい牛肉の塊や豚一頭を肉屋が持ってきました。豚は丸ごと焼く事になっていました。台所は準備で大忙しでした。メアリーと私は洗濯室から呼び出され、台所の手伝いに回されました。料理婦さんを手伝ってかき回したり混ぜたり、りんごを剝いたり切ったり、干ぶどうをより分けたり、ナツメグをすりおろしたり、卵をかき混ぜたり、言われた通りにやりました。その時々に味見をしたり、ちょっと摘まんだりできたので、この仕事は大好きでした、それに機会があれば、砂糖を少し失敬しました。料理婦さんは気づきませんでしたし、何も言いません、それどころではなかったのです。

ミンスミートパイの底皮を作ったのはメアリーと私でした。上にのせる皮は料理婦さんが作りました。それを作るにはこつが必要で、私たちには若すぎてできないわ、と言いました。彼女は星などの手の込んだ模様を作りました。クリスマスケーキの回りに何重にも巻いたモスリンの布をほどいて、ブランデーとウイスキーをかけ、後でまた包む仕事を私たちにさせました。その匂いは私の思い出の中の一番いい匂いのひとつです。

訪問、晩餐、パーティー、舞踏会の季節なので、たくさんのパイとケーキが必要でした。パーキンソン家の二人の息子がボストンのハーバードから帰省しました。ジョージ様とリチャード様で、二人ともまあまあ感じが良く、かなり長身です。私はお二人にあまり注意を払いませんでした。私にとっては洗濯物が増えて、糊付けしてアイロンをかけるシャツがすごく増えるだけでした。でもメアリーはいつも二階の窓から庭を覗いて、馬で駆け去る彼らの姿を一目見ようとしたり、招待客の淑女たちと二重唱を唄う声に廊下で耳をそばだてたりしていました。特に彼女が好んだのは「トラリーの薔薇」で、歌詞の中に彼女の名前があったからで、次のようでした。「オー、ノー、彼女の瞳に明るみはじめた真実、それが私にメアリーを愛させた、ああ、トラリーの薔薇よ。」メアリー自身もいい声をしており、たくさんの歌を知っていました。二人の息子たちは時々台所へやってきて、彼女に唄えとからかいました。彼女は彼らを若い腕白小僧と呼んでいましたが、二人ともメアリーより何歳か上でした。

クリスマスの日にメアリーは自分で編んだ暖かい手袋をくれました。編んでいるのは知っていましたが、隠し立てしていて、若い友達のためのもの、と言っていました。その若い友達が私のことだとは思いもよりませんでした。美しい濃紺で、赤い花の刺繡がついていました。私は彼女に五枚の四角い赤いフランネル地を、てっぺんで縫いつけた針ケースをあげました。そして二本のリボンでしっかり結びました。メアリーは私に礼を言い、抱きしめてキスをして、世界一の針ケースね、こんないい物は店では買えないし、今まで見たこともない、いつも大事にするわね、と言いました。

あの日は大雪で、人々は馬に鈴をつけた橇で外出しました。鈴の音がとても美しく響いていました。家族がクリスマス料理を食べた後、使用人たちも自分たち用のクリスマス料理、七面鳥とミンスミートパイを食べ、全員でクリスマスキャロルを歌って、楽しく過ごしました。

後にも先にも、これほど楽しいクリスマスを私は祝ったことがありません。

休暇が終わりリチャード様は学校へ戻りましたが、ジョージ様は家に残りました。風邪をひき、それが肺に入り、ひどく咳をしていました。パーキンソン市会議員ご夫妻は浮かない顔をしていて、医者がきたので私はびっくりしました。でも肺結核ではなく、ただの熱風邪と、腰痛だから、安静にして、温かい飲物を飲まなければならないと言われました。彼は使用人に人気があったので熱い飲物には不自由しません。メアリーはこれをツボにあてれば、腰痛には一番効くといって、鉄製のボタンをストーブで温め、それをジョージ様のもとへ持って行きました。

ジョージ様が良くなられたのはもう二月半ばで、すでに学期の大半を欠席してしまったので次の学期まで家にいることにするということでした。パーキンソン市会議員夫人も承諾して、体力を回復する必要があるわね、と言いました。そういうわけで皆の世話を受け、時間をもてあまし、することもあまりなくジョージ様は家にいました。元気一杯の若者には良くない状況でした。パーティーと、ダンス相手の娘には事欠きませんし、それに知らぬ間に娘の母親たちが彼との結婚のお膳立てをするしまつです。彼は非常に甘やかされていましたし、とりわけ自分に対して甘かったと思います。それというのも先生、世間様に優遇されると、人は自分にそれだけの値打ちがあると思うようになるからです。

メアリーが語った冬の話は本当でした。クリスマス頃の雪は激しく降りましたが、一面羽毛のようで、雪の降ったあとの空気は暖かい感じがしました。馬丁たちは冗談を言っては、雪玉を投げましたが、柔らかいために、当たると割れました。

でもまもなく本格的な冬になり、雪が本式に降り始めました。この時期の雪は柔らかいどころか硬くて、刺すような小粒の氷玉みたいでした。身を切るようなひどい風に吹き寄せられて、厚い吹きだまりができました。私たちみんなが生き埋めにならないかと、怖くてしかたがありませんでした。屋根にはつららが下がり、鋭く尖っていましたから、下を通るときは落ちてこないかと用心しなければなりません。メアリーは、串のようにつららに体を射ぬかれて死んだ女の人の話を聞いていました。ある日みぞれが降り、木の枝という枝は氷で覆われました。翌日日差しの中で千個のダイヤモンドのようにきらきら光っていました。でも木に重みがかかり、多くの枝が折れました。世界中が真っ白でかちかちになり、太陽が差すとまぶしさのあまり目を覆って、あまり長く見つめないようにしなければなりませんでした。

凍傷になるといけないので、なるべく屋内にいるようにしました。手と足の指には特に注意しました。男たちは耳や鼻にネッカチーフをまいて歩き回り、雲のような息を吐きました。一家は毛皮を橇に敷き、毛布やマントに包まって出かけました。でも私たちにはそんな暖かい装いはありません。夜になるとメアリーと私はベッドカバーの上にショールをかけ、ストッキングともう一枚ペチコートをつけてベッドに入りました。それでも寒いのです。朝までには炉火は消え、温めたレンガが冷えると、私たちはうさぎのように震えていました。

二月の最終日、天候が少しよくなったので、思い切って私たちは買物に出かけました。フランネルの布で上まで脚を包んで、馬丁に頼んで借りたブーツを履きました。借り物も含めてできるだけ多くのショールで身を包み、港まで歩いて行きました。湖は固く凍っており、大きな氷塊や氷片が湖岸に山となっていました。雪をかいた場所があり、そこで淑女や紳士たちがスケートをしていました。優雅な動きで、淑女たちはドレスの下の車輪に乗っているようでした。私はメアリーに、楽しいでしょうね、と言いました。ジョージ様もいて毛皮の襟巻きをした若い淑女と手を取り合って氷の上を滑っていました。私たちをみて明るく手を振りました。メアリーに、スケートをしたことがあるの、と訊くと、ないわ、と答えました。

この頃、私はメアリーが変わったことに気づきはじめました。遅くまでベッドに来ないことがありましたし、来ても前のようにおしゃべりをしなくなったのです。私が言ったことに対してもうわの空で、でも何か他のことに耳を傾けているようでした。絶えずドアの向こうをうかがい、あるいは窓や私の肩越しに視線を投げるのでした。ある晩私が眠っていると思って、何かをハンカチに包んで、床板の下に隠すのを見ました。そこに蠟燭の燃えさしやマッチを彼女は隠していました。翌日彼女が部屋にいないとき、見てみると、金の指輪を見つけました。まず最初にメアリーが盗んできたと思いました。今まで盗んだものよりもはるかに価値のあるもので、もし捕まればとてもひどいことになるかもしれません。でも指輪が紛失したという話は屋敷の中ではありません。

メアリーは前のように笑ったりふざけたりしませんし、いつものきびきびした働きぶりもなくなりました。心配になりました。何か困ったことがあるの、と訊ねても笑って、なぜそんなふうに考えるのかわからないわ、と言うのでした。でも彼女の体臭はナツメグから塩漬けの魚の臭いに変わりました。

雪と氷が解け始め、鳥もいくらか戻り、さえずったり、鳴いたりし始めました。だからまもなく春が来るのがわかりました。三月下旬のある日、乾燥室で干すために、洗い立ての洗濯物を入れた籠を持って裏階段を上がっていると、メアリーは気分が悪いと言いました。そして階段を駆け下りると、裏庭の、離れ屋の裏へ走りました。私はバスケットを下ろし、ショールもかけず、そのままあとを追いました。外便所のそばの湿っぽい雪の上にメアリーが膝をついているのを見ました。激しい吐き気に襲われ、便所に間に合わなかったのです。

彼女を起こすと、額は湿って冷たくなっていました。ベッドに入ったほうがいいわ、と言うと怒り出し、食べた物が悪かっただけよ、昨日の羊のシチューのせいだわ、もう大丈夫、と言いました。でも私も全く同じ物を食べたわけだし、それに気分はとてもよかったのです。このことは誰にも言わないようにと約束させられたので、大丈夫よ、と言いました。数日後同じことが起き、その翌朝もまた起き、私は本当に驚きました。母さんがしばしばそんな状態になったのを私は見てきましたし、乳臭い臭いも知っていました。メアリーの問題を私は重々承知していました。

私は心の中で何度もあれこれ考え続けました。そして四月下旬、そのことでメアリーをとがめて、打ち明けてくれるなら誰にも言わないと真剣に誓いました。誰かに打ち明ける必要があると信じたからです。夜は眠れない様子だし、目の下には隈を作り、秘密の重圧に悩んでいました。すると突然押さえきれなくなって泣きはじめ、私の勘はすべてあたっている、と言いました。男は結婚すると約束して指輪をくれた、他の男たちとは違うと思ったので、一度は男を信じたが、男は約束を破り、今では彼女と口もきこうとしない。絶望で、どうしていいかわからない、と。

相手は誰かと訊いても、彼女は教えようとしません。そしてこの問題が知れ渡れば、パーキンソン市会議員夫人は大変厳しい考えをお持ちだから、すぐに首になるだろうとメアリーは言いました。そうしたらメアリーはどうなるのでしょう？　同じ立場の娘たちは家族のもとに戻る者もいますが、彼女には家族がいないのです。まともな男たちはもう彼女とは結婚しないでしょうから、街娼になるか、水夫相手の売春婦になるしかありません、自分と赤ん坊が食べていく道は他にありません。そんなふうになったら彼女の終わりは目に見えています。

彼女のために、そして自分のためにも私はとても悩みました。メアリーは私にとって実際、世界でたった一人の真の友達だったからです。私にできる精一杯のやり方で彼女を慰めましたが、なんと言ってあげたらいいのかわかりませんでした。

五月中メアリーと私はどうすべきか何度も話し合いました。彼女を引き受けてくれる救貧院か何かそういう所があるはずよ、と私が言うと、自分は知らないが、それでも、若い娘がそういう所へいくと、出産後熱を出して必ず死ぬわ、と言いました。そういう所では国税の負担にならないよう赤ん坊はこっそり窒息死させられる、と彼女は信じていました。そんなことなら自分は他で死ぬほうがましよ、と。私たちは自分たちでこっそり赤ん坊を産み、黙って孤児として養子に出す手はないかと話しました。だが彼女は、じきに自分の体は人目につくわ、と言いました。ハニーさんはとても目が鋭く、すでに、肉付きがよくなった、と言われている、気づかれずにこのままいくのは無理よ、と。

最後にもう一度問題の男と話をして、彼の良心に訴えてみるべきよ、と私は言いました。メアリーはそうしましたが、話し合いから戻って来ると、かつてないほど怒っていました。あまり長く留守にしなかったから、話し合いは近くで行なわれたにちがいありません。男が五ドルくれた、と彼女は言いました。あなたにとって自分の子供はたった五ドルの価値しかないの？　そしたらこう言ったそうです。そんな罠にははまらないぞ、あんなに簡単に体を許すのを見ると、本当に自分の子供か怪しいもんだ、他の男たちにもそうだろう。そして、醜聞を立てて自分を脅したり、家族に告げ口しても、自分は否定するし、彼女の評判を地に落としてやると。さらに、さっさと悩みを解決したいなら身投げはいつでも可能だぞ、と。

一度は本当に彼を愛したが、もう愛していない、と彼女は言って、五ドルを床に投げ捨て、一時間激しく泣いていました。でもその後、お金を注意深く床板の下に隠すのを見ました。

次の日曜日、メアリーは教会へは行かず、一人で散歩に行くと言いました。帰ってくると、湖に身投げして、命を絶とうと思って港へ行ったの、と語りました。だから、そんなひどいことはしないでね、と涙ながらに頼みました。

二日後彼女は、ロンバード・ストリートへ行って助けてくれそうな医者の話を聞いてきた、と言いました。街娼たちが頼る医者です。どんなふうに助けてくれるの、と私が訊くと、そんなこと訊くべきじゃないわ、と答えます。そのような医者のことを聞いたことがなかったので、彼女の言う意味がわかりませんでした。それからメアリーは蓄えの金を貸して欲しいと頼みました。その頃蓄えは三ドルになっていて、新しい夏のドレスを買うつもりでした。喜んで貸すわ、と私は言いました。

そう言うとメアリーは、下の図書室から持ち出した一枚の便箋と、ペンとインクを取り出し、こう書きました、「死亡の折は、私物は一切グレイス・マークスに譲る」と。そして自分の名前を署名しました。それからこう言いました。じきに私は死ぬかもしれない、でもあんたはまだ生きているわ、と。そして冷たい、怒ったような顔を見せました。陰でこんな顔つきを他人に向けて見せることはありましたが、私に対しては初めてのことでした。

とてもびっくりして、その手を取り、どんな人かわからないが、そんなお医者のところなど行かないで、と訴えました。でも、彼女は言いました。自分は行かなければならない、騒ぎ立てないで、ペンとインクを図書室の文机にこっそり返し、自分の仕事を続けるように、と私に言いました。明日は昼食の後こっそり出るから、万が一訊かれた時は、メアリーはお便所に言ったとか、上の乾燥室にいるとか、何でも思いついた言い訳をするようにと。それから、一人で帰れないかもしれないから、私に家を抜け出して自分のところに来るようにと。

その晩は二人ともよく眠れませんでした。翌日は言った通り、ハンカチにお金をくるんで、見つからずに屋敷を抜け出しました。それから間もなく私も後を追って、合流しました。医者は良い住宅地の、かなり大きな家に住んでいました。私たちは使用人勝手口から入りました。医者自ら私たちを迎えました。最初にしたのは金勘定でした。黒のコートを着た大柄な男で、私たちをとても厳しく見つめました。そして私に流し場で待つようにと言い、このことを洩らしたら、お前なんか見たこともないと言うからな、と告げました。それから医者はフロックコートを脱いで、洋服掛けにかけると、まるで喧嘩でもするように、シャツの袖を捲り上げ始めました。

先生、この医者は先生が来られる前に、頭の寸法を測ろうとして、私が恐怖のあまり発作を起こしたあの医者にそっくりでした。

メアリーは医者について部屋から出て行きました。顔はシーツのように真っ白でした。それから叫び声と泣き声が聞こえました。しばらくして医者は流し場のドアを開けて彼女を押しやりました。服はぐっしょり、濡れた包帯のように体にまつわりついていました。ほとんど歩くこともできません。私は腕を彼女の体に回し、なんとかあの家から連れ出しました。

屋敷に着いた時、メアリーは体をくの字に曲げて、両手をお腹に当てていました。そして、二階へ連れて行ってくれないか、と言いました。私は言われる通りにしました。そとても弱って見えました。私は寝巻きを着せて、ベッドに入れました。ペチコートは着けたままで、くしゃくしゃにして脚の間に挟んでいました。どうだったと訊くと、医者がナイフを突っ込んで、中の何かを切ったと。痛みと出血が数時間続くだろうが、その後はよくなる、と医者は言ったと。そして彼女は嘘の名前を告げたと。

医者が切り取ったのは赤ん坊だったということがわかり始めました。なんて酷いことをと思いましたが、この方法だと死体が一つですみ、別だと二つになる、とも思いました。そうでなかったら、メアリーはきっと入水自殺をしたはず。だから心の中で彼女を責めることはできませんでした。

メアリーはひどい痛みに苦しみました。私は夕方レンガを温めて二階へ持って上がりました。でも彼女は誰も連れてきては駄目、と。あなたがもっと楽なように、私は床の上で寝るわ、と言うと、あんたは今までで一番いい友達よ、何があってもあんたのことは忘れないわ、と言いました。私はショールにくるまり、エプロンを枕にして、床の上に横になりました。とても固く感じられました。それに加え、メアリーが苦痛のうめき声を上げるので、最初は眠れませんでした。でもしばらくすると、少しずつ静かになり、眠りに落ちると、目が覚めたのは夜明けでした。起きると既に、メアリーは死んでいて、目は何かを見つめるように見開いていました。

触ってみると、冷たくなっていました。恐ろしさのあまり棒立ちになっていましたが、やがて我に返って、廊下に出て、部屋女中のアグネスを起こすと、私は彼女の腕のなかで泣き崩れました。一体どうしたの、と訊かれても、口がきけず、彼女の手を取り、メアリーがいる私たちの部屋へ連れてきました。アグネスは彼女をつかんで、肩を揺すってみました。たいへん、死んでるわ。

ああ、アグネス、どうしたらいいの、私は訊きました。メアリーが死ぬなんて思ってもみなかったし、病気をもっと早く告げなかったことで、きっと責められるわ、でもメアリーには誰にも言わないよう念押しされていたの、と。そして、私はしくしく泣きながら、手を固く握りしめていました。

アグネスがベッドカバーを持ち上げて、布団の中を見ました。寝巻きもペチコートも血まみれで、シーツも赤く染まり、乾いたところは茶色になっていました。アグネスは、大変な事になったわ、と言うと、私にそこにいるようにと言い残して、すぐにハニーさんを呼びに行きました。アグネスの足音が遠のくのが聞こえました。ずいぶん長い間戻ってこないように思えました。

私は部屋にある椅子に腰掛けて、メアリーを見つめていました。開いたままの目の端から私を見つめているような感じがしました。動いたように思えたので、メアリー、死んだふりしているの？　と言いました。私を脅かすために、メアリーは時々乾燥室のシーツの後ろで、死んだふりをしたからです。でも今回は、まねごとではありませんでした。

すると二組の足音が廊下を急いでいるのが聞こえ、私は恐ろしくてたまらなくなりました。でも立ち上がりました。ハニーさんが部屋へ入ってきました。悲しそうではなく、怒っているようでした。それに悪臭をかいだように、顔を顰めていました。事実部屋は臭っていました。マットレスから、濡れた藁の臭いがしたし、塩っぽい血の臭いもしました。肉屋でもよく似た臭いがします。

そしてこう言いました。まったくあきれた、面よごしもいいとこよ、パーキンソン夫人にお話ししなければ。私たちが待っていると、パーキンソン市会議員夫人が来て、こうおっしゃいました。私どもの屋根の下で、なんてひどい娘なの。メアリーのことを言っているのに、私を真っ直ぐに見つめていました。グレイス、なぜ私に告げなかったの。申し訳ありません、奥様、メアリーに口止めされていたんです。朝には良くなるだろう、と言っていました。私は泣きだし、こう答えました。メアリーが死ぬなんて知らなかったんです！

前にお話ししたように信仰心の厚いアグネスは、罪の報いは死なり、と言いました。パーキンソン市会議員夫人が、グレイス、お前は悪い子ね、と言うと、アグネスは、この子はまだほんの子供で、すごく従順だから、言われたようにしただけです、と言いました。

パーキンソン夫人は口答えされてアグネスを叱るかと思いましたが、しませんでした。

夫人は優しく私の腕を取ると、じっと目を見て、相手は誰なの、と訊ねました。不埒者を明らかにして、罪の償いをさせなければならないわ。港にいる、船員の一人でしょうね、あの人たちには蚤ほどの良心もないのだから。グレイス、お前知っているの？

メアリーは船員など一人も知らなかった、と私は答えました。紳士と会っていました、二人は婚約をしていました。ただその人が約束を破って、メアリーと結婚しないと言ったんです。

するとパーキンソン市会議員夫人は、紳士って誰なの、と詰問しました。

奥様、私は知りません、相手が誰だかを奥様がお知りになったら、ぜったいお喜びにならない、とだけ言いました。

一度もメアリーが口にすることはありませんでしたが、私は自分なりに疑っていました。

これを聞くと夫人は思いに耽った顔をして、部屋を端から端へ行ったり来たりしました。そして言いました。アグネスもグレイスも、これ以上この話はしないことにしましょう、不幸に不幸を上塗りするだけで、過去の出来事を悔やんでもしかたがないです、そして死んだ人をいたわるためにメアリーの死因については触れないことにしましょう。燃えるような熱があったということに。皆のためにそれが一番いいわ。

そして夫人は私たちをじっと見ました。私たちはお辞儀をしました。その間メアリーはずっとベッドに横たわって、私たちの話に耳を傾け、自分のことでこんな嘘をつかれる話を聞いていました。メアリーの内心は穏やかではないだろう、と私は思いました。

　医者について私は何も言わなかったし、みんなも訊ねません。そんなことを考えてもみなかったのでしょう。よくあることなので、死因を死産ぐらいに思ったにちがいありません。そしてメアリーはそれが原因で死んだ、女によくあるようにと。先生、医者のことを話したのは先生が初めてです。医者があのナイフで彼女を殺したと今でも固く信じています、医者と紳士の両方です。一撃を加えるものが、必ずしも実際の殺人犯でない場合はよくあります。メアリーが死んだのはあの名のわからない紳士のせいで、あのナイフで彼女の体を刺したも同然でした。

　パーキンソン市会議員夫人が部屋を出たあと、間もなくハニーさんがきて私たちにベッドのシーツをはぎ、メアリーの寝巻きとペチコートを脱がせて、洗濯するようにと指示しました。そしてメアリーの体をきれいにして、マットレスをはずして燃やすよう、私たちの責任でやるよう言いつけました。さらに布団類がしまってあるところに別のマットレスカバーがあるから、それに藁を詰めて、きれいなシーツを持ってくるようにと。メアリーには別の寝巻きがあるの、と訊かれて、あります、と答えました。メアリーは寝巻きを二枚持っていましたが、もう一枚は洗濯中なので、私のをあげます、とハニーさんに言いました。布団をかぶせ、瞼を閉じ、髪の毛をきちんと梳いてこぎれいにし、見かけをよくするまで、誰にもメアリーの死を知らせてはいけません、と告げました。ハニーさんが部屋を出ると、アグネスと私は言いつけ通りにしました。メアリーは持ち上げるときは軽かったのですが、身支度をさせるときは重かったです。

やがてアグネスが、この話には奥がありそうね、相手の男は一体誰かしら、そう言って私を見ました。そこで私は言ってやりました。誰であろうと、男は今も元気に生きているわ、この瞬間きっと朝ご飯をおいしく食べているでしょ、かわいそうなメアリーのことなど少しも考えないで、肉屋にぶら下がっている肉の塊ぐらいにしか思っていなかったのよ。

私たちみんなが担っているイブの呪いなの、とアグネスは言いました。これを聞いたらメアリーはきっと笑い飛ばしたでしょう。その時、「私を中に入れて」、という彼女の声が耳にはっきり聞こえました。私はひどくびっくりして、ベッドを作る間、床に寝かして置いたメアリーをじっと見詰めました。でも何か言った気配はまったくありませんでした。目は見開いたまま、天井を見あげていました。

突然恐怖に襲われ、思いました。あっ、窓を開けなかった。私は部屋を走り、窓を開けました。「外に出して」と言ったのに、私が聞き間違えたのです。アグネスが、何をしているのよ、外はツララみたいに寒いじゃないの、と言いましたが、私は、臭いがひどくて吐きそうなんで、と言いました。アグネスも空気の入れ替えに同意しました。これでメアリーの魂が窓から飛び立っていきますように、中に残って私の耳にいろいろ囁きませんように、と私は願いました。でも手遅れではなかっただろうかと思ったりしました。

やっとすべてを終え、私はシーツと寝巻きを束ねて下の洗濯室へ運び、桶一杯冷たい水を汲み上げました。血を洗い落とすためには冷水が必要で、温水を使うと血は落ちません。幸い洗濯婦は洗濯室にいなくて、アイロンを熱するために台所にいて、料理婦さんと噂話をしていました。私はごしごしこすり、大部分の血は落ちて、水は真赤に染まりました。水を流して、もう一杯桶に水を汲み、洗濯物をつけて、臭いを消すために酢を少し入れました。このとき寒さのためかショックのためか、歯ががちがち鳴りました。階段をかけ上がりながらひどく眩暈（めまい）がしました。

アグネスはメアリーと一緒に待っていました。今は眠っているように目をとじ、胸の上に手を組んで、静かに横たわっていました。アグネスに全部終わったことを告げると、パーキンソン市会議員夫人にすべて整ったと呼びに行かされました。言われた通りにしてから、私は二階に戻りました。まもなく使用人たちが来ました。その場に相応しく、泣いている者も、悲しげな顔をしている者もいました。それでも死の周りにはいつも不思議な興奮があり、普段よりみんなの血管に血が強く流れているのが見えました。

アグネスが話をし、突然の熱病だった、と説明しました。あれほど敬虔な女性にしては、うまく嘘をつきました。私はメアリーの足元に、黙って立っていました。すると一人がこう言いました。可哀想なグレイス、朝目が覚めたら、メアリーがそばで冷たくなって死んでいたなんて、なんの予告もなしでね。別の人はこう言いました。考えただけでも背筋がぞっとするわ、自分の神経ならとてももたないわ。

それから、実際、その通りのことが起こったようでした。ありありと目に浮かびました。メアリーと並んで寝ているベッドで目を覚ます。そして彼女に触れる。彼女が返事をしないことに気づく。そして私が感じる恐怖と困惑。次の瞬間、私は気絶して床に倒れました。

みんなによれば、私はそのまま十時間も横たわっていました。つねったり、叩いたり、冷水をかけたり、羽毛を鼻の下で燃やしたりしたそうですけど、何としても目を覚ますことがなく、やっと目を覚ましたときは、自分がどこにいるのか、何が起きたのかわからないようだったと。そして、グレイスはどこに行ったの、と訊き続けたというのです。あんたがグレイスよ、とみんなが言っても信じず、泣いて、グレイスがいなくなった、湖に行ってしまった、探さなければ、と言って屋敷から走り出ようとしたのだと。あまりのショックで私の気がおかしくなったのかと思った、と後でみんなは言いました。思えば、不思議なことではなかったのです。

それから私はまた深い眠りに落ちました。目が覚めたのは一日後で、その時は、私がグレイスであり、メアリーは死んだということがわかっていました。りんごの皮を肩越しに投げた夜のこと、メアリーの皮が三度も切れたことも覚えていました。みんな本当になりました、メアリーは誰とも結婚しなかったし、これからも決してしないことも。

でも、二つの長い眠りの合間の、私が目覚めたときの言動に関しては何一つ覚えがありません、そしてこのことが気になりました。

こうして私の最高に幸せだった時は終わり、過ぎ去ってしまいました。

VII

スネーク・フェンス

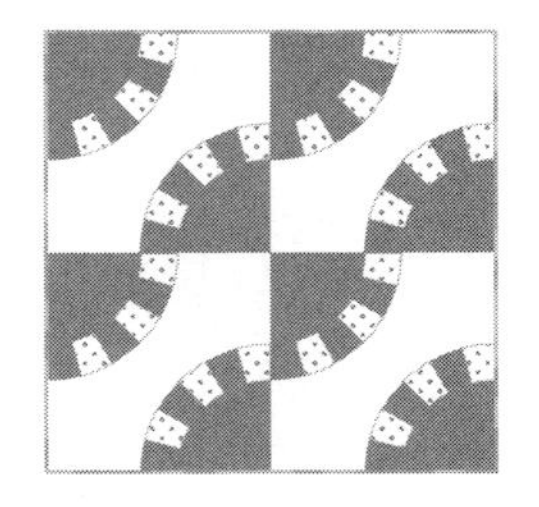

マクダーモットは……むっつりした無作法な男だった。その人柄に好もしい点はほとんどなかった……。頭の切れる若者だった。体がとても柔軟でジグザグに組んだ柵の上をリスのように走り抜けたり、五段格子の木戸も開けたりよじ登ったりするのではなく、飛び越えてしまうのだった。
グレイスは活発な性格で、物腰は好もしく、ナンシーの嫉妬の対象になったかもしれない……。悪質な犯罪行為の扇動者、唱導者というより、彼女はこの恐るべき全出来事に不運にも巻き込まれたのではないか、と思える余地は大いにある。マクダーモットの自白といわれるものの内、半分でも彼が本当に供述していたとしても、この娘には、男が描こうとした、極悪非道の権化となるようなところは、なにひとつあるように思えなかった。この男が真実をないがしろにしていたことは周知のところである……。

——ウィリアム・ハリソン「キニア悲劇の回想」
『ニューマーケット・エラ』より　一九〇八年

でも、たとえしばらく私のことを忘れてしまい
あとで思い出したからといって、悲しまないで
なぜって、闇と腐敗が
かつて私がもっていた思いの痕跡を残したとしても
あなたが忘れて微笑むほうが
思い出して悲しむよりずっといいんですもの。

——クリスティーナ・ロセッティ
「記憶」　一八四九年

21

サイモンは監長夫人の女中から帽子とステッキを受け取り、日差しの中へ出るとよろけてしまう。裁縫室は決して暗くはないのに、長い間暗い部屋に閉じ込められていたかのようで、日差しが明るすぎるし、きつすぎる。暗いのはグレイスの話だ。屠場から出てきたばかりのような感じだ。なぜこの死の話はこれほど衝撃的なのだろう？　もちろん、そういうことが起きるのは知っている。そんな医者はいるし、自分も死んだ女を見たことがないわけではない。たくさん見てもきた。でも完全に死んでいて、標本としてだった。つまり、死んでいくところを見ることはなかった。このメアリー・ホイットニーは、まだ、――えっ？　十七にもなっていなかった？　若い娘なのに。嘆かわしいことだ！　彼は手を洗いたい気分だった。

本当に、予期せぬ事の展開に不意を突かれた。内心、別世界の話でよかったと、グレイスの話を聞いていて思った。自分には幸せな日々とその思い出があり、清潔なシーツや楽しい休暇があり、明るい若い女中たちもいた。でもそういった楽しい記憶のど真中に、こんなに悲惨な驚くべきことが起こるなんて。グレイスは記憶も失った。ほんの数時間、それも普通のヒステリー発作の間だったが、でも重要なことかもしれない。今までのところ、それは彼女が忘れたとみえる唯一の記憶だ。それ以外は、ボタンや蠟燭の燃えさしひとつ一つが明らかにされているようだ。でも考え直してみると、彼にはそれを知るすべはないのだ。彼女の豊かな記憶は一種の注意をそらすもの、墓に植えられたかれんな花のように、何か隠れた本質的な事実から心をひき離す方法ではないか、という気がかりが生じる。それに思えば、彼女の証言を裏付ける唯一の証人は、仮にここが法廷だとすれば、メアリー・ホイットニーだけだが、その彼女はもういないのだ。

グレイスが車寄せの左手から現れて、看守と思われる二人のいやな顔つきの男たちに両脇を挟まれて、頭をたれて歩いて行く。女殺人犯ではなく、安全に守らなければならない貴重な宝物であるかのように、二人は彼女の脇にぴったりくっついている。あんなにぴったり体を押し付ける様子は不愉快だが、もちろん彼女が逃げれば彼らは先行き困ることになるだろう。いつも夕方になれば、牢へ連れ戻され、狭い独房に閉じこめられるのを知ってはいたが、今日に限って、その不つりあいに胸をつかれた。グレイスとは応接間にいるかのように、午後中一緒に話をしていた。今自分は空気のように自由で好きなことができるのに、彼女は閉じ込められ、かんぬきがかけられる。惨めな監獄に監禁される。わざと惨めに作った監獄だ。監獄が惨めでなければ罰にならないから。

「罰」という言葉さえ、今日はサイモンに不快に響く。メアリー・ホイットニーを頭から締め出すことができない。巻きついた血まみれのシーツに横たわっている。

今日の午後はいつもより長くいた。早めの晩餐のために、あと三十分でベリンガー牧師の家に行かなければならない。まったく空腹を感じない。湖畔を歩くことにする。微風で気分がよくなって、恐らく食欲がでるだろう。

外科医にならなかったのは正解だったかもしれない、と思う。ロンドンのガイ病院で一番怖かった教授で、高名なブランズビー・クーパー博士は、よい彫刻家のように、よい外科医になるには、手元の仕事から自分を切り離す能力が必要不可欠である、とよく言っていた。彫刻家というものは、束の間のモデルの魅力に惑わされずに、自分の芸術作品を創造するための単なる基本素材や粘土として、モデルを客観的に観察する能力をもたねばならない。同じように、外科医も肉体の彫刻家である。カメオを彫るように、落ち着いて精巧に人体にメスを入れなければならない。冷静な手と落ち着いた目が必要だ。患者の苦しみを感じすぎる者は、メスが指からすべり落ちる。苦しむ者には諸君の同情ではなく、技術のみが必要である、と。

まったくその通り、とサイモンは思う。だが男も女も、銅像でもなければ大理石のような無機物でもない。もっともひとしきりの呻き声と血のしたたりの後、病院の手術室では無機物になることも多い。ガイ病院で自分は血を好まないことにすぐ気づいた。それでも彼は有効な教訓を学んだ。ひとつは、人は簡単に死ぬということ、もうひとつは、頻繁に死ぬということだ。そして精神と肉体は巧妙に結び付いているということ。メスを誤れば白痴を作る。もしそうなら、逆も可能ではないか？　ちょん切って縫い合わせ、絆創膏を貼れば天才を作ることができるのか？　神経系には明かすべきどんな神秘が隠されているのか、実質的かつ霊妙な構造網。一千ものアリアドネの糸からなり、体中を走る神経網。そのすべては脳に繋がる。人骨が散らばり、怪物が潜むあの暗い中央の巣に……。

また天使も、と彼は自分に言い聞かせる。天使もいる。

遠くに女が歩くのをサイモンは見る。黒い服を着ている。スカートは柔らかくひらひらと広がり、ベールは背後へ黒い煙のようにたなびいている。彼女はちらりとこちらを振り返る。ハンフリー夫人だ、陰気な家主の。幸い歩き去って行った。あるいはわざと彼を避けているのかもしれない。かえってありがたい、会話をする気分ではないからだ、特に喜ばせるための会話は。なぜ彼女があれほど未亡人のような格好に固執するのか不思議だ。恐らく、願望なのか。これまでのところ夫の少佐についての情報はない。サイモンは湖畔をゆっくりと歩きながら、少佐が行なっていそうなことを想像してみる、競馬場、売春宿、居酒屋、この三つのうちのどこかにいる。

　それから、突拍子もなく、靴を脱いで湖の中を歩こうかと考える。小さい頃、子守り女中と一緒に、屋敷の裏の小川で遊んだことを急に思い出す。あの頃の大半の女中はそうだったが、若い紡績工上がりの女中だった。服を汚して母親に叱られたが、子守女中もそのことで叱られた。

　名前は何だったろう？　アリス？　それとも、もっと後、もう学校へ、長ズボンをはいて行っていた頃で、お忍びで屋根裏部屋へあがり、女中部屋で彼女に捕まった時だろうか？　文字通り、汚れのない白い手で、彼は彼女のシュミーズに触れていた。彼女は怒ったが、もちろん職を失いたくないので、怒りを表せなかった。だから女っぽいことをし、突然泣き出したのだった。彼は腕を回して慰め、しまいにはキスをした。彼女の帽子はすべり落ち、髪は乱れた。ダークブロンドの長い髪で、なまめかしく、あまり清潔ではなく、腐った牛乳の臭いがした。苺のへたを取っていた手は赤く染まり、口は苺の味がした。

　あとで、彼のシャツに、彼女がボタンを外しはじめたところに、赤い染みが残った。でも女性にキスをしたのは初めてだった。戸惑い、ビックリして、次に何をしていいかわからなかった。彼女は彼をあざ笑っていたかもしれない。

　あの頃彼は何と未熟な少年だったことか。何と間抜けだったか。思い出して笑ってしまった。無邪気な日々の思い出だった。三十分経った頃には、ずっと気分がよくなっていた。

ベリンガー牧師の女中頭は非難がましい会釈をした。微笑めば、顔は卵の殻のようにひび割れるだろう。このような女たちが送られて仕込まれる、醜悪さを養成する学校があるにちがいない、とサイモンは思う。図書室に案内されると、暖炉には火が入り、何かわからない強壮剤の入ったグラスが二個用意されている。実際に欲しいのは上等の強いウイスキーだが、絶対禁酒主義のメソジスト派の人々には望みようがない。

ベリンガー牧師は革表紙の書物の間に立っていたが、サイモンを迎えるために進み出る。二人は席に着いてちびりちびりと飲む。グラスの中の飲物はラズベリー・ビートルを混ぜたカナダ藻のような味がする。「これを飲むと血がきれいになるんですよ。うちの女中頭が昔のやり方で作るのです」、と牧師は言う。すごく昔からのものなんだ、とサイモンは思い、魔女のことが頭に浮かぶ。

「何かご進展がありましたか、例の件で?」とベリンガーが訊ねる。

この質問をされるだろうとサイモンは予期していた。それでもちょっと答えに詰まってしまう。「細心の注意で進めております」、と答える。「確かに突きとめる価値がある何本かの糸があります。まず信頼関係を確立する必要がありましたが、それはできたと思います。その後、家族の歴史を聞き出しました。キニア邸に来る前の生活について、我々の患者ははっきりと、かなり細かい状況まで詳しく覚えている様子で、ということは、彼女の記憶全般に問題はないということを示しています。この国への旅についても聞きましたし、女中一年目の経験についても聞きましたが、ひとつの例外を除いては、都合の悪い出来事はなかったようです。」

「例外とは？」とベリンガー牧師は薄い眉毛を持ち上げて訊いた。

「トロントの、パーキンソンという家族をご存知ですか？」

「聞いたことがあるような気がします、若い頃でしたが。彼は市会議員だったと思いますよ。でも何年か前に亡くなり、未亡人は、故郷へ帰ったと思います。あなたのように、アメリカ人でした。冬が寒すぎるといってね。」

「それは残念ですね。いくつかの考えられる事実を裏づけるために、話をしたかったんですが。グレイスの最初の奉公先がこの家庭でした。そこでメアリー・ホイットニーという、同僚の女中と親しくなりました。彼女がジェイムズ・マクダーモットとアメリカへ逃げたとき、この偽名を使ったのを覚えていらっしゃるでしょう。あれが強制された移住のようなものではなく、逃亡だったとしての話ですが。とにかく、この娘が、不意のとしか言いようがない状況下で、亡くなってしまったのです。死体と同じ部屋にいる時に、私たちの患者は死んだ友人が自分に話す声を聞いたと思ったのです。もちろん、幻聴です。」

「決して珍しいことじゃないです」、とベリンガーは語る。「私自身数多くの死の床に立ちあってきましたが、特に感傷的で迷信的な人びとの間では、死者の声を聞かないのは不名誉の印とみなされております。その上、天使の合唱が聞こえればなおさらすばらしいと。」彼の口調は冷静で、皮肉っぽさも交えていた。

サイモンはちょっとびっくりする。確かに、敬虔なたわ言を奨励するのが聖職者の義務なのだ。「それから」と彼は続ける、「失神、そしてヒステリー発作、さらには夢遊病とみえる行為さえありました。そのあとは深い長い眠りにおちいり、ついには、記憶を喪失してしまったのです。」

「おお」と牧師は言って、身を乗り出す。「それで彼女にはそのような喪失の歴史がある！」

「結論を急いではだめです」、とサイモンは思慮深く告げる。「今は彼女だけが僕の唯一の情報提供者です。」サイモンは話を中断する。機転に欠けると思われたくない。「問題の事件の……その頃のグレイスを知っていた人や、その後の懲治監や、最初の数年間の投獄期間、または精神病院で、彼女の振舞いや行動を目撃した人と話ができれば、専門的意見を作成する上で大変有益なのですが。」

「そういう時期に私は居合わせなかったですね」、とベリンガー牧師は言う。

「ムーディ女史の記事を読みました」、とサイモンは告げる。「非常に興味のあることをたくさんおっしゃっています。女史によりますと、ケネス・マッケンジー弁護士が収監後六、七年目にグレイスを訪ねたとき、ナンシー・モンゴメリーの亡霊が現れ、ナンシーの怒り狂った血走った目がつきまとい、膝やスープ皿の上に現れる、とグレイスが言ったそうです。ムーディ女史自身、精神病院で、暴力的な患者を入れる病棟と思いますが、そこでグレイスにあったそうです。そのときのグレイスは、わけのわからないことをしゃべる狂女で、怪人のように金切り声をあげ、尻に火がついた猿のように走り回っていたと描写しています。もちろん彼女の記事は、その後一年足らずでグレイスが完全でなくても充分回復したと診断され、病院から懲治監へ戻されるのを知る前に、書かれています。」

「収監のためには完全に回復している必要はないですから」、とベリンガーは蝶番（ちょうつがい）がきしむような短い笑い声をあげる。

「ムーディ女史に会いに行こうと思うのですが」、とサイモンは言う。「でもぜひ牧師先生のご意見を伺いたいのです。あの記事の正確さを誹謗せずに、どう彼女に質問すればよいのか、わからないものですから。」

「正確さ？」ベリンガーは穏やかにいう。驚いた様子はない。

「明らかに矛盾があります。例えば、女史はリッチモンド・ヒルの所在について明確でありません。名前や日にちについても正確でないし、この悲劇の関係者数人を間違った名前で呼んだり、キニア氏に対してふさわしくないほどの高い軍の階級を与えているのです。」

「恐らく、死後叙勲でしょう」、とベリンガーはつぶやく。

サイモンは微笑む。「その上被告人たちが、ナンシー・モンゴメリーの死体を洗濯盥（せんたくだらい）の下に隠す前に、四等分に切断したとありますが、それはあきらかに事実に反します。そんなセンセーショナルな詳細を新聞が報じないはずはありません。死体を切断するのがいかに困難な作業であるか、実際ご自分でやったことがないので、善良な女史は認識していなかったと思います。要するに、他の内容についても疑問が湧くわけです。例えば、殺人の動機です。彼女は、キニア氏を独占したナンシーへのグレイス側の激しい嫉妬と、それに人殺しの報酬として、グレイスから身を許すことを約束されたマクダーモット側の好色のせいにしています。」

「当時はそれが一般的な見方でした。」

「その通りです」、とサイモンは言う。「世間は常に、つまらない単なる窃盗話より卑猥なメロドラマを好むでしょう。でも、血走った目ということについて、留保したくなるのはおわかりになりますよね。」

ベリンガー牧師は、「ムーディ女史はチャールズ・ディケンズが、特に『オリバー・

ツイスト』が大好きだと公言しています。あの作品の中に同じような目があったのを、覚えているような気がします。死んだ女性はやはりナンシーといって、その人の目でした。まあ、どう申し上げたらいいか。ムーディ女史は影響を受けやすい人なのです。あなたがウォルター・スコット卿のファンなら、『狂人』というムーディ女史の詩に興味があるかもしれませんね。彼女の詩には必要なものがすべて入っています。崖、月、怒濤の海、体に悪い濡れた衣装を身にまとい支離滅裂な調べを唄う裏切られた乙女、ああ思い出した、その乙女の流れるような髪は植物標本に載っている花の花びらで飾られている。確か、乙女は、最後は、まさにおあつらえ向きの絵になるような崖から飛び降りたはずです。えーと……」そう言って彼は目を閉じて、右手で拍子を取りながら、暗誦する。

「風は乙女の衣装をはためかせ、四月のにわか雨は
野花で飾られた黒い巻き毛に宝石のようにくっついている。
その胸は冷たい真夜中の嵐にさらされ、
嵐はやせたか細い体を容赦なくたたく。
その黒い瞳は理性を失い、ぎらぎらと光り、
そして死者の亡霊のように私をちらりと見る、

嗄れた声で波が打つように乙女は大声で唄い、
葬送歌の嘆きのように私の耳に響いた。

「乙女を狂気と恥辱の中に残し、
名誉を奪い、評判を破壊した男――
その心を引き裂いた時、彼は考えていたのか、
彼が破った誓いを、与えた苦悶を?
そしてその赤子はどこにいったのか
誕生が母の平安を乱し、苦悩で狂わせたその子は?……」

彼は再び目をあける。「まさにどこに?」と言う。
「驚きました」、とサイモンは告げる。「非凡な記憶力ですね。」
「ある種の詩なら、遺憾ながら、そうです。聖歌の歌いすぎのせいですね」、とベリンガー牧師は言う。「神は自ら聖書のかなりの部分を詩で書くことを選ばれましたが、たとえ無関心に扱われてきたとしても、これはこの様式を承認されたことの証です。とはいっても、ムーディ女史の道徳観について文句をいうことはできません。でもあなたには私が申し上げている意味がおわかりと思います。ムーディ女史は文学的な女性です、

そういう人たちと同じように、そして女性全般に言えることですが、彼女には傾向が――」

「粉飾する」、とサイモン。

「まさにそうです」、とベリンガー牧師。「もちろん、私が今申し上げていることはこだけの話ですよ。パピノーの反乱が起こった時には保守党でしたが、それ以後の保守党の政策の過失をみて、現在ムーディ家は忠実な改革派になっています。そのため彼らは苦しまなければならなかった、訴訟などで彼らを苦しめる立場にある幾人かの悪人たちがいますから。女史について私は一切悪口は言いません。でも訪問はおやめになったほうがいい。心霊主義者たちが徐々に彼女を取り込んでいると聞いてます。」

「本当ですか？」

「そう聞いてます。長い間彼女は懐疑的で、夫のほうが先に転向したのです。もちろん、毎晩のように夫が幻のトランペットを聞いたり、ゲーテやシェイクスピアの霊と会話をしに出かけている間、彼女は一人きりでいるのがいやになったのです。」

「あなたはお認めにならないのですね。」

「私の宗派の牧師たちがこういう、私の意見では、邪な行為に手を出したので破門されました」、とベリンガー牧師は言う。「私どもの委員会のある会員たちが参加しているのは事実です。実際に、熱烈な信奉者です。でもこの気狂い沙汰が自然におさまり、彼らが正気に返るまで、辛抱するしかありません。ナサニエル・ホーソン氏が言ったように、これはいかさまだ、そうでなければなおさら悪い。降霊術のテーブル傾転などに現れる霊は、永遠の世界へ入り損ねて、ある種の霊魂のゴミのように、私たちの心を乱している霊に違いないのですから。そんなゴミが私たちの幸せを祈るはずがない。そんなものは語らなければ語らないほどよいのです。」

「ホーソンが？」とサイモンは訊く。牧師がホーソンを読むと聞いてびっくりする。ホーソンは官能主義を、特に『緋文字』以来、道徳観の甘さを非難されている。

「人は大勢と歩調を合わせなければなりません。でもグレイス・マークスと彼女の初期の行動については、ケネス・マッケンジー氏に相談なさるといい、彼は裁判で彼女の弁護人だったし、分別がおありと私は理解しています。現在トロントの法律事務所の共同経営者で、どんどん出世されています。紹介状を書いて上げましょう。きっと会ってくれますよ。」

「ありがとうございます。」

「ご婦人方が現れる前に、あなたと二人きりで話ができてよかった。でももうご到着だ、声が聞こえますよ。」

「ご婦人方？」

「今晩は監長夫人とお嬢様方にお出でいただいています」、とベリンガー。「残念ながら監長ご自身は仕事で来られません。お知らせしませんでしたっけ？」彼の蒼白い頰のそれぞれに赤い斑点があらわれる。「じゃ、お迎えに出ましょうか？」

娘は一人だけだ。マリアンは風邪で臥せってますの、と母が言う。サイモンはどきりとする。サイモンはこのような計略、母親たちの陰謀に詳しい。監長夫人は、マリアンに気をとられないように、リディアに彼を射止めさせることにしたのだ。恐らく彼は、先手を打って、自分の収入の少なさを即座に示すべきだろう。でもリディアは砂糖菓子だ。このような耽美的快楽を早々に捨て去るのはしのびない。愛の告白さえしなければ害はあるまい。彼女の輝く瞳に見つめられるのは嬉しい。

今や季節は正式に変わった。リディアは春の花盛り。幾重にも重なった薄い花のようなフリルが彼女を包み、透き通った羽のように肩から揺れている。サイモンは魚を食べる。調理しすぎだが、この大陸では誰も魚を程よく茹でることができない。サイモンは滑らかな白い彼女の喉の輪郭と開いた胸に見惚れる。ホイップクリームで作られたようだ。大皿の上には魚の代わりに彼女が乗っているべきだ。宴会でこのようにして現れた有名なパリの高級売春婦の話をきいたことがある。もちろん裸体だった。彼はリディアを裸にして飾ってみた。象牙色や貝殻の桃色のような花輪で飾り、それに、恐らく温室葡萄と桃で縁取りする。

出目の母親はいつものように神経が昂ぶっている。彼女は喉元の黒玉ビーズを指で爪繰りながら、すぐさまその晩の訪問の目的に入る。火曜会はジョーダン先生のお話を熱望していると。それは何も堅苦しいものではなく、共通の大切な運動に関心を持つ友人相互の、先生の友人でもあると彼女が思いたい仲間内での真剣な討論であること。奴隷制度廃止の問題についても少し述べてもらえないか、と。それは彼ら全員が大いに関心を持つ問題であるというのだ。

サイモンは、自分はその問題の専門家ではないし、この数年間ヨーロッパにいたのでまったく情報を持ち合わせていない、と述べる。それなら、とベリンガー牧師がこう提案する。ジョーダン先生には、神経症と精神病についての最新の学説を皆さんにご紹介していただけるのではないでしょうか？　公立の精神病院の改革はグループとしての長年の計画のひとつなので、これも大歓迎の話だと。

「デュポン博士は非常に関心がおありとおっしゃっています」、と監長夫人。「すでにご存知のジェローム・デュポン博士ですよ。博士は広い、あのように広い範囲……のことにご関心がおありです。」

「まあ、それは面白そう」、とリディアは、黒みがかった長いまつげの眼でサイモンを見ながら言う。「お話しくださいませな！」今夜は口数が少ない。もっとも口をきく機会も、ベリンガー牧師から無理強いされた魚のお代わりを断るとき以外、ほとんどなかったのだが。「気が狂うって、どんな感じなのかいつも不思議に思いますの。グレイスはいっさい話そうとしませんので。」

サイモンはリディアと一緒に暗い隅っこにいる自分の姿を想ってみる。カーテンの後ろ、重い藤色のブロード地。驚かさないようにそっと、彼女の腰に腕を回したら、溜息をつくだろうか？　受け入れるか、押しのけるか？　それとも両方か？

彼は下宿に戻り、戸棚にしまったビンからシェリーを大きいグラスに注ぐ。今晩は酒を一滴も飲まなかった。ベリンガー家の夕食会で飲んだのは水だったが、なぜか酒を飲んだように頭がぼんやりしている。なぜあんないやな火曜会で話すと言ったのだろう？彼らは彼にとって、あるいは彼は彼らにとって何なのか？　専門知識のない彼らにわかるようなことを、伝える事ができるのか？　リディアのせいだ、彼女の賞賛と訴えのせいだ。まるで花盛りの灌木に待ち伏せされたように感じる。

あまりに疲れたので、いつものように遅くまで起きて本を読んだり仕事をしたりできない。ベッドに入り、たちまち寝入ってしまう。そこで夢を見る、落ち着かない夢だ。物干しの洗濯物が風にたなびく垣根のある裏庭にいる。他に誰もいないので、秘密を愉しんでいるようだ。シーツやリネン類が風に揺れ、目に見えない太った腰がまとっているようだ。生きているみたいだ。見上げていると、白いモスリンのスカーフかベールが物干しから飛ばされて、空中を、長い包帯がほどけるように、あるいは水にとけたペンキのように優雅に揺れ動いている。見上げているのだからまだ幼い頃に違いない。彼は取ろうとして、庭から出て、道を走る。田舎にいる。それから畑に出る。果樹園だ。布は緑のりんごがたわわに実っている小さい木の枝にからまる。布を引き摺り下ろそうとすると、顔に落ちる。すると、それは布ではなく髪の毛だと気づく。長くてよい香りのする目に見えない女の髪の毛で、それが彼の首にまとわりついてくる。彼はもがく。しっかり抱擁されている。ほとんど息がつけない。苦しくて耐えがたいほどエロチックな感覚。彼は驚いて飛び起きる。

22

今日はジョーダン先生がいらっしゃる前から裁縫室にいる。紳士は自分流の時間で動くから、遅れている理由を詮索しても仕方がない。だから一人でちょっと唄いながら縫い続ける。

千歳の岩よ、裂けておくれ、
中に私を隠しておくれ。
裂けた脇から流れる水と血潮で、
罪を二重に洗い流しておくれ、
けがれと魔力から清めておくれ。

私はこの賛美歌が好き。岩や水や海岸など外のものを思い出させてくれるから。そこにいるのが一番いいが、そのことを思うのは次にいい。

グレイス、そんなに歌がうまいとは知らなかった、と部屋に入りながらジョーダン先生はおっしゃる。きれいな声をしているね。目の下に黒い隈ができている、先生は一睡もしていない様子だ。

ありがとうございます、先生、と私は言う。昔は今よりもっと唄う機会がありました。

先生は腰をかけ、ノートと鉛筆、それにパースニップを取り出して、テーブルの上に置く。オレンジ色がかり、私なら選ばなかっただろう、古い証拠だ。

あら、パースニップ。

これを見て何か連想するかい?

そうですねえ、どんな立派な言葉もパースニップの味付けはできない(口先ばかりでは何の役にも立たない)、ということわざがあります。それからとても皮をむきにくいんです。

地下室にしまっておくんだろう。

違います、先生、私は答える。外です、地面に穴を掘って藁をかけるんです、凍らせるともっとおいしくなるんです。

先生は疲れ顔で私を見る。寝不足の原因は何なのだろう。気がかりな若い娘がいるのに、彼女の愛を得る事ができないのだろう。それとも決まった食事をしていないとか。

昨日終えたところから話を続けようか。

どこだか忘れました、と私は答える。実は嘘なのだが、先生が本当に私の話を聞いていたのか、それともふりをしていただけなのかを知りたいと思ったのだ。

メアリーが死んだところだよ。君の気の毒な友達メアリー・ホイットニー。

ああ、そうでした。メアリーのことですね。

それから、先生。メアリーがどうやって死んだかについてはできるだけ口にしないようにということになりました。熱病で死んだということを人が信じたかどうかはわかりませんが、誰も大声で違うとは言いませんでした。それに書き置きが残されていたので、私に所持品を残したことで非を唱える人はいませんでした。でも死を予想したかのように、彼女が前もってそれを書いたことに眉をひそめる人はいました。金持ちは前もって遺言書を書くことだし、メアリーが書いても不思議はない、と私が言うと、それ以上は何も言いませんでした。便箋やその入手の仕方についても、何も言われませんでした。

私は彼女の衣装箱を売りました。上等の箱でした。それから一番いい洋服も、メアリーの死の直後にやってきた行商人のジェレマイアに売りました。彼女が床の下に隠していた金の指輪も売りました。ちゃんとした埋葬をするためだと言ったら、ふつうよりよい値をつけてくれました。彼は、メアリーの顔に死相が出ているのを見たと言いましたが、しかし、後知恵というのはいつも正しいものです。それから、気の毒なことだった、彼女のためにお祈りをしようと言っていましたが、彼は占いや手品などをする異教徒的な人だから一体どんなお祈りをするのか、私には想像がつきませんでしたが。でもお祈りの形はどうでもいいんです、善意と悪意が神様がおつけになる唯一の区別ですから。私はそう信じるようになりました。

埋葬の準備はアグネスが手伝ってくれました。許しを得てパーキンソン市会議員夫人の庭で集めた花を棺の中にいれました。六月でしたから茎の長い薔薇や牡丹がありました。私たちは白い花だけを選びました。花びらも撒き散らし、私があげた針刺しを見えないところへ忍ばせました。赤いから、場違いに見えるといけないと思ったのです。思い出として彼女の髪の後ろを一房切り取って糸でくくりました。

メアリーは一番いい寝巻きを着て埋葬されました。死んだふうにはまったく見えず、ただ蒼白い顔で眠っているとしか思えませんでした。真っ白い衣装で横たわって、まるで花嫁みたいでした。

墓石も欲しかったので、お棺は松の板製で飾りのいっさいないものにしました。ただ彼女の名前を入れるだけのお金しかありませんでした。本当は次のような詩を彫り付けたかったのです、「大地の暗い影からあなたは飛び去るけれど、天国で、私のことを思い出してください。」でも私にはまったく払えない値段でした。彼女はアデレード・ストリートのメソジスト派墓地の端っこ、貧窮者たちのすぐそばに葬られました。でもまあ墓地の中だから、私としては精一杯やったという気持ちでした。メアリーが人目につかずに死んだことに対する不審が伝わっていたはずですが、アグネスとあと二人の使用人だけが立会いました。みんなが棺にシャベルで土をかけ、若い牧師が亡骸はちりに帰るといったとき、私は胸が張り裂けんばかりに泣きました。私はかわいそうな母のことも思っていました。母さんは土をかけるようなちゃんとした埋葬もされず、ぽんと海へ投げ込まれただけなのですから。

メアリーが本当に死んだと信じるのは、とてもつらいことでした。いつでも部屋に入ってくるような気がしていましたし、ときどき夜ベッドに寝ていると、彼女の息づかいが聞こえるような気がしました。あるいはドアのすぐ外で彼女の笑い声が聞こえるような気がしました。日曜ごとにお墓に花を供えました、パーキンソン市会議員夫人の庭の花ではありません、あれは一度きりの特別のことでした、空き地や湖のそばや生えている所ではどこでも、野草の花を摘んで供えたのです。

メアリーの死後ほどなくして、私はパーキンソン市会議員夫人のお屋敷を出ました。メアリーが死んでからというものは、パーキンソン市会議員夫人もハニーさんも私に優しくなくなったので、長くいたくなかったのです。あの人たちは、私がその紳士の名前を知っていて、彼とメアリーの仲次ぎをしたと思ったのでしょう。何をしたわけでもありませんが、一度疑われはじめたらそれを解消するのは難しいことです。私が仕事をやめたいと言ったときパーキンソン市会議員夫人は反対せず、私を図書室に連れて行き、紳士のことを知っているのかともう一度熱心に聞きました。知りませんと答えると、たとえ知っていても決して口外しないと聖書にかけて誓うよう、そしてよい紹介状を書いてあげよう、と言いました。私はこのように疑われるのはいやでしたが、求められるままにしました。夫人は紹介状を書いて、私の働きぶりは非の打ちどころがなかったと親切にも言ってくださり、気前よく、二ドル餞別をくださり、別の奉公先を見つけてくれました。ディクソン様のお屋敷で、その方も市会議員でした。

経験と紹介状があったのでディクソン家ではもっとよい給金をもらいました。あの反乱の後、多くの使用人たちがアメリカへ去ってしまって、頼りになる使用人が少なかったからです。新移住者たちが年中入ってきても、不足をまだ補うことができず、使用人の需要はたくさんありました。だから、いやなら一箇所に留まる必要はないと思っていました。

ディクソン家ではみなが話を知りすぎていて、私への態度がおかしいので、いやでした。半年後には暇乞いをして、マクマナス様のお屋敷に移りました。でもそこも私には合いませんでした。使用人は私の他は一人で、その雇われ男はこの世の終わりと、罰についてしゃべりまくり、憤りで歯をかみ鳴らすのでした。好ましい食事相手ではありませんでした。そこには三カ月しかいませんでした。それからコーツ様のところに来るように言われ、そこに十五歳の誕生日のあと数カ月たつまでいました。でも私の方が几帳面に仕事をするものですから、やきもちをやく女中がいたのです。だから別の奉公先の話を聞いたとき、コーツ家と同じ給金でハラヒー様のところに移りました。

しばらくは順調にいきましたが、私が食堂からお皿を運んでいるとき裏の廊下でハラヒー様が私に勝手なふるまいをしようとしたのです。私は段々不安になってきました。両脚の間を蹴り上げろというメアリーの忠告を思い出しましたが、ご主人様を蹴るのはどうかと思いますし、紹介状なしで解雇されることになるかもしれないと思いました。でもその後ある晩、私の屋根裏部屋のドアの外に旦那様がいるのが聞こえました。ぜいぜいいう咳でわかったのです。ドアの掛け金をいじっていました。私はいつも夜は鍵をかけますが、鍵をかけてもかけなくても、いずれは入ってくる手段を見つけ、他に手がなければ梯子をかけてでも入ってくるだろう、と確信しました。そう思うと安眠できません。一日中働いてとても疲れていましたから、睡眠が必要でした。部屋に男といるのが一度見つかれば、どんな方法で男が入ったかは問題ではなく、私が悪いとされるのです。メアリーがよく言っていたように、女中は一日二十四時間雇いで、その主な仕事は仰向けになることだ、と考える主人たちがいるのです。

ハラヒー夫人は何かそんなことだろうと疑っていたと思います。奥様は没落した良家の出で、ありあわせの夫で我慢しなければなりませんでした。ハラヒー様は豚の解体処理で財をなしました。ハラヒー様がこのような行動をとったのは初めてではなかったと思います、というのは、私がお暇を頂きたいことを申しあげると、奥様は理由も訊かず溜息をついて、私はいい子だとおっしゃって、すぐ最高の便箋に紹介状を書いてくれたからです。

私はワトソン家へ移りました。時間をかけて探せばもっとよい勤め先があったのでしょうが、急ぐ必要があると思ったのです。鍋を洗っているとき、ハラヒー様がぜいぜい荒い息をしながら流し場に入ってきました。私の両手が油とすすだらけなのにもかかわらず私を摑まえようとしました。必死な男のようでした。ワトソン様は靴屋で、奥様と三人の子供がおり四人目が生まれるところで、手が足りなくて困っていました。一人しかいない使用人は料理はほどほどできましたが、洗い物のすべてをこなすことはできませんでした。それでワトソン様は、私に月に二ドル五十セント払い、おまけに靴を一足くれるというのです。私は靴が必要でした。メアリーの持ち物からもらった靴はきちんと足に合わず、自分の靴はほとんどすり減って穴があき、新しい靴はとても高かったのです。

ワトソン家に移って間もなく、そこに遊びにきたナンシー・モンゴメリーと知り合いました。彼女はワトソン夫人の料理婦のサリーといっしょに同じ田舎で育ったのです。

ナンシーはクラークソン店の服地の競売で買い物をするためにトロントに来ていました。冬服を作るために買ったとても美しい深紅の絹地を私たちに見せてくれましたが、私は女中頭であんな服がいるのかしら、と思いました。それから、上等の手袋と、御主人様のためにアイルランド製麻地のテーブルクロス。ナンシーは、値段が安いから店より競売で買う方が得で、御主人様も節約を好まれた、と言いました。町へは乗り合いではなく、御主人様に乗せてもらってきたので、その方が他人と押し合いへし合いせずにすむので、ずっと楽なのだ、と言っていました。

ナンシー・モンゴメリーはとても美人で黒髪、年の頃は二十四歳ぐらいでした。美しい茶色の瞳をしていて、メアリー・ホイットニーのように笑ったりよく冗談を言ったりして、とても気立てがよく見えました。台所に座り、お茶を飲みながら、サリーと一緒に昔の話をしていました。二人は市北部にある学校へ一緒に通っていたのですが、それは子供たちが仕事を休める土曜日の朝ごとに地元の牧師が教師を務める地区最初の学校でした。ナンシーによると馬小屋のような丸太小屋の学校だったそうです。学校にいくには森を通らなければならなかったので、いつも熊がでないか怖かった、その頃は今よりずっとたくさん熊がいたから、と。ある日、本当に熊を見て、ナンシーが大声で叫びながら逃げて木によじ登った。ところが熊の方がナンシーより驚いてたわ、とサリーが言うと、あれはおそらく紳士熊で、熊もそれまで見たこともない危険なものから逃げ去ったのだろうが、自分が木によじ登るところをちらっと見たかもしれないね、とナンシーが言って、二人は大笑いしました。学校の裏にある便所に女の子のひとりが入って、男の子たちが皆でそこに殺到したことがあったが、その女の子に用心するよう忠告することもせず、他のみんなと一緒に見ていただけで、あとで悪い事をしたと思った、などと二人は語っていました。あんなふうにいじめに遭うのはいつも内気な子だったわね、とサリーが言うと、それはそうだけど、この世では自分のことは自分で守らなければならないのよ、とナンシーは言っていました。私もそれはそうだと思いました。

ナンシーはショールと荷物を手元に寄せながら、自分はリッチモンド・ヒルに住むトマス・キニア様の女中頭だと私に言いました。彼女は洗えばもっと綺麗になる、ピンク色の、すてきな日傘を持っていました。リッチモンド・ヒルはヤング・ストリートを上がってギャロウズ・ヒルとホッグス・ハロウを過ぎたところにあると。屋敷は広いし、前にいた女中が結婚してやめたので、自分の仕事を手伝ってくれる女中を一人必要としている、キニア様はスコットランド出身の家柄のよい紳士で、性格は鷹揚で未婚、だから仕事は少ないし、あら捜しをしたりする口うるさい女主人がいるわけでもないわ、と言って、私にその仕事に興味がないかと訊きました。

キニア様の農場は町から遠いので、女友達が欲しいのよ、と彼女は言いました。独りきりでお屋敷にいるのもいやだし、独身の女が紳士といるととかく人の噂になるの、と。

これは正しい気持ちだと私は思いました。キニア様は気前のよい御主人で、嬉しいときにはそうした気持ちをお示しになるし、もし私が仕事を引き受けるなら悪くない話よ、出世への道を踏み出すことになるわ、とナンシーは言いました。そして、今の給金がいくらかと訊ね、月に三ドル払うわ、と言いました。私は、願ってもないことだと思いました。

一週間後に用事があるから町に来るので、それまでに決めればいいわ、とナンシーは言いました。私は一週間この問題についていろいろ考えました。すでにトロントの生活に馴染んでいたので、田舎に行くのは心配でした。かっぱらいには気をつけなくてはなりませんでしたが、お使いで外出すると町にはたくさん見る物があり、時には見世物やお祭りがありました。他にも街頭説教師や、路上で歌って投げ銭をもらう男の子や女の人がいました。私は火を食う男や、声をはりあげる男、数を数えることができる豚、口輪をはめて踊る熊、といってもよろめいているだけなのですが、そんなものも見ました。浮浪児たちは棒で熊をつついていました。それに、一段高くなった立派な歩道がないから、田舎はぬかるんでいることでしょう。夜はガス灯もなければ、大きな商店やたくさんの教会の尖塔、すてきな乗物、円柱のある新しいレンガ造りの銀行もありません。でも、田舎の勤めがいやになったらいつでも帰ってこられると思い直しました。

サリーに意見を求めると、私のような若い娘に相応しい仕事先かどうかはわからないわ、と言います。理由を訊ねると、ナンシーはいつも自分には親切だから言いたくないわ、一か八かでやるべきだね、口は災いの元、などと言って、確かなことはわからないからこれ以上言うのはよくないので、と言います。でも、私には忠告をしてくれるような母親がいないものですから、言うだけのことを言って義務は果たしたようにサリーとしては感じたのでした。私にはサリーの言っている事がちんぷんかんぷんでした。

サリーに、キニア様の悪評を聞いたことがあるの、と訊くと、世間一般が言うような悪評はないわ、と答えます。

私には推し量れないパズルのようでした。サリーがもっとはっきり言ってくれればよかったのですが。でも給金が今までよりも高いので、私の決心を促しました。でもそれより強く私を引きつけたのは、ナンシー・モンゴメリー自身でした。メアリー・ホイットニーに似ていたのです、その時はそう思いました。メアリーが死んでからというもの、私はずっと落ち込んでいました。だから移る事に決めました。

23

ナンシーが交通費をくれたので、約束の日私は朝早く発つ乗合馬車に乗りました。リッチモンド・ヒルはヤング・ストリートを十六マイル北に行ったところなので、長旅でした。町からまっすぐ北で、道はそれほどひどくはありませんでした。もっとも乗客が降りて、歩かなければならない急な坂が一つならずありましたが。そうしないと馬が私たちを引っ張り上げることができなかったのです。水路のそばにはデイジーなどたくさんの花が咲き、蝶が飛び回っていました。そういう道はとても綺麗でした。摘んで花束を作りたいと思ったくらいでした。でもきっと途中で萎れてしまったでしょうね。

しばらくするとかなりひどい道になってきました。わだちが深く、石ころだらけの道で、ガタガタ揺れたり何かにぶつかったりで、骨がバラバラになるほどでした。丘の上では息が詰まるほど埃がひどく、低いところはぬかるみです。湿地には丸太が渡してありました。雨が降るとこの道は沼地同然となり、三月の、春の雪解けの時期には、ほとんど通行ができなくなる、と聞かされました。一番いいのは冬で、なにもかも硬く凍れば、橇で速く進むことができますが、でも吹雪の恐れがあり、橇がひっくり返ると凍死してしまうかもしれない。時には雪の吹き溜まりが家の軒まで届くほどで、そうなったら短いお祈りと大量のウイスキーしか救いの道はないのだと。これはみな、私の脇に割り込んできた男の人から聞いた話でした。農具と種子を扱う商人で、道路のことには詳しいと言っていました。

途中には大きくて立派な家もありましたが、低い屋根のみすぼらしい、ただの丸太小屋のようなものもありました。原っぱをしきる柵はいろいろで、丸太を半分に割って横木にしたジグザグ形のスネーク・フェンスもあれば、地面から引き抜いた木の根っ子で作った、木の髪の毛を巨大に束ねたような柵もありました。時々、道路が交差するところには、宿屋や家が数軒かたまってあり、宿屋では馬を休めたりとり換えたり、あるいはウイスキーを一杯ひっかけることができました。たむろしている男たちの中には、一杯どころかかなり飲んでいる、汚らしい身なりの、無礼極まりない者もいて、私が座る馬車に近づいて、ボンネット帽の縁から顔を覗き込もうとしました。お昼に宿屋に止まったとき、農具商は、中に入って一緒に一杯飲み、何か食べないかと言いましたが、私は断りました。ちゃんとした女はそんな場所へ知らない人と行くべきではないからです。それで私はパンとチーズを持っていましたし、中庭の井戸の水を飲む事ができました。それで充分でした。

旅に出るので私はよそいきの夏の格好をしていました。キャップ帽の上に、メアリーの衣装箱に入っていた青いリボンで縁取りした麦藁のボンネット帽を被り、ドロップショルダー袖の木綿のプリント地の洋服を着ていました。これは流行遅れでしたが作り直す暇などありません。もとは赤い水玉でしたが、洗ってピンク色になっていました。コーツ家で給金の一部として貰ったものです。ペチコートを二枚はいていました。一枚は破れたのをきれいに繕ったもので、もう一枚は今や短すぎたのですが、でも誰がそんなところまで見るでしょう。木綿のシュミーズと、行商人のジェレマイアから買った古着のコルセット、それに白い木綿のストッキングは、繕ってありましたがまだ充分はけました。靴は、一番いいのはイギリス製ですから、最良の材質というわけではなく、足に合ってもいなかったのですが、靴屋のワトソン様から貰った靴。緑のモスリンの夏用ショールとメアリーが残してくれたネッカチーフ、それは彼女の母親が持っていたもので、白地に小さい青い花の模様、黒種草がプリントされ、日よけとそばかすよけに三角に折って首の回りに巻きました。彼女の思い出の品をつけると気持ちが和みました。でも手袋がありません。誰からも手袋は貰ったことがなく、高くて買えなかったのです。

冬物は、赤いフランネルのペチコートと厚いドレス、ウールのストッキングとフランネルの寝巻き、もちろん他に夏用の綿の寝巻き二枚に、夏用仕事着、木靴にキャップ帽二つとエプロン、シュミーズを母のショールで包んで馬車の屋根に載せました。きちんと紐で縛りつけてありましたが、道に落ちて無くなるんじゃないかと道中気がかりで、何度も後ろを振り返りました。

決して後ろを振り返るんじゃない、と農具商は言っていました。なぜだめなの、と私は訊きました。知らない男と口をきいてはいけないのはわかっていました、でもあんな狭いところに一緒に押し込められていたら、そうしない方が無理というものです。過去は過去、後悔は無駄、過ぎたことは過ぎたことにしておくんだな、と言いました。ロトのかみさんがどうなったか知っているだろう(「創世記」19章)、と彼は続けました。塩の柱にされちまって、いい女が台無しよ、ただし、少々塩をつけたほうが味のでる女もいないことはないがね、と笑い声をあげました。言っている意味がよくわかりませんでしたが、よくないことだと思い、これ以上話すのはやめようと思いました。

ひどい蚊でした、特に湿地や森のはずれは。道路わきの土地は開拓されたところがありましたが、まだとても高くて暗い大きな森がたくさんありました。森の空気は独特の匂いがしました。ひんやりと湿っており、こけや土や落ち葉の匂いがしました。森には熊や狼など野生の動物がたくさんいるから安心できないし、それにナンシーの熊の話を思い出しました。

農具商が、娘さん、森へ入るのは怖いかい、と訊きました。怖くはないわ、でも用がなければ行かないわ、と答えました。すると、そのほうがいい、若い娘は一人で森へ行っちゃいけない、何が起きるかわからないからな、最近の話だが、服は剝ぎ取られ、頭は別の所で発見された娘がいた、と言いました。私が、あら、熊だったんですか、と訊くと、熊かインディアンだな、この辺の森にはインディアンがたくさんいる、突然飛び出してきて、あっという間にあんたのボンネット帽と頭の皮を剝いでしまうのさ、あいつらは淑女の髪の毛を切り取るのが好きでね、知っているかい、アメリカでいい値で売るのさ、と男は言いました。そして、キャップ帽の下のあんたの髪の毛はよさそうじゃないか、と言うのです。こう言いながらずっと、いやな感じで体を押し付けるのでした。

熊の話は嘘でないとしても、インディアンについては絶対に嘘をついているのがわかっていました、ただ私を怖がらせるためでした。だから私は無遠慮に、あんたに頭を差し出すぐらいならまずインディアンに差し出すわ、と言うと、笑っていました。でも私は本気でした。ときどき条約金を取りに来ていたので、インディアンはトロントで見かけたことがありました。パーキンソン市会議員夫人の屋敷の裏口に籠や魚を売りに来るインディアンもいました。彼らは無表情なので、何を思っているのかわかりませんでしたが、でも立ち去るように言われれば、帰りました。やっと馬車が森を抜け出て、垣根や家、干した洗濯物が見え、かまどの煙や灰を集めるための焚き火の臭いをかいだ時はほっとしました。

しばらくして黒こげの土台しかない、建物の焼け跡のそばを通り過ぎました。商人は指差して、あれは有名なモンゴメリーの酒場で、反乱のとき、あそこでマッケンジーと手下のくずたちが扇動的な集会を開いて、ヤング・ストリートを進軍しようとしたんだ、と語って聞かせました。政府軍に警告しようとして、ひとりの男が酒場の前で撃ち殺されたんだが、後に酒場が焼き討ちされたのさ、と。何人かの反逆者が縛り首になったが十分じゃねぇ、と商人は言い、奴のためにロープの端にぶら下げられたままの仲間を置き去りにしてよ、マッケンジーは合衆国に逃げちまったんだ、あの卑怯者の悪党マッケンジーを合衆国から引っ張ってくるべきなんだ。商人はポケットに携帯用の酒瓶を入れており、その頃には酒の勢いですっかり強気になっているのが、吐く息でわかりました。そういう状態の人は刺激しないほうがいいので、私は黙っていました。

午後遅くリッチモンド・ヒルに着きました。たいした町には見えず、むしろ村のようで、ヤング・ストリート沿いに家が一列に並んでいました。私は馬を交換する宿で降りました。ナンシーとその場所で会う手はずになっていました。御者が私の荷物を下ろしてくれました。農具商も降りて、私の宿泊先を訊きました。知らないことはいいことよ、と答えました。すると男は私の腕を取って、馬車の中ですっかり馴染みになったのだから、一緒に宿屋に入って、そのよしみで一杯か二杯ウイスキーを飲もうぜ、と言うのです。私は腕を引き抜こうとしましたが、男は放そうとせず、ますます図に乗って、腰に手を回そうとしました。数人のぶらぶらしている男たちがはやし立てました。私はナンシーを探しましたが、どこにも見当たりません。宿屋で酔っ払いと争っているのを見られたら、悪い印象を与えるのではないか、と思いました。

　宿屋の扉は開いており、そのとき荷物を背負い長い杖を手にした行商人のジェレマイアが出てきました。私は彼を見てとても嬉しくなり、名前を呼びました。彼は不思議そうに私の方へ目を向け、急いで近づいてきました。

　なんだ、グレイス・マークスじゃないか、と彼は言いました。こんなところで会うとは思わなかった。

　私もよ、そう言って微笑みました。でもまだ農具商に腕をつかまれているので、ちょっとあわててました。

　この人、友達？　ジェレマイアは訊きました。

　とんでもない。

　お嬢様はあなたとご一緒したくないそうです、とジェレマイアは、上品な紳士の声色を装って言いました。すると農具商は、私はお嬢様なんかじゃない、と言い、お世辞にならないようなことを何か付け加え、ジェレマイアの母親についても何か不快なことを言いました。

　ジェレマイアは杖を取り上げると、男の腕に振り下ろしました。男は私の腕を放しました。それからジェレマイアは彼を押しやると、男は後ろによろけて宿屋の壁にぶつかり、馬の糞の上に尻餅をつきました。それを見た人びとは男を嘲りました。ああいう輩はいつも分の悪い方を嘲るのです。

私がお礼を言うと、奉公先はこの近くなのかい、とジェレマイアは訊きました。そうだと答えると、じゃ、今度寄ってみよう、そこで売れるかもしれないね、と言っていました。丁度その時、別の男が近付いてきました。グレイス・マークスさんでいらっしゃいますか？　その人は訊きました、あるいはそんなことを。正確な言葉は覚えていません。そうです、と答えると、自分は新しい主人のトマス・キニアで、迎えに来た、とおっしゃいました。一頭の馬が引く軽量荷馬車に乗っていました。後日馬の名前はチャーリーだとわかりました。チャーリー・ホース（こむら返り）のチャーリーです。鹿毛色の去勢馬で、鬣（たてがみ）と尻尾は美しく、大きな茶色の目をしていて、とても器量好しでした。一目で好きになりました。

キニア様は宿屋の馬丁に私の荷物を荷馬車の後ろに積ませました。すでにいくつかの荷物が積んでありました。そして、こうおっしゃいました。町に着いて五分も立たないうちに、手際よく二人の紳士を礼賛者にしたね。あの人たちは紳士ではないです、と言うと、彼は、紳士でなければ礼賛者ではないのかい？　と訊ねられるので、私はまごついてしまい、何と答えてよいかわかりませんでした。

するると、グレイス、乗りなさい、とおっしゃるので、えっ、前に座るんですか、と訊ねると、荷物みたいに後ろに乗せる訳にはいかないだろう、とおっしゃって、私を抱え上げてそばに座らせました。旦那様のような紳士のおそばに、特にご主人様である紳士のおそばに座ったことがないので、すっかりとまどってしまいました。でもご主人様はまったく頓着ない様子で、反対側に乗って馬に鞭をあてました。そうして私たちはヤング・ストリートを北に向かって進みましたが、私はまるで淑女のようでした。窓から誰かが私たちを見ていて、きっと噂をするだろうと思いました。でも後日わかりました、キニア様は噂を気にするような人ではありませんでした。人が何と言おうともこれっぽっちも気になさいません。お金はあるし、政治家になろうなどとも思っておられません、だからそんなことを無視する余裕がありました。

キニア氏はどんな風采だったの？　ジョーダン先生が訊ねる。

紳士的な物腰で、口ひげを生やしていらっしゃいました。

それだけかい？　詳しくは観察しなかったんだね！

見つめたくありませんでした。それに荷馬車に乗ってからはもちろん見ません。ボンネット帽のために、頭をぐるっと回さないと見えませんでした。先生は、ボンネット帽を被ったことがありませんよね？

ないさ、とジョーダン先生。歪んだ笑い顔を浮かべる。きっときついんだろうね。

そうです、先生。でもキニア様の手綱を握る手の手袋は見えました。薄黄色の柔らかい皮の手袋で、手にぴったり合って皺がほとんどありませんでした。まるでキニア様の肌そのもののようでした。自分の手袋を持っていないのがとても残念で、私は両手をしっかりショールのひだの中に隠していました。

グレイス、さぞ疲れただろう、と旦那様はおっしゃいました。はい、旦那様、と答えました。とても暑いね、とおっしゃるので、はい、旦那様、と答えました。そのようにして私たちは進んで行きました。本当のことを言いますと、がたがた道を農具商と一緒に馬車で揺られていくより、大変でした。キニア様の方がずっと親切でしたから、なぜっていいようがないのですが。でもリッチモンド・ヒルはそれほど大きなところではないので、まもなく通過しました。屋敷は村はずれで、一マイル以上北にありました。

やっとのことでキニア様の果樹園を通り過ぎて、旦那様のお屋敷へ通じる私道を行きました。カーブした私道は百ヤード位あり、道の両側には中ぐらいの高さのかえでの木が植わっていました。突き当たりに、白い柱とベランダを備えた屋敷がありました。大きな屋敷でしたが、パーキンソン市会議員夫人のお屋敷ほどではありません。

屋敷の裏から木を切る音が聞こえてきました。柵に少年が座っていて、十四歳くらいでしょう、私たちが近付くと飛び降りて、馬を押さえに来ました。雑な散髪の赤毛で、そばかすがありました。キニア様は彼に向かって、やあ、ジェイミー、グレイス・マークスだよ、はるばるトロントからやってきたんだ、宿屋で会えたよ、とおっしゃいました。少年は私を見上げて、まるで私に何かおかしいところがあるかのようににっと笑いました。でも彼は、恥ずかしがりやで気まり悪がっているだけでした。

ベランダの前には花が植わっていました。白い牡丹とピンクの薔薇で、三段のフリルのついた優雅なドレスを着た淑女が花を切っていました。花を入れる籠を腕にかけていました。砂利道に車と馬のひづめの音を聞いて、彼女は背を伸ばし、手を目の上にかざしました。手袋をしているのが見えました。そしてナンシー・モンゴメリーだとわかりました。ドレスと同じ薄色のボンネット帽を被っていました。一番いい服を着て、表で花を切っているようでした。私に向かって上品に手を振りましたが、近付いて来ようとはしません。私の胸の辺りで何かがきゅっと縮みました。

荷馬車に乗るのは一苦労ですが、降りるのも大変でした。キニア様は手をかしてくれず、一人で飛び降りると、屋敷の前へ急いで歩いていって、ナンシーのボンネット帽の方へ頭を下げました。私はジャガイモ袋のように荷馬車にとり残されたので、仕方なく、一人で這うようにして降りました。裏から男が出てきました。手に斧を持っていたので、彼が木を切っていたのでしょう。片方の肩に厚織りのジャケットをかけて、シャツの袖を捲り上げ、開いた襟からみえる首には赤いバンダナを巻いていました。ゆったりしたズボンの裾はブーツに押しこんでありました。黒髪で、ほっそりしていて、背はあまり高くなく、二十一より上には見えません。何も言わずに、じっと私を見つめ、疑い深そうにちょっと顔をしかめ、まるで私を敵と思っているようでした。でも、私ではなく、私の後ろにいる人を見つめているようでした。

ジェイミーが彼に、グレイス・マークスだよ、と言いましたが、まだ黙っていました。するとナンシーが、マクダーモット、馬を入れてくれる、グレイスの物も部屋へ持っていってちょうだい、それからグレイスを部屋に案内してあげて、と大声で言いました。それを聞くと、まるで怒ったようにさっと頬を染め、ぶっきらぼうに頭をぐいっと動かして、私について来いと合図しました。

暮れかけの日差しを目に受けながらちょっとそこに佇んで、私は牡丹のそばのナンシーとキニア様を見つめていました。金粉が空から舞い落ちたかのように、二人は金色の霞に包まれていました。彼女の笑い声が聞こえました。私は暑くて、疲れて、お腹がすいて、しかも埃まみれでした、でも彼女は歓迎の言葉ひとつ言いませんでした。

私は馬と荷馬車について屋敷の裏へ行きました。少年ジェイミーは私のそばについて歩きながら、恥ずかしそうに訊ねました、でっかいかい、トロントは、すごいかい、俺は一度も行ったことがないんだ、と。でも、まあまあすごいわね、としか私は言いませんでした。トロントを離れなければよかったとその時すでに深く後悔していたので、彼への答が自分の中に見つからなかったのです。

目をつぶるとあの屋敷のことを何から何まで詳しく絵に描いたように思い出すことができます。明るい日差しに照らされた、花のあるベランダ、窓と白い柱、そしてどの部屋の中も目隠ししてでも歩くことができます。もっともあの時は特に何の感慨もなく、ただ水が飲みたかっただけです。あの屋敷の人びとのことを思い出すと妙な気がします、六カ月後にまだ生きていたのは私一人きりですから。

もちろんジェイミー・ウォルシュは別です、彼はあの屋敷には住んでいませんでした。

24

マクダーモットが私の部屋に案内してくれました。冬台所の先でした。彼はあまり好意的ではなく、ここで寝るんだ、と言っただけでした。私が荷物を解いていると、ナンシーが入ってきて、今度は嬉しそうににこにこしていました。グレイス、久しぶりね、来てくれてとても嬉しいわ。そして私を冬台所のテーブルに座らせました。コンロに火が入っていないので夏台所よりひんやりしていて、私が顔と手を洗う流しを示しました。それから弱いビールをコップにつぎ、戸棚からコールドビーフを出してきて、旅で疲れたでしょう、とても疲れるからね、と言い、私ができるだけ上品に食べている間、一緒に座っていました。

彼女はとても美しいイヤリングをつけていて、本物の金だとわかりました。女中頭の給金でよくあんなものが買えるものだと思いました。

軽い食事で元気になると、彼女は屋敷の中と外の建物を案内してくれました。夏台所は母屋から完全に離れていました。屋敷を熱くしないためで、誰もがやるべき実用的な考案でした。台所は両方とも石床で、前部に保温用の平らな張り出しのついたかなり大きい鉄製のコンロがあり、当時の最新型のものでした。両方の台所にはそれぞれ汚水溜めに流れるパイプのついた流し、洗い場、食料庫がありました。水用ポンプは二つの台所の間の中庭にあり、井戸でないのでほっとしました。井戸だと、危ないし、物が中に落ち、鼠の巣になることもよくあるからです。

夏台所の裏には厩舎があり、荷馬車をしまう馬車置き場と隣り合っていました。二台置けるほどの充分な広さでしたが、キニア様は軽量荷馬車一台しか持っていません。こんな道では本物の馬車は無用だったのでしょう。厩舎には仕切りが四つありましたが、キニア様は牛一頭と馬二頭しか持っていません。チャーリー・ホースと子馬で、子馬は成長したら乗馬用の馬になるはずでした。馬具部屋が冬台所の先になっていたので、こんなことはあまり例のないことで不便でした。

厩舎の上階に部屋があり、マクダーモットはそこで寝ていました。ナンシーによると、彼は一週間前かそこらに来たばかりで、キニア様の命令にはすぐ応えるが、ナンシーには恨みがあるようで、生意気、ということでした。多分彼の恨みは世間一般に対してで、私にも無愛想でしたよ、と私は答えました。あの人が振舞いを変えないかぎりお払い箱よ、彼の出身地には人が大勢いるし、仕事を探している失業中の兵士はいくらでもいるから、とナンシーは言っていました。

私はいつも厩舎の臭いが好きでした。子馬の鼻を撫で、チャーリーには、こんにちは、と声をかけ、牛にも挨拶しました。乳搾りは私の仕事なので、仲良くしておきたかったのです。マクダーモットは家畜のために藁をおいていました。ぶつくさ言うだけで私たちには話しかけませんでした。そしてナンシーに対してはいやな顔を見せたので、二人の仲が悪いのがわかりました。厩舎を出ながらナンシーが、今までになく無愛想ね、まあ、好きにしたらいいのよ、笑顔ができないならさっさと出ていけばいい、さもなければ溝の底にでも落っこちればいいんだわ、と言って笑いました。彼に聞こえなければいいけど、と私は思いました。

その後、鶏小屋と柳の枝で囲った鶏の放し飼いの場所を見ました。柳の柵は卵盗みの名人、狐やいたち、洗い熊よけにはなっていないようでした。野菜畑にはいろいろ植わっていましたが除草が必要でした。小道をずっといったところに便所がありました。

キニア様はかなり広い土地と、牛馬用の牧場、それにヤング・ストリートを下ったそばに小さい果樹園、さらに開墾済みと開墾中のいくつかの畑地を持っていました。それを管理しているのが、ジェイミー・ウォルシュの父親なのよ、とナンシーが言いました。四分の一マイルほどのところに彼らの田舎家がありました。私たちが立っているところから木々の上に突き出た屋根と煙突が見えました。ジェイミーは頭の良い将来性のある少年で、キニア様の使い走りをしていました。フルートも吹けました。フルートだと言っていましたが、横笛に近いものです。ナンシーによると、あの子はいずれ夜分にやって来て、吹いて聴かせてくれるだろう、自分でも吹きたがっているのだと。さらに、彼女もちょっとした音楽を楽しんでいて、ピアノを習っているということでした。聞いてびっくりしました。女中頭がピアノを習うなんて、普通ではないからです。でも何も言いませんでした。

二つの台所の間の中庭に、物干し用のロープが三本張ってありました。洗濯室というものは特にありませんでしたが、銅釜や洗濯盥、それに洗濯板などの洗濯用道具は夏台所のコンロのそばにおいてあり、どれも良いものでした。石鹸は自家製でなく、店頭売りの石鹸なのでほっとしました。その方がずっと手にやさしいからです。

豚を飼っていないのも幸いでした。豚は頭がよすぎて年中小屋から逃げ出そうとするし、あまり嬉しくない臭いを発するからです。厩舎には二匹の猫が住んでいて、二十日鼠やどぶ鼠の繁殖を防いでいましたが、キニア様が昔から飼っていたファンシーが死んでしまって、犬はいませんでした。見知らぬ人が来れば吠えるので犬がいれば安心だし、それでキニア様はいい猟犬を探しているのよ、とナンシーは話しました。旦那様は特に秀でたスポーツマンというわけではないけれど、秋には一、二羽の鴨や野生の雁を撃つのがお好きなの、雁ならおびただしい数がいるわ、でも自分は筋っぽいからあまり好きではないけど、と言いました。

私たちは冬台所へ戻り、廊下を通って玄関広間へ行きました。玄関広間は広々として暖炉があって、その上に雄鹿の角が飾られていました。上質の緑の壁紙が貼られ、立派なトルコ絨毯が敷いてありました。地下室への跳ね上げ戸はこの部屋にあり、それを使うには絨毯の端を持ち上げなければなりません。台所にあればもっと都合がいいのに、変な場所にあるな、と思いました。でも台所の下に地下室はありません。地下室への階段は急すぎて危ない気がしました。地下室は仕切り壁で二つに分かれており、一方はバターやチーズを貯蔵する所で、もう一方はワインやビール樽の貯蔵庫になっていました。そこにりんご、冬には砂箱に人参、キャベツ、ビート、ジャガイモがしまってあり、空のワイン樽もありました。窓がひとつありましたが、ナンシーが言うには、下はとても暗いので、必ず蠟燭かランプをもって下りるように、さもないと足を踏み外して階段から落ちて首の骨を折るかもしれないから、ということでした。

あのとき私たちは地下室へは下りませんでした。

玄関広間から表の応接間に入ると、ストーブがあり、二枚の絵がかけてありました。一枚は家族の絵で、みんな真面目顔で、昔風の装いでしたから、先代の方たちでしょう。もう一枚は足の短い太った大きなブルドッグでした。それにピアノ、グランドピアノではなく、うしろがまっすぐ立ち上がった応接間用のアップライトピアノで、アメリカからの輸入品の最高級の鯨油をいれる球形ランプもありました。当時ランプ用灯油はありませんでした。その後ろに食堂があり、暖炉がまたあり、銀の燭台、それに高級陶器と皿が鍵のかかった食器戸棚に並んでいました。暖炉の炉棚の上に死んだ雉(きじ)の絵がかけてあり、食事中に見て楽しい絵ではないと思いました。この部屋へは、応接間から観音開きのドアを抜けて行くことができます。台所から食事を運ぶときは、廊下からひとつドアを開けて入ることもできました。廊下の向こう側にキニア様の図書室がありましたが、旦那様の読書中は中に入ることはできませんでした。図書室の奥には机を置いた小さい書斎か執務室があり、旦那様はそこで手紙を書いたり何か商用をされていました。

玄関から、ぴかぴかの手すりがついたすてきな階段があり、それを上がると、二階には大きな寝台のあるキニア様の寝室がありました。隣りには化粧室があって、楕円形の鏡のついた鏡台、彫刻がほどこされた衣装ダンスがありました。寝室には、ソファに座って、背中を向けて肩越しにこちらを見ている裸体の女の絵があり、頭にターバンのようなものをのせて、孔雀の羽の扇を手にしていました。家の中に孔雀の羽を入れると不幸を招くというのは、誰でも知っています。これはただの絵ですが、私なら絶対に自分の家に置きません。もう一枚、裸の女がお風呂に入っている絵がありましたが、よく見る機会はありませんでした。キニア様が寝室に二枚の裸体の女の絵を飾っているのにはちょっとびっくりしました。パーキンソン市会議員夫人のお宅では絵は大体風景か花でしたから。

廊下の奥の方に行くとナンシーの寝室があり、それほど大きくはありませんでしたが、それぞれの部屋には絨毯が敷いてありました。当然夏の間これらの絨毯は叩いて、汚れを取って、しまっておくのですが、手がないのでナンシーはやっていません。ナンシーの寝室がキニア様と同じ階にあるのが不思議でしたが、パーキンソン市会議員夫人のお宅のように三階も屋根裏もないのです。パーキンソン家のほうがはるかに大邸宅でした。万一のための客室もありました。廊下の一番奥には冬着などをしまうクロゼットと、シーツやリネン類がびっしり入った棚がいくつもある戸棚がありました。ナンシーの寝室の隣りにテーブルと椅子のある小さい部屋があり、ナンシーは自分の裁縫室だと言っていました。

二階を全部見た後、下へ降りて私の仕事について話し合いました。夏で助かりました。冬なら全部にまきをくべて火を起こさなければならないし、その上暖炉やストーブを掃除して磨かなければなりません。もちろん今日は仕事はなしで、明日からでいいわよ、疲れているだろうから、きっと早く床に就きたいでしょう、とナンシーは言ってくれました。まったくその通りで、日も沈みかけていたので私は床に就きました。

それから二週間、すべてが平穏に過ぎていきました、とジョーダン先生が言う。私の供述書を声をあげて読んでいる。

はい、先生、そうです。まあまあ、平穏に。

「すべて」、というのはどういうことだい？　どのように過ぎていったのかな？

えっ？

毎日何をしていたんだい？

ああ、いつものことです。日課をこなしていました。

すまないけど、日課というのはどういうことを指すんだい？　ジョーダン先生が訊ねる。

私は先生を見る。小さい白い四角い模様がついた黄色いネクタイをしめている。冗談を言っているのではない。本当に知らないのだ。先生のような男たちは自分が散らかしたものを片付けなくていい、でも私たちは自分たちの散らかしたものも、おまけに彼らのものもきれいにしなければならない。そういう点では彼らは子供みたいで、見越して考えたり、後のことも気にかける必要もない。でもそれは彼らのせいではない、育ち方によるのだ。

25

翌朝は夜明けに目が覚めました。夏になってきたので、私の小さな部屋は風通しが悪く暑くなりました。それに用心のため、夜はよろい戸を閉めていたから薄暗いままでした。蚊と蝿が入らないように、窓も閉めていました。モスリンの布地をもらって窓掛けやベッドカバーを作らなければいけない、ナンシーに話してみようと思いました。暑いのでシュミーズだけで寝ました。

私はベッドから出て、窓とよろい戸を開けて光を入れ、風を通すため布団をひっくり返しました。それから仕事着とエプロンを着けて、髪の毛を留め、キャップ帽をかぶりました。髪は流しの上の鏡を見て、後でちゃんと直そうと思いました。部屋に鏡はありません。私は袖をめくり、木靴をはいて、寝室のドアを開けました。いつも鍵をかけておきました。というのは、もしこの屋敷に侵入する者があるとすると、最初に私の部屋に入ってくるでしょうから。

私は早起きが好きでした。しばらくは自分が家の主人になったつもりになれるからです。最初にするのは、自分のおまるを汚水桶にあけることです。それから桶を持って冬台所のドアから外へ出ました。出ながら床をよく磨かなければと思いました。ナンシーには後回しの仕事が多く、かなりの泥が屋敷に持ち込まれているのに掃除をしていないからです。中庭の空気はさわやかでした。東の空はピンク色に輝き、美しい灰色の霧がきらきらと畑から立ち上っていました。近くで鳥が鳴いていて、ミソサザイだと思いましたが、遠くではカラスが呼び合っていました。日の出時は、すべてが新しく始まるように見えます。

台所のドアが開くのを馬は聞いたのでしょう、いななきが聞こえました。そうしてやりたいところでしたが、馬に餌をやったり、牧場に出すのは私の仕事ではありません。牛も鳴いていました、乳が張っていたんでしょう、でも待ってもらわないと、何もかもいっぺんにはできません。

鶏庭や菜園を通り、露に濡れた野草の間を抜け、夜の間に編んだ紗のような蜘蛛の巣を払いながら私は小道を進みました。決して蜘蛛は殺したりはしません。メアリー・ホイットニーが、蜘蛛を殺すと不幸に見舞われるよ、と教えてくれたからです。そんなことを言っていたのは彼女だけではありませんでした。ですから家の中に蜘蛛がいたら、箒の先で取って、外で払い落とすようにしていました。でもともかく私はばちが当たったわけですから、きっとうっかり蜘蛛を殺してしまっていたんでしょうね。

私は便所に着くと、汚水桶をあけ、そしてその他色々です。

グレイス、その他色々ってどういうこと？ とジョーダン先生が訊ねる。

私は彼を見つめてしまう。人が便所で何をするかも本当にわからないとしたら、救いようがない人だ。

私がしたのは、スカートを上げて、ぶんぶん蠅が群がる便座に腰を下ろすこと。淑女であろうが、侍女であろうが、家中の者が同じ便座に座り、誰でもおしっこをするのだ。臭いも同じ。ライラックの香りなんかしないさ、とよくメアリー・ホイットニーが言っていた。お尻を拭く紙は古い『ゴーディーズ・レディース・ブック』だった。私はいつも使う前に絵を見た。大半は最新の流行ファッションに関するものだったが、中にはイギリスの公爵夫人やニューヨークの上流階級夫人などの絵もあった。できれば雑誌や新聞には自分の絵をのせるものではない。いったん自分の手を離れると、自分の顔がどんな目的に使われるかわからないから。

でもジョーダン先生にこのことは何も言わない。その他色々です、とだけきっぱりと。そしてその他色々、と言うだけで先生には充分である。何もかも知りたいとせがまれたところで、話す理由などはないのだから。

それから汚水桶を中庭のポンプのところへ持って行きました、と続ける。そして、置いてある手桶からポンプに呼び水を差しました。水を汲む前にはポンプに少し水を差さなければならないのです。メアリー・ホイットニーは、男がお世辞を言うのは呼び水のようなもので、ろくでもない目的があるときよ、とよく言ったものです。一度水が出始めると、そこで汚水桶を洗い、顔を洗い、手に水をすくって飲みました。キニア様の井戸水はおいしくて、鉄や硫黄の臭いがしませんでした。この頃になると日が昇り、霞が消え始め、晴れた朝になるのがわかります。

次に私は夏台所へ行って、コンロの火を焚付けました。前日の灰をかき出し、便所や菜園に撒くために取っておきました。菜園に撒くとかたつむりやなめくじ除けになるのです。コンロは新しいものでしたが、なかなか気難しく、火をつけると、怒った魔女のように黒い煙を私に吹きかけました。様子を見ながら、古新聞を少しと――キニア様は新聞がお好きで、数種類とっていました――炊きつけの木片をくべました。ゴーと音がしたので、火格子越しに息を吹きかけると、やっと火がついてぼうぼう燃え始めました。薪はコンロには大きすぎるので私は火かき棒で押し込まねばなりませんでした。あとでナンシーに言わなければ、そうすればナンシーがマクダーモットに言ってくれるだろう、と思いました。彼の仕事でしたから。

その後、中庭へ出て、手桶一杯水を汲み、やっとのことで台所へ運び、ひしゃくでやかんに入れて、コンロにかけて沸かしました。

それから、冬台所の先にある馬具置場の入れ物から人参を二本取り出して、古いものでしたが、ポケットに入れ、乳搾桶をもって納屋へ向かいました。人参は馬にやるためで、こっそりやりました。馬用の人参でしたが許しを得ていなかったからです。上でマクダーモットが起きるかと耳をそばだてていましたが、ぐっすり寝ていたのか、そのふりをしているのか、物音ひとつしませんでした。

それから乳搾りです。いい牛で、すぐ私になつきました。角でつついたり、足で蹴ったりするとても性格の悪い牛もいますが、この牛は違いました。私が頭を牛の脇腹の下に入れると、すぐに乳を出し始めました。納屋猫が鳴いてミルクを欲しがるので、少しやりました。それから馬に、じゃ、またねと言うと、チャーリーは頭をエプロンのポケットの方に寄せてきました。人参があるのをちゃんとわかっていたのです。

納屋を出る時、上から変な音が聞こえました。誰かが怒り狂って二本の斧で叩いているような、あるいは木の太鼓を打っているような音でした。最初は何の音かさっぱりわかりませんでした。でも聞いているうちに、マクダーモットに違いない、上の床板の上でステップダンスをしているのだとわかりました。上手そうに聞こえました。でもこんなに朝早く、なぜ一人で踊っているのだろう？　おそらく単に御機嫌で精気があふれていたのでしょうが、でもなぜかそうとは思えませんでした。

牛乳を夏台所へ運ぶと、その取れたてを少しばかりお茶のために分けておきました。それから蝿よけのために牛乳桶に布をかけて、膜が張るまでそっとしておきました。雷雨がなければあとでバターを作りたいと思いました。雷があるとバターができないのです。それからちょっとの時間、自分の部屋を片付けました。

語るほどの大した部屋ではありません。壁紙も張ってなければ、絵も、カーテンさえかかっていません。箒でさっと掃き、おまるを洗って、ベッドの下へ入れました。ベッドの下には綿ぼこりがいっぱいで、羊一頭分ほど溜まっていて、長い間掃除をしてないのがわかりました。マットレスを揺さぶり、シーツの皺を伸ばし、枕を元の形になおして、キルトをかけました。古くてすり切れていましたが、作ったばかりの頃はきっときれいな「野生の雁狩」模様のキルトだったのでしょう。給金を充分貯めて、結婚し、自分の家を持てたら、自分用に作るキルトのことを考えました。

部屋がきれいになったので満足しました。一日が終わり、部屋に戻ると、まるで女中が私のためにやってくれたようにきちんと清潔に整えられてあるのです。

それから、卵用の籠を持ち、手桶に半分水を入れて、鶏小屋へ行きました。ジェイムズ・マクダーモットは中庭のポンプの下で黒い髪を濡らしていました。背後に私の足音を聞いたのでしょう、水に濡れた顔をあげましたが、溺れかけた子供みたいに、慌てふためいた、戸惑ったような表情を一瞬浮かべました。誰かが彼をつかまえようとしていると思ったのでしょうか。私だとわかると、陽気に手を振りましたが、それははじめて私に見せた和やかな合図でした。私は両手が塞がっていたので、会釈をしただけでした。

　水入れに水を注ぎ、鶏を小屋から出しました。鶏が水を飲んだり、先を争っている間、小屋の中に入って卵を集めました。大きい卵でした。一年のうちでも卵が大きい時期でした。それから餌の穀類と前日の台所のごみを撒いてやりました。あまり鶏は好きではありませんでした。かび臭く、コッコッと鳴いてごみをつっつく鶏より、毛のある動物の方が昔から好きでした。でも卵が欲しいなら、御しがたい鶏の行動を我慢しなければなりません。

　雄鶏がけづめで私の足首をつついて、雌鶏たちのそばから追い払おうとするので、蹴とばしてやったら、木靴が脱げそうになりました。一群に一羽の雄鶏が最高、と言いますが、私からみれば一羽でも多すぎるぐらいです。お行儀よくしないと首をしめるよ、と雄鶏に言ってやりましたが、実際にはそういうことなど絶対にできるものではないのですが。

　この時、マクダーモットは柵の上で大笑いしながら、私を見ていました。彼は色黒で不良っぽい歪んだ口元をしていましたが、笑うとましに見えました。そう思ったんです。でも恐らく、先生、その後起こったことから今そう想像しているのかもしれません。

　俺に向かって言っているのかい？　マクダーモットが訊きました。いいえ、違うわ、彼のそばを通るとき冷淡な態度で答えました。彼の考えていることはわかるし、初めてのことではない、と思いました。その種のごたごたは望むところではありませんし、友好的な距離を保つのが一番いいと思いました。

やっとお湯が沸きました。あらかじめポリッジを中に入れて水に浸しておいた粥鍋をコンロにかけました。それからお茶を入れてそのままにして、中庭へ出てもう一杯手桶に水を汲んで台所へ戻ると、コンロの奥に大きな銅鍋を置いて、水をいっぱい注ぎました。汚れた皿などを洗うために湯をたくさん沸かす必要があったのです。

この時、木綿のギンガムの服を着たナンシーがエプロンをつけて入ってきました。前日の午後に着ていたようなお洒落な服ではありません。彼女がおはようと言い、私も挨拶を返しました。お茶はできたの？　と訊くので、できてます、と答えました。ああ、朝はお茶を飲むまでは生きている気分にならないわね、と言うので、それで私は彼女にお茶をついでやりました。

キニア様は二階でお茶を召し上がるのよ、と彼女は言いましたが、私はすでに承知していました。ナンシーが前の晩小さいティーポットとカップと受け皿を載せた盆を用意していたからです。家紋入りの銀の盆ではなく木の塗り盆でした。それから、下へ降りて来られたら、朝食の前にもう一杯お飲みになるからね、これが習慣よ、と言い足しました。

私は小さいミルク入れに搾りたてのミルクを入れ、砂糖をのせて盆を持ちました。私が持って行くわ、とナンシーが言いました。私は驚いて、パーキンソン市会議員夫人のお屋敷では、女中頭は決してお茶の盆を二階へ持って上がることはありませんでした、それは下の人、女中の仕事でしたよ、と私は言いました。ナンシーは不満げに一瞬私をじっと見て、もちろん手が足りなかったり、他に人がいない時にしかしないけど、最近はそれが当たり前になっていたのよ、と言いました。それでそれは私がすることになったのでした。

キニア様の寝室のドアは階段を上がったところでした。近くに盆を置く所がないので、片手で盆を支えながらドアを叩きました。旦那様、お茶でございます、と私は言った。中から何やら声が聞こえたので中へ入りました。部屋の中は暗いので、ベッドのそばの低い丸テーブルに盆をのせ、窓のところに行って少しだけカーテンを開けました。カーテンは繻子のような感触の、房飾りのある濃い茶のブロケードで、柔らかい感触でした。でも私の意見では、夏は白い木綿かモスリンのカーテンの方がいいですね、白は熱を通さないからそれほど部屋が暑くなりませんし、見た目もずっと涼しいのです。

キニア様は部屋の一番暗い隅にいて顔は陰になっていたので、私には見えませんでした。ベッドにはパッチワークのキルトではなく、カーテンに合う黒っぽいベッドカバーがあり、カバーははがされて、旦那様はシーツしかかけていませんでした。その下から声が聞こえてくるようでした。ありがとう、グレイス、とおっしゃいました。旦那様は「すまないが」、とか、「ありがとう」、とご自分からおっしゃる方でした。話し方を心得た方だったのは事実です。

とんでもございません、旦那様。それは心から喜んでやったことでした。いやいや、やったことなど一度もありません。給金は頂いていましたが、無報酬でやっているような気持ちでした。旦那様、今朝はおいしい卵があります、と私は言いました。朝食に召し上がりますか？

そうだね、口ごもったような言い方でした。ありがとう、グレイス、きっと体にいいのだろうね。

私は旦那様のこういう言い方がいやでした、まるで病人みたいな話し方です。でもナンシーはそのことについては何も言いませんでした。

下に戻った時にナンシーに、旦那様は朝食に卵を召し上がりたいそうです、と告げました。すると彼女は、私もひとついただくわ、と。旦那様の分は焼いてベーコンつきにして、私は焼いたのは食べられないから茹でてちょうだい。私はお相伴をしなければならないから、食堂で一緒に食べます。一人で食べるのはお嫌いなのよ。

聞いたことがない話ではないですが、これはちょっと不思議だと思いました。そこで訊ねました。ひょっとしてキニア様はご病気なんですか？

ナンシーはちょっと笑って、こう答えました。ときどき病気のふりをするけれど、それは思い過ごしなの、かまって欲しいだけよ。

旦那様のような立派な方が、なぜ結婚されないのか不思議ですね、と私は言ってしまいました。卵を焼くためにフライパンを取り出しながら、ふと思ったのです。別に他意があったわけではありません。でもナンシーは怒ったような口調で、そんなふうに聞こえたのですが、結婚したくない紳士もいるのよ、と言いました。今の状態にとても満足しているから、結婚しなくても楽しく暮らしていけると思っているのよ。

きっとそうなんでしょうね。

充分お金があれば、そうに決まっているわよ、とナンシーは言いました。欲しいものがあれば、お金を払えばいいのよ。彼らにとっては同じことなのよ。

初めてナンシーと気まずくなったのは、こういうことでした。一日目にキニア様の部屋を片付けていた時です。白いシーツがコンロの埃とすすで汚れないように私はベッドエプロンをかけていました。ナンシーはうろうろしながら、私に何をどこへ片付けるか、シーツの隅をどう畳み込むか、キニア様の寝巻きをどのように空気にさらすか、ブラシと洗面道具をどのように化粧台に並べるか、裏の銀板をどのくらい頻繁に磨くか、畳んだシャツと下着類など、すぐ着られるようにどの棚に置くのが旦那様の好みか、指示していました。私が一度もこういうことをしたことがないかのように、振舞っていました。あの時も、それからもですが、かつて女中経験がある人のために働くほうが、経験のない人よりも難しいとつくづく思いました。経験のある人には自分流のやり方があるし、手抜きも知っています。寝台の後ろに死んだ蠅を落とすとか、絨毯の下に砂や埃をちょっと掃き入れるとかです。厳密に調べないとわかりませんが、経験者は鋭い目を持っていて、こういったことを見抜くんでしょうね。本来私はそんなだらしがない女ではないですが、急いでいる日もあります。

それとパーキンソン市会議員夫人のお屋敷ではこういうやり方はしなかったなどと私が言うと、あなたはもうパーキンソン家にいないのだから、関係ないわ、とナンシーはきつく言い返しました。私がかつて大きなお屋敷で働いて、彼女より上等の人たちに交じって仕事をしていたことを念押しされるのがいやだったのです。でも、彼女がやきもきしたのは、キニア様がもしも部屋に入ってきた時のことを考えて、旦那様の部屋に私を一人だけにしておきたくなかったからだとその後ずっと思っています。

そわそわするナンシーの気をそらすために、私は壁の絵について訊ねました。孔雀の羽の扇子の絵ではなく、もうひとつの若い女が庭で沐浴をしている絵です。庭で沐浴とは変ですが、女は髪を高く結い上げて、大きなタオルを広げた女中が待ち受け、藪の後ろから髭面の数人の年老いた男たちが女を覗いています。服装からして古い時代の絵とわかりました。ナンシーによれば、それは版画で、手で着色されていて、「スザンナと長老たち」という、聖書の話に基づく有名な絵の模写でした。そして自分の知識が豊富なことをとても自慢していました。

でも私は、絶え間ない彼女のあら捜しや小言に辟易していました。それで、聖書のことならよく知っているし——大嘘という訳ではありません——こんな話は出てこない、と言いました。聖書の話題であるはずがない、と。

彼女はそうだと言い、私が違うと言って、調べてみてもかまわないと言うと、彼女は、あんたは議論するためにここにいるんじゃなくてよ、ベッドを調えるためにいるのよ、と言いました。ちょうどその時、キニア様が部屋に入ってきました。面白がっている様子だったから、きっと廊下で聞いていたのでしょう。ええっ、こんなに朝早くから、神学を論じているのかい？　旦那様は初めから話を聞きたがりました。

旦那様にはどうでもいいことです、とナンシーは言いましたが、彼は知りたがって、グレイス、ナンシーは秘密にしたがっているが、お前なら話してくれるね、と言いました。ためらった末に、ナンシーの言うように、その絵が聖書の話であるのかどうか訊きました。すると旦那様は笑って、こう答えました。正確にいえば違うね、聖書外典の中の話だから、と。私はびっくりして、外典って何ですか、と訊ねました。ナンシーもその言葉を聞いた事がないのは明らかでした。でも自分が間違っていたので困ってしまい、むっとしたように顰め面をしていました。

キニア様は、私は若い娘にしてはとても好奇心が旺盛で、ほどなく彼はリッチモンド・ヒルでもっとも博学の女中を持つことになり、トロントの算数のできる豚のように私を見世物にしてお金を取ろうかな、とおっしゃいました。そして、聖書の時代に聖書に入れないと決めた物語を全部盛り込んだのが外典だ、と。これを聞いて私は非常に驚き、誰が決めたのですか、と訊きました。聖書は神様のお言葉と言われていて、聖書は神様がお書きになったものだと思っていたからです。誰もがそう言っていました。

キニア様は微笑んで、こうおっしゃった。恐らく神様が書いたのだろうが、記録したのは人間だ、この点がちょっと違う。でもこの人たちは啓示を受けたと言われている、つまり神様がこの人たちに語って、何をすべきかを示されたということだ、と。

そこで、その人たちには声が聞こえたのですか、と訊くと、そうだ、と旦那様はおっしゃいました。それで私は、他にも声を聞いた人がいたんだ、と嬉しくなりました。でも何も言いませんでした。いずれにせよ、私の場合、聞いたのはあの時一度だけで、神様ではなくてメアリー・ホイットニーの声でした。

スザンナの話は知っているかい、と訊かれて、私は知りませんと答えました。すると旦那様はこうお話しになりました。若い人妻のスザンナは数人の長老から、若い男と姦通をしているという身に覚えのない告発を受けた、そのわけは同じ罪をこの老人たちと犯すことを拒んだからだ。彼女は石打ちによる死刑に処せられることになったが、幸いにも利口な法律家の力により、長老たちが矛盾する証拠を出すはめになり、彼らの嘘がばれた、と。そしてキニア様は、この物語の教えは何だと思うかね、と訊きました。家の外の庭でお風呂を浴びてはいけないというのが教えです、と私が答えると、旦那様は笑いながら、教えは利口な法律家を雇うことだ、と言いました。そしてナンシーに、この娘は馬鹿ではないね、と言いました。これを聞いて、彼女が私のことを馬鹿だと言っていたのだ、と思いました。ナンシーは私を睨みつけていました。

それから旦那様はこうおっしゃいました、アイロンはかかっていたがボタンが取れたシャツがあった、洗濯したシャツを着てもボタンがないので脱がなければならなかった、実に腹立たしいことで、二度とないように気をつけて欲しい、と。金製の嗅ぎタバコの箱を手にされると、旦那様は部屋から出て行きました。もともとこの箱を取りにきたのでした。

ナンシーがまたへまをしたのです、私が来る前に、彼女がこのシャツを洗ってアイロンをかけたはずです。そこで彼女はやたらとたくさんの仕事を私に言いつけて、部屋から飛び出し階段を下りていきました。庭へ出ると、その朝の彼女の靴の磨き方が悪いと、マクダーモットを叱り始めました。

この先面倒になるから、口を慎もう、と自分に言い聞かせました。ナンシーは反駁されるのが好きではないし、何にも増してキニア様から自分のせいにされるのが一番いやなのです。

ワトソン家から引き抜かれた時、一緒に働くのだからメアリー・ホイットニー同様、姉妹みたいに、少なくともよい友だちになれるだろうと思ったのです。でもそうはならないだろうとあの時はっきりとわかりました。

26

奉公生活もすでに三年たち、自分の仕事をうまくこなせるようになっていました。でもナンシーはとても移り気で、いわゆる裏と表があり、一時間ごとにころころと気が変わるのでした。威張って私に命令したり小言を言ったかと思うと、次の瞬間には親友になって、あるいはそんな態度を見せて、腕を組んで、あなたは疲れているみたいね、一緒に座ってお茶を飲みましょう、などと言うのでした。こういう人に仕えるのはとても大変です。というのは、お辞儀をして、はい、かしこまりましたと言っている矢先に、急に態度を変えてそんなに堅苦しくするものじゃないと咎めては、内緒の話を打ち明けたりするのです、そして相手にも同じ態度を期待する。こんな人に仕えるのはほんとうに大変です。

翌日はそよ風の吹く天気のよい日でした、そこで洗濯をしました。汚れ物がたまっていたので最高の時でした。熱い仕事でした、というのは夏台所のコンロの火をフル回転で起こさなければならなかったからです。前の晩に汚れ物を仕分けてつけておく時間がありませんでした。あの時期は天気がひどく変わりやすいので、洗濯を先延ばしにすることはできません。そこでごしごし擦ったり、揉んだりしてようやく全部干し、ハンカチやナプキンは白くなるようにきちんと草の上に広げました。嗅ぎタバコやインクの染みがあり、ナンシーのペチコートには草の染みがあり、どうしてついたのかと思いましたが、多分滑って転んだのだろうと思いました。山積みの汚れ物の底が湿っていたので、カビているものもいくつかありました。ディナー・パーティーでついたテーブルクロスのワインの染みもありましたが、これなどはすぐに塩をかけておけばよかったのです。それでも、灰汁とさらし粉でつくった漂泊液を使うと大半は取ることができました。あとは陽に晒せばよいだけです。この方法はパーキンソン家の洗濯女に習いました。

私は我ながらよくできたものだと思いながら、しばし佇んでいました。洗濯されてみんな綺麗になり、レースの優勝旗のように、あるいは船の帆のように、風にはためいているのを見るのは、実に嬉しいものです。風にはためく音は、遠くから聞こえる、天使たちの拍手のようです。それにきれい好きは敬神に次ぐ美徳と言われています。ときどき雨上がりの空に真っ白い雲が湧き上がるのを見ると、天使たちが洗濯物を干しているようだ、と思ったものでした。天国では何もかもがとても清潔で清らかなはずですから、誰かが洗濯をしているに違いない、と考えたのです、まあ子供っぽい空想です、子供は見えないものについて自分でお話を作るのが好きですから。あの頃は自分で生活費を稼いでいたので、自分では大人の女だと思っていましたが、まだ子供同然でしたね。

私が立っているとジェイミー・ウォルシュが家の角を曲がってきて、何かお使いの用事はありませんか、と訊きました。ナンシーかキニア様の用事で村に行くときは、お金を渡してくれれば、ささいな物でもあれば、喜んで私の用事もしますと、とても恥ずかしそうに、言いました。きまり悪そうでしたが、彼としては最高に丁寧な態度で、帽子までとっていました。麦藁帽は多分父親のでしょう、彼には大きすぎました。お心遣いありがとう、でも今は何もいらないわ。でも黒っぽい色物の仕上げに必要な、染料用の雄牛の胆汁が家にないのを思い出しました。今朝洗ったのは白い物ばかりでした。一緒にナンシーのところへ行くと、彼女はそれ以外にいくつか買物をするように指示し、キニア様はお近くの仲間の紳士の一人への伝言をお言いつけになりました。ジェイミーは出かけて行きました。

午後には戻って、フルートを持ってきなさい、とナンシーは彼に言いました。彼がいなくなると、ジェイミーはフルートがとても上手で、聞くのが楽しみなのよ、と言いました。この頃はまた機嫌が良くなっていて、夕食の用意を手伝ってくれました。ハムとピクルスと菜園で取れた野菜サラダの冷たい夕食でした。菜園でレタスとチャイブが採れました。でも前のように、彼女は食堂でキニア様と食べ、私の相手はマクダーモットでした。

話を聞きながら、人が食べるのを見るのは、特に相手ががっついていると、不快なものです。でも話をしたい様子がマクダーモットにはなく、むっつりムードに戻っていました。そこで私は、ダンスが好きかどうか、と訊ねました。

疑わしそうに、なぜそんなことを訊くのか、と訊ねます。練習しているのを聞いてしまったと漏らすのも嫌なので、あなたのダンスがうまいのは知られているわ、と言いました。

そうかもしれない、そうでないかもしれない、と言いながらも嬉しそうでした。そこで彼のことを聞きだそうと、キニア様のお屋敷で働く前の、彼の生活について訊ねました。誰がそんな話を聞きたがるんだ？　と言うので、私よ、そういう話に関心があるから、と言うとすぐに話を始めました。

本人によると、アイルランド南部のウォーターフォード出身で、まあまあ立派な家柄で、父親は執事だったが、自分は不良で、金持ちのご機嫌取りなど真っ平ごめんで、いつも悪さばかりしていたのだ、と。彼はそのことでむしろ自慢気でした。お母さんは生きているの、と訊くと、どうせよく思われていなかったから、生きていようがいまいが同じこと、お前なんかまっすぐ悪魔のもとに行くと言われていた、多分死んでいるかもしれないが、知ったことじゃない、と言っていました。でも、言葉ほど声は強くありませんでした。

若い時に家出をし、何歳か年をごまかしてイギリスで陸軍に入隊したものの、厳格な規律と厳しい扱いを受け、彼には厳しすぎる生活でした。それで脱走して、アメリカ行きの船にただ乗りしたのです。しかし見つかってしまい、残りの航海は働かされることになりました。アメリカ合衆国でなくカナダに上陸します。セントローレンス川を航行する船に仕事を見つけ、次には湖水運送船で働きました。彼は非常に強靭で、スタミナもあり、蒸気機関車のように休みなく働き続けることができたので、船会社は喜びました。そしてしばらくはそれでよかったのですが、しかしそれも退屈になってきました。彼は変化に富む事が好きだったので、グレンガリー軽歩兵隊に、再び兵役志願します。この隊は農夫たちにとても評判が悪かったそうで、メアリー・ホイットニーから聞いたのですが、パピノーの反乱の時はかなり多くの農家に焼き討ちをかけ、女子供を雪の中に放り出し、さらに酷い事もしているのですが、このことはどの新聞にも書かれていないということです。彼らは無法な男たちの集団で、放蕩、博打、飲酒等に明け暮れました、それを彼は男の美徳だと評価していました。

でも反乱は終わってしまい、することもあまりなくなったのです。マクダーモットは正規兵ではなく、アレキサンダー・マクドナルド大尉個人の従者として働いていたのです。給料もまあまあの楽な生活だったのですが、残念なことに連隊が解散になり、自分の才覚で生きていかなければならないはめになりました。彼はトロントへ行き、蓄えた金で怠惰な生活を送っていましたが、やがてその金も次第に減ってきたので、なんとかしなければならないと思いました。仕事を求めてヤング・ストリートを北へ向かい、リッチモンド・ヒルまで来ました。ある酒場でキニア様が男の使用人を探していると聞いて、出向いていったのです。そして彼を雇ったのがナンシーだったのです。マクダーモットはマクドナルド大尉の時のように紳士付の個人的仕事をすると思っていたのです。ところが、代わりに女の監督下に置かれることになったものですから、いらついていたのです。しかも、たえず欠点を見つけて、しょっちゅうガミガミ言うタイプの女のもとでです。

私は彼の言うことを全部信じていましたが、後で数えてみたら、本人が言っていた二十一歳より何歳か上だと思いました。それか、あるいは嘘をついたのかもしれません。だから後でジェイミー・ウォルシュなど近所の人から、マクダーモットは嘘つきでほら吹きだというひどい評判を聞いても、少しも驚きませんでした。

やがて私は彼の話にあんなに興味を示さなければよかったと思い始めました。このことを彼への関心と勘違いされたからです。数杯ビールを飲むと私に色目を向け始めて、恋人はいるのか、私のような綺麗な娘には当然いるのだろうな、と訊くのです。私の恋人は背が六フィートもあって、ボクシングの名手だと答えるべきだったのですが、あの頃は若くて何もわからなく、本当のことを言ってしまいました。恋人はなく、そんな気持ちもまったくない、と。

それは残念だな、でも何事にも初めがあって、子馬の調教のように訓練が必要だ、そうすりゃ他の馬のように一人前になるんだ、自分にまかせてみろよ、と言いました。これを聞いて私はとても腹が立ち、すぐに席を立って、大きな音をたてて皿を洗い始めました。私は牝馬じゃないんだからね、そんな失礼な言い方をしないでよ、と言いました。すると、そんなつもりじゃなかった、みんな冗談だよ、どんな女か見てみたかっただけだ、と言いました。私がどんな女だろうとあんたには関係がないわ、と言うと、まるで自尊心を傷つけられたかのように不機嫌になり、中庭へ出て薪を割り始めました。

私は食器を洗い始めましたが、それは気を遣う仕事です。蝿がぶんぶん飛んでいるので、布巾をかけないと、洗った食器にたかり、汚い糞のしみをつけるからです。それから洗濯物が乾いたかどうかを見に表へ出ました。ハンカチとテーブルナプキンは、よく漂白するために水を振り掛けなければなりません。それがすむと、今度は牛乳の乳脂をすくいとって、バターを作る時間です。

空気を入れるため、この仕事は表で、家の陰でやりました。足踏み式の攪乳器だったので、繕い物をしながら座ってやることができました。犬を使う攪乳器を使う人もいます。檻に入れた犬の尻尾の下に熱い炭を置いて足踏み車の上で走らせるのです。これは残酷です。キニア様のシャツにボタンを付けながら、バターができるのを待っていると、厩舎へ向かうキニア様が通り過ぎました。私は立ち上がろうとしましたが、そのままでいい、挨拶よりおいしいバターの方がいいから、とおっしゃいました。

　いつも忙しいね、グレイス、と旦那様はおっしゃいました。はい旦那様、遊んでいる手には悪魔が仕事を見つけてくれると言いますから。旦那様は笑って、僕のことじゃないだろうね、僕の手はいつも遊んでいるが、自分で思うほど悪くなれないんだよ。私は戸惑って、いいえ、違います、旦那様のことではありません、と。すると旦那様はにっこりされて、おっしゃいました、若い娘が頰を染めるとよく似合うね。

　これには答えようがないので、黙っていました。そのまま旦那様は去って行かれましたが、まもなくチャーリーに乗って道を下りて行かれました。ナンシーがバターの出来具合を見に出てきたので、キニア様の行き先を訊ねました。トロントよ、と言いました。木曜日ごとに一晩泊まりで行って、銀行での用事や、別の用事を済ませるの、でも最初はブリッジフォード大佐のお屋敷に行くのよ、今は奥様と二人のお嬢様は留守だから、尋ねても大丈夫だけど、奥様がいる時はだめなのよ。

　これを聞いて私は驚き、そのわけを訊きました。キニア様はブリッジフォード大佐夫人から夫に悪い影響を与えると思われているの、彼女は自分のことをフランス女王みたいに思い、誰よりも自分が偉いと思っているのよ、と言って、ナンシーは笑いました。でも本当に面白がっている様子ではありませんでした。

なぜなの、キニア様は何をされたの？　私は訊きました。でも丁度そのとき、バターが出来上がりそうで、固まる感じだったので、それ以上は訊けませんでした。

ナンシーがバター作りを手伝ってくれました。貯蔵のためそのほとんどに塩を入れて冷水につけましたが、一部はできたてを型に入れました。あざみ模様の型が二つあって、もう一つのには「希望のうちに生きん」という標語とキニア家の紋章が入っていました。ナンシーが言うには、もしもスコットランドにいるキニア様のお兄さんが死んだら、実は腹違いの兄さんですが、キニア様がそこの大邸宅と土地を相続することになるというのです。でもキニア様はそれを期待していないし、今のままで充分満足しているのだと、気分がいいときにそうおっしゃっていたということでした。でも旦那様と腹違いの兄さんは仲たがいしたわけではない、よくある話だと。邪魔にならないように、キニア様は植民地へ送り出されたのだと私は推察しました。

バターが出来上がると、私たちは地下室の階段を降りて乳製品置き場へ運びました。でもあとでビスケットを作るためにバターミルクの一部を残しました。ナンシーは地下室はいつも土や鼠や古くなった野菜の臭いがするからあまり好きじゃない、と言いました。窓を開けられるようにしたら、新鮮な外気を入れることができるのでは、と私は言いました。それから上に戻って、洗濯物を取り込んでから、私たちは世界一の親友のように一緒にベランダに座って繕い物をしました。あとで気がついたのですが、ナンシーはキニア様が留守だといつもとても愛想がいいのですが、いらっしゃるときには、私が旦那様と同じ部屋にいると、猫のように神経過敏でした。でも当時は気がつきませんでした。

ベランダに座っていると、マクダーモットがりすのように敏捷に、スネーク・フェンスの上をジグザグに走ってきました。びっくりして、何であんなことをしているのかしら、と訊くとナンシーは、ああ、時々あんなことをするのよ、運動のためと言っているけど、本当は褒められたいのよ、知らんぷりしてなさい、と。だからそうしていました、でも本当にとても軽快で、こっそり見ていました。行ったり来たり走ると、次に飛び降り、さらに片手で体を支えながら、柵を飛び越えていました。

私は見ないふりをし、彼は見られていないふりをしていました。でも先生、上流社会の紳士や淑女の集まりでもこれとまったく同じことをご覧になるでしょう。じっと見ている様を見られたくないものだから、特に淑女たちは、しっかり横目で見ることができるのです。この人たちはベールや窓のカーテン越しに、あるいは扇子越しに見ることもできます。そんな風にして見ることができるのはいいことですね、さもないとほとんど何も見ることができないでしょうから。でもベールや扇子などを使わないですむ私たちはもっとあれこれ見ることができます。

やがてジェイミー・ウォルシュが現れました。畑を通って、頼まれた通りフルートを持ってきて、と言いました。ナンシーは温かく迎え入れて、お礼を言い、ジェイミーにビールを持ってきて、と言いました。樽からビールを注いでいると、マクダーモットが入ってきて、自分にも一杯くれといいました。私は黙っていることができなくて、お猿の血統だとは知らなかったわ、お猿みたいに飛びはねていたわね、と言ってしまいました。彼は私に見られて嬉しいのか、猿呼ばわりされて怒るべきか、とまどっていました。

猫がいぬ間に鼠は遊ぶんだ、キニアが町に行っている時は、ナンシーはいつもパーティーめいたものが好きで、あのウォルシュのガキが今にブリキの笛をピーピー吹き鳴らすだろうぜ、とマクダーモットは言っていました。ですから、その通りよ、私も聞くのが楽しみだわ、と言ってやりました。すると、俺にはくそ面白くもないな、と。好きにしたらいいじゃない、と言ってやりました。すると、ぐっと私の腕をつかみ、真剣に見つめて、この前はお前を怒らす気はなかったんだ、と言いました。上品とは言えない荒っぽい男たちの中に長年いたので、つい我を忘れて、口のきき方もわからなかったんだ、許してくれ、仲良くしてくれ、と言いました。誠実な人とならいつでも友達になれるわ、許しについては、聖書に定めてあるんじゃないの、と答えました。そして確かに許せるように願いました、私も将来は許してもらいたかったからです。とても冷静にそう言いました。

表のベランダにビールと、夕食代わりのパンとチーズを持っていって、ナンシーとジェイミー・ウォルシュと一緒に座っていると、日が陰り、暗くて縫い物ができなくなりました。風のない美しい夕方で、鳥がさえずり、道路際の果樹園の木々は日暮れの陽を受けて金色に輝き、道路のそばに生えた紫色のとうわたの花はすごく甘い香りがし、ベランダわきの最後の数本の牡丹とつる薔薇の香りも漂っていました。空気も冷えて、そんな中ジェイミーが座ってフルートを吹き、物悲しい心に染みる調べを奏でていました。やがてマクダーモットが飼いならされた狼のように屋敷の脇からこそこそと現れると、屋敷の壁に寄りかかって聴いていました。私たちは一種の調和の中にありました。非常に美しい夕べでしたので、胸が痛む感じがし、嬉しいのか悲しいのかわからないような気持ちでした。願わくば、このまま何も変わらなければいい、永遠にこのままでいたい、と思いました。

でも神様でなければ、太陽が軌道を運行するのを止めることはできません、神様はこれを一度だけやられたのですが、世の終わりが来るまで二度となさらないでしょう。この夜太陽はいつものように沈み、後には深紅の夕焼けが残りました。ちょっとの間、屋敷の正面はピンクに染まりました。薄暗がりの中に蛍(ほたる)が出てきました、蛍の季節でした。雲間から覗く星のように、丈の低い灌木や草の中で点滅していました。ジェイミー・ウォルシュがガラスのコップで一匹捕らえて掌で蓋をしたので、私は近くでよく見ることができました。冷たい緑っぽい光を出して、ゆっくりと光っていました。二匹あればイヤリングになる、そうしたらナンシーの金のイヤリングなんか全然欲しくない、と思いました。

やがて夕闇が深まりました、木々や灌木の背後からも、畑の向こうからも闇が広がって、一つに繋がりました。水のようだと思いました、地面から湧き上がるように、海のようにゆっくりと満ちるように。私は夢想にふけって、大海原を渡った時のことを、また一日のその時刻に海の色と空の色が同じ藍色になってゆき、始まりと終わりの区別がつかなくなってゆくのを思い出していました。思い出の中では、これ以上ないほど真っ白い氷山が漂っていました。暖かい夕べなのに、寒気をおぼえました。

そんなときジェイミー・ウォルシュが、うちに帰らなくちゃ、おやじが探しているだろうから、と言いました。私はまだ牛の乳も搾っていないし、鶏も小屋に入れてなかったことを思い出し、もう消え入りそうな夕日の中で急ぎました。台所に戻ると、ナンシーがまだいて、蠟燭をつけていました。まだ寝ないの、と訊くと、キニア様が留守のときは一人で寝るのが怖いから、一緒に二階で寝てくれる、と言いました。

いいですよ、でも何が怖いの、泥棒、それともジェイムズ・マクダーモットなの、って訊きました。でも冗談のつもりでした。

彼女はからかうような目で、あいつの目を見れば、あんたの方が私よりあいつを恐がってよさそうよ、新しい恋人が必要なら別だけどね、と言いました。そこで私はあんな人より鶏小屋の年取った雄鶏のほうが怖いわ、それに恋人なんて月世界の住人と同じで、全然いらないわ、と言いました。

　すると彼女は笑い、二人で仲睦まじく寝室に上がって行きました。でもまず、屋敷中の鍵がかかっているかどうか確認するのが先でした。

本書は二〇〇八年三月、岩波書店より刊行された。

本書には今日の観点から見た場合、差別等に関わる不適切な表現、語句があるが、作品の時代設定、原作品の表現の尊重等を考慮し、そのままとした。

またの名をグレイス（上）　マーガレット・アトウッド

2018年9月14日　第1刷発行

訳　者　佐藤(さとう)アヤ子

発行者　岡本　厚

発行所　株式会社　岩波書店
〒101-8002 東京都千代田区一ツ橋 2-5-5

案内 03-5210-4000　営業部 03-5210-4111
現代文庫編集部 03-5210-4136
http://www.iwanami.co.jp/

印刷・精興社　製本・中永製本

ISBN 978-4-00-602301-0　　Printed in Japan

岩波現代文庫の発足に際して

新しい世紀が目前に迫っている。しかし二〇世紀は、戦争、貧困、差別と抑圧、民族間の憎悪等に対して本質的な解決策を見いだすことができなかったばかりか、文明の名による自然破壊は人類の存続を脅かすまでに拡大した。一方、第二次大戦後より半世紀余の間、ひたすら追い求めてきた物質的豊かさが必ずしも真の幸福に直結せず、むしろ社会のありかたを歪め、人間精神の荒廃をもたらすという逆説を、われわれは人類史上はじめて痛切に体験した。

それゆえ先人たちが第二次世界大戦後の諸問題といかに取り組み、思考し、解決を模索したかの軌跡を読みとくことは、今日の緊急の課題であるにとどまらず、将来にわたって必須の知的営為となるはずである。幸いわれわれの前には、この時代の様ざまな葛藤から生まれた、人文、社会、自然諸科学をはじめ、文学作品、ヒューマン・ドキュメントにいたる広範な分野のすぐれた成果の蓄積が存在する。

岩波現代文庫は、これらの学問的、文芸的な達成を、日本人の思索に切実な影響を与えた諸外国の著作とともに、厳選して収録し、次代に手渡していこうという目的をもって発刊される。いまや、次々に生起する大小の悲喜劇に対してわれわれは傍観者であることは許されない。一人ひとりが生活と思想を再構築すべき時である。

岩波現代文庫は、戦後日本人の知的自叙伝ともいうべき書物群であり、現状に甘んずることなく困難な事態に正対して、持続的に思考し、未来を拓こうとする同時代人の糧となるであろう。

（二〇〇〇年一月）

岩波現代文庫［文芸］

B248-249
昭和囲碁風雲録（上・下）
中山典之
隆盛期を迎えた昭和の囲碁界。碁界きっての書き手が、木谷実・呉清源・坂田栄男・藤沢秀行など天才棋士たちの戦いぶりを活写、波瀾万丈な昭和囲碁の世界へ誘う。

B250
この日本、愛すればこそ
―新華僑四〇年の履歴書―
莫邦富
文化大革命の最中、日本語の魅力に憑かれた青年がいた。在日三〇年。中国きっての日本通となった著者による迫力の自伝的日本論。

B251
早稲田大学
尾崎士郎
『人生劇場』の文豪尾崎士郎が、明治・大正期の学生群像を通して、希望と情熱の奔流に衝き動かされる青年たちを描いた青春小説。
〈解説〉南丘喜八郎

B252-253
石井桃子コレクションⅠ・Ⅱ
幻の朱い実（上・下）
石井桃子
二・二六事件前後、自立をめざす女性の魂の交流を描く。著者生涯のテーマを、八年かけて書き下ろした渾身の長編一六〇〇枚。
〈解説〉川上弘美

B254
石井桃子コレクションⅢ
新編 子どもの図書館
石井桃子
一九五八年に自宅を開放して小さな図書室を開いた著者が、本を読む子どもたちの、いきいきとした表情と喜びを描いた実践の記録。
〈解説〉松岡享子

2018.9

岩波現代文庫[文芸]

B255
石井桃子コレクションⅣ
児童文学の旅
石井桃子

欧米のすぐれた編集者や図書館員との出会いと再会、愛する自然や作家を訪ねる旅など、著者が大きな影響をうけた外国旅行の記録。〈解説〉松居 直

B256
石井桃子コレクションⅤ
エッセイ集
石井桃子

生前刊行された唯一のエッセイ集を大幅に増補、未発表の二篇も収める。人柄と思索のにじむ文章で生涯の歩みをたどる充実の一冊。〈解説〉山田 馨

B257
三毛猫ホームズの遠眼鏡
赤川次郎

想像力の欠如という傲慢な現代の病理――。「まともな日本を取り戻す」ためにできることとは？『図書』連載のエッセイを一括収録！

B258
僕は、そして僕たちはどう生きるか
梨木香歩

集団が個を押し流そうとするとき、僕は、自分を保つことができるか――作家梨木香歩が、少年の精神的成長に託して現代に問う。〈解説〉澤地久枝

B259
現代語訳
方丈記
佐藤春夫

世の無常を考察した中世の随筆文学の代表作。日本人の情感を見事に描く。佐藤春夫の訳で味わう。長明に関する小説、評論三篇を併せて収載。〈解説〉久保田淳

2018.9

B260
ファンタジーと言葉
アーシュラ・K・ル＝グウィン
青木由紀子訳

〈ゲド戦記〉シリーズでファン層を大きく広げたル＝グウィンのエッセイ集。ウィットに富んだ文章でファンタジーを紡ぐ言葉について語る。

B261-262
現代語訳 平家物語(上・下)
尾崎士郎訳

平家一族の全盛から、滅亡に至るまでを描いた軍記物語の代表作。日本人に愛読されてきた国民的叙事詩を、文豪尾崎士郎の名訳で味わう。〈解説〉板坂耀子

B263-264
風にそよぐ葦(上・下)
石川達三

「君のような雑誌社は片っぱしからぶっ潰すぞ」——。新評論社社長・葦沢悠平とその家族の苦難を描き、戦中から戦後の言論の裏面史を暴いた社会小説の大作。〈解説〉井出孫六

B265
坂東三津五郎 歌舞伎の愉しみ
坂東三津五郎
長谷部浩編

世話物・時代物の観かた、踊りの魅力など、俳優の視点から歌舞伎鑑賞の「ツボ」を伝授。知的で洗練された語り口で芸の真髄を解明。

B266
坂東三津五郎 踊りの愉しみ
坂東三津五郎
長谷部浩編

踊りをもっと深く味わっていただきたい——そんな思いを込め、坂東三津五郎が踊りの全てをたっぷり語ります。格好の鑑賞の手引き。

岩波現代文庫［文芸］

B267
世代を超えて語り継ぎたい戦争文学
澤地久枝
佐高　信

『人間の条件』や『俘虜記』など、戦争と向き合い、その苦しみの中から生み出された作品たち。今こそ伝えたい「戦争文学案内」。

B268
だれでもない庭
―エンデが遺した物語集―
ミヒャエル・エンデ
ロマン・ホッケ編
田村都志夫訳

『モモ』から『はてしない物語』への橋渡しとなる表題作のほか、短編小説、詩、戯曲、手紙など魅力溢れる多彩な作品群を収録。自筆の挿絵多数。

B269
現代語訳　好色一代男
吉井　勇

愛欲の追求に生きた男、世之介の一代を描いた西鶴の代表作。国民に愛読されてきた近世文学の大古典を、文豪の現代語訳で味わう。〈解説〉持田叙子

B270
読む力・聴く力
河合隼雄
立花　隆
谷川俊太郎

「読むこと」「聴くこと」は、人間の生き方にどのように関わっているのか。臨床心理・ノンフィクション・詩それぞれの分野の第一人者が問い直す。

B271
時　間
堀田善衞

人倫の崩壊した時間のなかで人は何ができるのか。南京事件を中国人知識人の視点から手記のかたちで語る、戦後文学の金字塔。〈解説〉辺見　庸

2018. 9

岩波現代文庫［文芸］

B272
芥川龍之介の世界
中村真一郎

芥川文学を論じた数多くの研究書の中で、中村真一郎の評論は、傑出した成果であり、最良の入門書である。〈解説〉石割 透

B273-274
法服の王国 小説 裁判官(上・下)
黒木 亮

これまで金融機関や商社での勤務経験を生かしてベストセラー経済小説を発表してきた著者が新たに挑んだ社会派巨編・司法内幕小説。〈解説〉梶村太市

B275
惜櫟荘(せきれきそう)だより
佐伯泰英

近代数寄屋の名建築、熱海・惜櫟荘が、新しい「番人」の手で見事に蘇るまでの解体・修復過程を綴る、著者初の随筆。文庫版新稿「芳名録余滴」を収載。

B276
チェロと宮沢賢治 ―ゴーシュ余聞―
横田庄一郎

「セロ弾きのゴーシュ」は、音楽好きであった賢治の代表作。楽器チェロと賢治の関わりを探ることで、賢治文学の新たな魅力に迫る。〈解説〉福島義雄

B277
心に緑の種をまく ―絵本のたのしみ―
渡辺茂男

児童書の翻訳や創作で知られる著者が、自らの子育て体験とともに読者に語りかけるように綴った、子どもと読みたい不朽の名作絵本45冊の魅力。図版多数。〈付記〉渡辺鉄太

2018.9

岩波現代文庫［文芸］

B278
ラニーニャ
伊藤比呂美
あたしは離婚して子連れで日本の家を出た。心は二つ、身は一つ…。活躍し続ける詩人の傑作小説集。単行本未収録の幻の中編も収録。

B279
漱石を読みなおす
小森陽一
戦争の続く時代にあって、人間の「個性」にこだわった漱石。その生涯と諸作品を現代の視点からたどりなおし、新たな読み方を切り開く。

B280
石原吉郎セレクション
柴崎聰編
石原吉郎は、シベリアでの極限下の体験を硬質にして静謐な言葉で語り続けた。テーマ別に随想を精選、詩人の核心に迫る散文集。

B281
われらが背きし者
ジョン・ル・カレ
上岡伸雄
上杉隼人訳
恋人たちの一度きりの豪奢なバカンスがマフィアの取引の場に！　政治と金、愛と信頼を賭けた壮大なフェア・プレイを、サスペンス小説の巨匠ル・カレが描く。〈解説〉池上冬樹

B282
児童文学論
リリアン・H・スミス
石井桃子
瀬田貞二
渡辺茂男訳
子どものためによい本を選び出す基準とは何か。児童文学研究のバイブルといわれる名著が、いま文庫版で甦る。〈解説〉斎藤惇夫

2018. 9

B283
漱石全集物語
矢口進也

なぜこのように多種多様な全集が刊行されたのか。漱石独特の言葉遣いの校訂、出版権をめぐる争いなど、一〇〇年の出版史を語る。〈解説〉柴野京子

B284
美は乱調にあり
―伊藤野枝と大杉栄―
瀬戸内寂聴

伊藤野枝を世に知らしめた伝記小説の傑作が、文庫版で蘇る。辻潤、平塚らいてう、そして大杉栄との出会い。恋に燃え、闘った、新しい女の人生。

B285-286
諧調は偽りなり(上・下)
―伊藤野枝と大杉栄―
瀬戸内寂聴

アナーキスト大杉栄と伊藤野枝。二人の生と闘いの軌跡を、彼らをめぐる人々のその後とともに描く、大型評伝小説。下巻に栗原康氏との解説対談を収録。

B287-289
口訳万葉集(上・中・下)
折口信夫

生誕一三〇年を迎える文豪による『万葉集』の口述での現代語訳。全編に若さと才気が溢れている。〈解説〉持田叙子(上)、安藤礼二(中)、夏石番矢(下)

B290
花のようなひと
佐藤正午
牛尾篤画

日々の暮らしの中で揺れ動く一瞬の心象風景を〝恋愛小説の名手〟が鮮やかに描き出す。秀作「幼なじみ」を併録。〈解説〉桂川潤

2018. 9

岩波現代文庫[文芸]

B291
中国文学の愉しき世界
井波律子

烈々たる気概に満ちた奇人・達人の群像、壮大にして華麗な中国的物語幻想の世界! 中国文学の魅力をわかりやすく解き明かす第一人者のエッセイ集。

B292
英語のセンスを磨く
—英文快読への誘い—
行方昭夫

「なんとなく意味はわかる」では読めたことにはなりません。選りすぐりの課題文の楽しく懇切な解読を通じて、本物の英語のセンスを磨く本。

B293
夜長姫と耳男
近藤ようこ漫画
坂口安吾原作

長者の一粒種として慈しまれる夜長姫。美しく、無邪気な夜長姫の笑顔に魅入られた耳男は、次第に残酷な運命に巻き込まれていく。〔カラー6頁〕

B294
桜の森の満開の下
近藤ようこ漫画
坂口安吾原作

鈴鹿の山の山賊が出会った美しい女。山賊は女の望むままに殺戮を繰り返す。虚しさの果てに、満開の桜の下で山賊が見たものとは。〔カラー6頁〕

B295
中国名言集 一日一言
井波律子

悠久の歴史の中に煌めく三六六の名言を精選し、一年各日に配して味わい深い解説を添える。毎日一頁ずつ楽しめる、日々の暮らしを彩る一冊。

2018. 9

岩波現代文庫[文芸]

B296
三国志名言集
井波律子

波瀾万丈の物語を彩る名言・名句・名場面の数々。調子の高さ、響きの楽しさに、思わず声に出して読みたくなる！　情景を彷彿させる挿絵も多数。

B297
中国名詩集
井波律子

前漢の高祖劉邦から毛沢東まで、選び抜かれた珠玉の名詩百三十七首。人が生きることの哀歓を深く響かせ、胸をうつ。

B298
海うそ
梨木香歩

決定的な何かが過ぎ去ったあとの、沈黙する光景の中にいたい――。いくつもの喪失を越えて、秋野が辿り着いた真実とは。〈解説〉山内志朗

B299
無冠の父
阿久悠

舞台は戦中戦後の淡路島。「生涯巡査」の父をモデルに著者が遺した珠玉の物語が文庫に。父親とは、家族とは？〈解説〉長嶋有

B300
実践 英語のセンスを磨く
―難解な作品を読破する―
行方昭夫

難解で知られるジェイムズの短篇を丸ごと解説し、読みこなすのを助けます。最後まで読めば、今後はどんな英文でも自信を持って臨めるはず。

2018.9

岩波現代文庫[文芸]

B301-302

またの名をグレイス(上・下)

マーガレット・アトウッド
佐藤アヤ子訳

十九世紀カナダで実際に起きた殺人事件を素材に、巧みな心理描写を織りこみながら人間存在の根源を問いかける。ノーベル文学賞候補とも言われるアトウッドの傑作。

2018.9